El acuerdo

El acuerdo

Melanie Moreland

Traducción de
Ana Isabel Domínguez Palomo
y María del Mar Rodríguez Barrena

TERCIOPELO

Título original: *The Contract*

Primera edición en este formato: marzo de 2018

Av. Marquès de l'Argentera 17, pral.
08003 Barcelona
actualidad@rocaeditorial.com
www.terciopelo.net

Impreso por Liberdúplex, s.l.u.
Ctra. BV-2249, km 7,4, Pol. Ind. Torrentfondo
Sant Llorenç d'Hortons (Barcelona)

ISBN: 978-84-94616-81-5
Depósito legal: B. 30289-2017
Código IBIC: FRD

RT16815

Deborah Beck, mi amiga y editora:
este libro es para ti. Gracias.
Y, como siempre, para mi Matthew,
mi motivo para todo.

1

Richard

Me incliné sobre la mesa, y el bullicio del concurrido restaurante se difuminó mientras trataba de controlar la furia. Intenté contener el deseo de gritar y mantuve la voz baja, si bien cada palabra rezumaba ira.

—¿Qué has dicho? Estoy seguro de que no te he oído bien.

David se acomodó en su silla, sin preocuparse en lo más mínimo por mi cabreo.

—He dicho que Tyler va a ser ascendido a socio.

Apreté el vaso que tenía en la mano con tanta fuerza que me sorprendió no romperlo.

—Se suponía que ese ascenso era mío.

Él se encogió de hombros.

—Las cosas han cambiado.

—Me he dejado los cuernos trabajando. He traído nueve millones a la empresa. Me dijiste que si superaba lo del año pasado, sería socio.

David agitó una mano.

—Y Tyler ha traído doce millones.

Estampé la palma de la mano contra la mesa, sin importarme si llamaba la atención de los demás o no.

—Eso es porque el muy cabrón me la jugó y me quitó al cliente. La idea de la campaña fue mía. ¡Él me quitó de en medio!

—Es tu palabra contra la suya, Richard.

—Y una mierda. ¡Esto es una mierda!

—La decisión está tomada, y la propuesta ya está hecha. Esfuérzate y tal vez el año que viene será tu año.

—¿Y ya está?

—Ya está. Te has ganado una generosa prima.

«Una prima».

No quería otra maldita prima. Quería el ascenso. Debería haber sido mío.

Me puse de pie tan rápido que volqué la silla, que golpeó el suelo con fuerza. Me enderecé para enfatizar mi metro noventa y dos de altura, y lo miré con el ceño fruncido. Teniendo en cuenta que David no superaba el metro setenta y dos, sentado me parecía muy pequeño.

David enarcó una ceja.

—Cuidado, Richard. Recuerda que en Anderson Inc. lo importante es el trabajo en equipo. Sigues formando parte del equipo. Una parte importante.

Lo miré fijamente, reprimiendo el deseo de mandarlo a la mierda.

—El equipo. Ya.

Me alejé meneando la cabeza.

Volví al trabajo y entré dando un portazo. Mi asistente me miró, sorprendida. Tenía un sándwich a medio comer en la mano.

—¿Qué narices le tengo dicho de comer en la mesa? —le solté.

Ella se puso en pie con torpeza.

—Es… estaba usted fuera —tartamudeó—. Estoy trabajando en sus gastos y he pensado que…

—Pues ha pensado mal, joder. —Me incliné sobre la mesa y le quité el dichoso sándwich de la mano, haciendo una mueca por la atrocidad—. ¿Mantequilla de cacahuete y mermelada? ¿El sueldo no le da para más o qué? —Solté un taco cuando la mermelada me manchó el borde de la chaqueta—. ¡Joder!

Su cara, ya blanca de antemano, perdió todavía más color al ver la mancha roja que se extendía sobre mi traje gris.

—Señor VanRyan, lo siento mucho. Lo llevaré a la tintorería ahora mismo.

—Desde luego que va a llevarlo. Y ya que sale, quiero un sándwich.

Ella parpadeó.

—¿No… no ha salido a almorzar?

—Su conclusión vuelve a ser errónea. Tráigame un sándwich y un café con leche desnatada, con extra de espuma. Quiero a Brian Maxwell al teléfono ahora mismo. —Me quité la chaqueta con gesto impaciente y me aseguré de que los bolsillos estuvieran vacíos—. Llévela a la tintorería. La quiero de vuelta esta tarde.

Ella siguió sentada mirándome con la boca abierta.

—¿Está sorda?

—¿Qué prefiere que haga primero?

Le tiré la chaqueta.

—Ese es su maldito trabajo. ¡Averígüelo y hágalo!

Entré en mi despacho y cerré de un portazo.

Un cuarto de hora después tenía mi sándwich y mi café con leche. El interfono sonó.

—Tengo al señor Maxwell en la línea dos.

—Bien. —Cogí el teléfono—. Brian. Tengo que verte. Hoy.

—Estoy bien. Gracias por preguntar, Richard.

—No estoy de humor. ¿Cuándo estás disponible?

—Tengo toda la tarde ocupada.

—Cancela algo.

—Ni siquiera estoy en la ciudad. Como muy temprano puedo estar ahí a las siete.

—De acuerdo. Nos vemos en Finlay's. La mesa de siempre. —Colgué y pulsé el botón del interfono—. Venga ahora mismo.

La puerta se abrió y ella entró para acabar postrada a mis pies. Literalmente. Ni siquiera me molesté en ocultar el hecho de que había puesto los ojos en blanco por el disgusto. En la vida había conocido a una persona tan torpe como ella. ¡Tropezaba con el aire! Juraría que se pasaba más tiempo de rodillas que las mujeres con las que yo salía. Esperé hasta que se puso en pie, recogió su cuaderno de notas y encontró el bolígrafo. Estaba colorada y le temblaba la mano.

—¿Sí, señor VanRyan?

—Mi mesa en Finlay's. Para las siete en punto. Resérvela. Será mejor que la chaqueta esté lista para entonces.

—He pedido el servicio urgente. Ah, sale más caro.

Enarqué las cejas.

—Estoy seguro de que le agradará pagar la cantidad extra, teniendo en cuenta que la culpa ha sido suya.

Su rubor aumentó, pero no discutió conmigo.

—La recogeré dentro de una hora.

Agité una mano. Me daba igual la hora a la que la recogiera, siempre y cuando estuviera en mi poder antes de marcharme de la oficina.

—¿Señor VanRyan?

—¿Qué?

—Hoy tengo que marcharme a las cuatro. Tengo una cita. Le envié un correo electrónico al respecto la semana pasada.

Tamborileé sobre la mesa con los dedos mientras la observaba. Mi asistente, Katharine Elliott, la cruz de mi existencia. Había hecho todo lo que estaba en mi mano para librarme de ella, pero todo había sido en vano. Daba igual lo que le ordenase hacer, ella lo conseguía. Por humillante que fuese la tarea impuesta. ¿Recoger mi ropa de la tintorería? Sí. ¿Asegurarse de que mi cuarto de baño privado estuviera bien surtido de mis artículos de aseo personal y de mis condones preferidos? Por supuesto. ¿Ordenar por orden alfabético mi enorme colección de CD después de que decidiera llevármela a la oficina? Sin fallo alguno. Incluso los guardó todos en cajas después de que «me lo pensara mejor» y decidiera enviarlos de nuevo a mi casa, impecables y en orden. No dijo ni pío. ¿Enviarle flores y un mensaje de despedida a la mujer de turno que quisiera quitarme de encima ese mes o esa semana? Ajá.

Iba todos los días a la oficina sin falta y jamás llegaba tarde. Rara vez salía a menos que fuera para hacer algún encargo que le hubiera asignado o para escabullirse a la sala del personal, donde almorzaba uno de esos ridículos sándwiches caseros que le había prohibido comerse en la mesa de trabajo.

Mantenía mi agenda y mis contactos al día; archivaba los informes siguiendo el código de color que a mí me gustaba; y filtraba mis llamadas, asegurándose de que ninguna de mis numerosas ex me molestara. Según me habían dicho, todo el mundo la apreciaba, no olvidaba ningún cumpleaños y horneaba unas galletas riquísimas que compartía en ocasiones especiales. Era la puta perfección.

No la tragaba.

Era todo lo que aborrecía en una mujer. Pequeña y delicada, con el pelo oscuro y los ojos azules. Se vestía con trajes de falda sencillos. Impecable, pulcra y totalmente anticuada. Siempre llevaba el cabello recogido en un moño. No llevaba joyas y, por lo que había observado, tampoco se maquillaba. No poseía el menor atractivo y no tenía el amor propio necesario para hacer algo al respecto. Apocada y tímida, era fácil pisotearla. Jamás se defendía, aceptaba todo lo que yo le tiraba y jamás me ofrecía un no por respuesta. A mí me gustaban las mujeres fuertes y con personalidad. No los felpudos como la señorita Elliott.

Sin embargo, tenía que cargar con ella.

—De acuerdo. Pero que no se convierta en una costumbre, señorita Elliott.

Por un instante, creí ver un brillo furioso en sus ojos, pero acabó asintiendo con la cabeza.

—Recogeré su chaqueta y la dejaré en el armario. Tiene una conferencia telefónica a las dos y hay otra preparada en la sala de juntas. —Señaló los archivos que descansaban en una esquina de mi mesa—. Ahí están sus notas.

—¿Mis gastos?

—Termino en breve el informe y se lo dejo para que lo firme.

—De acuerdo. Puede irse.

Se detuvo en el vano de la puerta.

—Que pase una buena noche, señor VanRyan.

No me molesté en responder.

2

Richard

Brian me miraba por encima de la copa mientras disfrutaba de su whisky de centeno.

—Seguro que te escuece, Richard. Pero ¿qué quieres que haga?

—Quiero otro trabajo. Eso es lo que quiero que hagas. Búscame uno.

Soltó la copa con una carcajada seca.

—Ya lo hemos discutido. Con tu currículum, puedo conseguirte cualquier trabajo que quieras… menos aquí. Hay dos peces gordos en Victoria y tú trabajas para uno de ellos. Si por fin estás dispuesto a mudarte, dímelo. Tendré ofertas de empleo para ti en cualquier ciudad de las importantes que se te ocurra. Toronto está creciendo como la espuma.

Resoplé, irritado.

—No quiero mudarme. Me gusta Victoria.

—¿Hay algo que te retenga aquí?

Tamborileé sobre la mesa con los dedos mientras sopesaba la pregunta. No sabía por qué me negaba a mudarme. Me gustaba la ciudad. Me gustaban su cercanía al agua, los restaurantes y los teatros; me gustaba el ajetreo de una gran urbe en una ciudad pequeña y, sobre todo, me gustaba el clima. También había algo más, algo que no terminaba de comprender y que era lo que me retenía. Sabía que podía mudarme; de hecho, parecía la mejor solución, pero no era lo que quería.

—No, nada tangible. Quiero quedarme. ¿Por qué no puedo conseguir un puesto en Gavin Group? Tendrían que darse con un canto en los dientes por contar conmigo. Mis campañas hablan por sí solas.

Brian carraspeó al tiempo que golpeaba la copa con una uña bien cuidada.

—Lo mismo que tu personalidad.

—Ser directo y exigente funciona en la industria publicitaria, Brian.

—No me refiero a eso precisamente, Richard.

—¿Y a qué te refieres exactamente, joder?

Brian hizo un gesto para que nos sirvieran otra copa y se acomodó en el asiento, colocándose bien la corbata.

—Tu reputación y tu nombre te preceden. Sabes que si te llaman Dick, no siempre lo hacen como diminutivo. Lo de «capullo» te pega bastante. —Levantó un hombro—. Por motivos evidentes.

Me encogí de hombros. Me daba igual cómo me llamara la gente.

—Gavin Group es una empresa familiar. A diferencia de Anderson, dirigen el negocio basándose en dos principios: la familia y la integridad. Son muy selectivos a la hora de elegir clientes.

Resoplé. Anderson Inc. trabajaría para cualquiera. Mientras se pudiera sacar dinero, crearían una campaña... daba igual lo desagradable que fuera para algunos consumidores. Yo lo sabía y me daba igual. Sabía que Gavin Group era mucho más selectivo con respecto a sus clientes, pero podía trabajar dentro de sus límites. David detestaba Gavin Group: irme de Anderson Inc. y ponerme a trabajar allí lo cabrearía tanto que me ofrecería ser socio con tal de recuperarme. Incluso podría ofrecérmelo al descubrir que me iba. Tenía que conseguir que sucediera.

—Soy capaz de controlarme y trabajar según sus condiciones.

—No se trata solo de eso.

Esperé a que el camarero se marchara tras traernos las copas. Observé a Brian un momento. Su calva relucía y tenía un brillo travieso en los ojos azules. Estaba relajado y se sentía a gusto consigo mismo, mi dilema no lo preocupaba en absoluto.

Extendió las largas piernas, las cruzó con movimientos lentos y empezó a balancear una mientras cogía la copa.

—¿Qué más?

—Graham Gavin es un hombre familiar y dirige su empresa de la misma manera. Solo contrata a personal con esos mismos valores. Tu... en fin, tu vida personal no es precisamente lo que él consideraría aceptable.

Agité una mano, ya que sabía a lo que se refería.

—Le di la patada a Erica hace unos meses.

Mi ex lo que fuera copó los titulares con su adicción a las drogas después de caerse de la pasarela durante un desfile porque iba hasta las cejas de alguna sustancia. De todas formas, ya me había hartado de sus exigencias. Le ordené a la señorita Elliott que le mandase flores a la clínica de desintoxicación con una nota en la que le explicaba que lo nuestro había acabado y procedí a bloquear su número. Una semana más tarde, cuando intentó verme, ordené que los de seguridad la sacaran del edificio... Mejor dicho, le ordené a la señorita Elliott que se encargase de esa tarea. Parecía compadecerse de Erica cuando bajó, aunque al volver poco después me aseguró que Erica no volvería a molestarme. A tomar viento fresco.

—No se trata solo de Erica, Richard. Tienes una reputación. Eres un mujeriego cuando sales del trabajo y un tirano durante el día. Te has ganado la reputación de capullo. Y nada de eso le gusta a Graham Gavin.

—Considérame un hombre reformado.

Brian se echó a reír.

—Richard, no lo pillas. La empresa de Graham es muy familiar. Mi novia, Amy, trabaja allí. Sé cómo funcionan. En la vida he visto una empresa parecida.

—Explícamelo.

—Toda su familia está involucrada en el negocio. Su esposa y sus hijos, incluso los cónyuges de estos. Celebran comidas campestres y cenas para el personal y sus familias. Pagan bien, los tratan bien. Sus clientes los adoran. Que te contraten es muy difícil, porque es raro que alguien deje la empresa.

Reflexioné sobre sus palabras. Todo el mundo sabía lo importante que era la familia para Gavin Group y la escasa rotación de personal que había en la empresa. David detestaba a Graham Gavin y todo lo que representaba en el mundo empresarial. Para él, era un mundo feroz y así le gustaba jugar. Cuanto más sangriento, mejor. Hacía muy poco que habíamos perdido dos cuentas gordas, que se habían ido a manos de Gavin, y David se cabreó muchísimo. Aquel día rodaron cabezas... y bastantes. Menos mal que las cuentas no eran mías.

—Total, que mi gozo en un pozo.

Titubeó, me miró y luego clavó la vista por encima del hombro.

—Sé que uno de sus directivos se marcha.

Me incliné hacia delante, interesado en la información.

—¿Por qué?

—Su mujer está enferma. Parece que el pronóstico es bueno, pero ha decidido hacer el cambio por su familia y quedarse en casa.

—¿Es un puesto temporal?

Brian negó con la cabeza.

—Es un ejemplo de la clase de persona que es Graham Gavin. Lo va a jubilar con la pensión completa y con beneficios. Le ha dicho que una vez que su mujer se recupere, les regalará un crucero para celebrarlo.

—¿Cómo te has enterado?

—Amy es su asistente personal.

—En ese caso, necesita un sustituto. Consígueme una entrevista.

—Richard, ¿no has oído una sola palabra de lo que te he dicho? Graham no contratará a alguien como tú.

—Lo hará si consigo convencerlo de que no soy lo que cree.

—¿Y cómo lo vas a hacer?

—Tú consígueme la entrevista que ya pensaré en algo. —Bebí un buen trago de whisky—. No se puede enterar nadie de esto, Brian.

—Lo sé. Veré lo que puedo hacer, pero te aviso: no va a ser fácil venderle la moto.

—Hay una generosa comisión si me consigues el puesto.

—¿Merece la pena para demostrarle a David que te irás? ¿Tanto deseas ser socio?

Me pasé la mano por la barbilla con gesto pensativo y me rasqué.

—He cambiado de idea.

—¿A qué te refieres?

—David odia a Graham. Nada lo enfurecería más que perderme a manos del enemigo. Sé de unos cuantos clientes que también cambiarían de barco, lo que le echaría sal a la herida. Voy a conseguir que Graham Gavin me contrate, y cuando David intente recuperarme, me tocará a mí decir eso de que «las cosas han cambiado».

—Pareces muy seguro.

—Ya te lo he dicho, es lo que hace falta en este negocio.

—No tengo muy claro qué es lo que quieres conseguir, pero intentaré meterte en la empresa. —Apretó los labios—. Estudié con su yerno y todavía jugamos al golf juntos. Tenemos pensado reunirnos para jugar un partido la semana que viene. Lo tantearé al respecto.

Asentí con la cabeza mientras la mente me hervía de ideas. ¿Cómo se convencía a un desconocido de que no se era lo que se parecía ser?

Esa era la pregunta del millón.

Solo tenía que encontrar la respuesta.

3

Richard

A la mañana siguiente se me ocurrió una idea, pero no estaba seguro de cómo ponerla en práctica. Si Graham Gavin quería a un hombre de familia, eso tendría. Solo tenía que dar con la forma de solventar ese detallito. Sería capaz de hacerlo; al fin y al cabo, esa era mi especialidad, era el hombre de las ideas.

Mi principal problema era el tipo de mujeres que normalmente había en mi vida. Versiones femeninas de mí mismo. Preciosas para contemplar, pero frías, calculadoras y poco interesadas en otra cosa que no fuera lo que yo podía darles: cenas sofisticadas, regalos caros y si habían durado lo suficiente, un viaje a algún lugar antes de darles la patada. Porque siempre lo hacía. En mi caso, también me interesaba lo que ellas podían darme. Lo único que quería era algo bonito a lo que mirar y un cuerpo caliente en el que enterrarme por las noches, una vez que el día acabara. Unas cuantas horas de placer irreflexivo hasta que la cruda y fría realidad de mi vida se asentara de nuevo.

Ninguna de ellas sería el tipo de mujer con el que Graham Gavin me creería capaz de pasar el resto de la vida. A veces, ni siquiera era capaz de pasar una noche entera.

La señorita Elliott llamó con timidez y esperó a que le diera permiso con un grito para pasar. Entró, llevando con cuidado en las manos mi café, que colocó en la mesa.

—El señor Anderson ha convocado una reunión en la sala de juntas para dentro de diez minutos.

—¿Dónde está mi *bagel*?

—He pensado que preferiría comérselo después de la reunión para no ir con prisas. Que yo sepa, detesta comer rápido. Le provoca ardores.

La miré con cara de pocos amigos, contrariado por el hecho de que tuviera razón.

—Deje de pensar. Ya le he dicho que sus conclusiones son erróneas prácticamente en su totalidad.

Miró su reloj de pulsera, un modelo simple de correa negra con una esfera muy sencilla, sin duda comprado en Walmart o en alguna otra tienda normalucha.

—Quedan siete minutos para la reunión. ¿Quiere que le traiga el *bagel*? Después de tostarlo, le quedarán dos minutos para comérselo en dos bocados.

Me puse de pie y cogí la taza.

—No. Por su culpa, pasaré la reunión con hambre. Si cometo algún error, será culpa suya.

Salí hecho una furia del despacho.

David golpeó con suavidad el cristal de la mesa.

—Atención. Tengo buenas y malas noticias. Empezaré con las buenas. Me alegra anunciar que hemos propuesto a Tyler Hunter para que se convierta en socio.

El silencio fue absoluto. Por dentro, solté una risilla. Aunque por fuera actuara como una persona decente, eso no significaba que no aborreciera a ese cabrón mentiroso o que no le guardara rencor a David por lo que me estaba haciendo.

David carraspeó.

—Y las malas noticias. A partir de hoy, Alan Summers ya no forma parte de la empresa.

Enarqué las cejas. Alan era uno de los pesos pesados de Anderson Inc. No pude contenerme.

—¿Por qué?

David me miró de inmediato.

—¿Cómo dices?

—Que por qué se ha ido. ¿Ha tomado él la decisión?

—No. Ha... —David torció el gesto—. Según tengo entendido, estaba saliendo con una de las asistentes. —Frunció el ceño—. Ya sabéis que las normas sobre las relaciones sentimentales entre empleados son estrictas. Que esto sirva de lección.

La empresa era muy estricta a la hora de exigir el cumplimiento de las normas. O las seguías o te largabas. Figuradamente, te cortaban las pelotas y te dejaban como un tonto. La confraternización entre empleados era tabú. David creía que las relaciones sentimentales en la oficina nublaban la mente. Miraba mal cualquier cosa que pudiera distraerte del trabajo o de lo que él consideraba importante. Mi conclusión era que estaba en contra de que sus empleados tuvieran vida fuera de las oficinas de la empresa. Tras echarles un vistazo a los reunidos en torno a la mesa, caí en la cuenta de que todos los ejecutivos eran solteros o divorciados. Nunca me había parado a pensar en el estado civil de mis compañeros de trabajo.

—Y, al hilo del tema, Emily también nos ha dejado.

No hacía falta ser un genio para saber con qué asistente estaba saliendo Alan. Emily era su asistente personal. Qué idiota. Uno no se liaba con una compañera de trabajo, mucho menos con su asistente personal. Por suerte, la mía no me tentaba en lo más mínimo.

David siguió hablando y yo desconecté para reflexionar sobre mi problema. Cuando vi que los demás se levantaban, me puse en pie al punto y salí de la sala de juntas, renuente a ver las palmaditas en la espalda y los apretones de mano que recibiría Tyler.

«Gilipollas».

Entré en mi despacho y me detuve al ver a Brian sentado en el borde de la mesa de la señorita Elliott, muerto de risa. Ambos alzaron la vista cuando me vieron llegar, pero sus expresiones eran distintas. Brian seguía riendo, mientras que la señorita Elliott parecía contrita.

—¿Qué haces aquí? —exigí saber, tras lo cual le pregunté a mi asistente—: ¿Por qué no me ha dicho que me estaban esperando?

Brian alzó una mano.

—Richard, acabo de llegar. Katy me ha ofrecido un café y la

posibilidad de avisarte de mi llegada, pero estaba disfrutando de su compañía más de lo que disfruto de la tuya, así que no tenía prisa. —Me guiñó un ojo—. Es más graciosa que tú, y más guapa. Me gusta charlar un rato con ella.

¿Graciosa y guapa? ¿La señorita Elliott? ¿Y qué era eso de llamarla «Katy»?

Solté una carcajada ante semejante descripción.

—A mi despacho —ordené.

Brian me siguió y una vez dentro, cerré la puerta.

—¿Qué haces aquí? Si David te ve...

Negó con la cabeza.

—Relájate. Como si no me hubieran visto antes. Además, ¿qué pasa si me ve y sospecha algo? Hazlo sudar un poco, hombre.

Medité la idea. Tal vez tuviera razón. David sabía que Brian era el mejor cazatalentos de Victoria. A lo mejor si lo veía rondar por Anderson Inc., se ponía un poco nervioso.

—Deja de tontear con mi asistente. Es una pérdida de tiempo. Además, ¿no tenías novia?

—La tengo, y no estaba tonteando con ella. Katy es una chica estupenda. Me gusta hablar con ella.

Resoplé.

—Sí, es estupendísima. Si te gustan los felpudos disfrazados de espantapájaros escuálidos.

Brian frunció el ceño.

—¿No te gusta? ¿En serio? ¿Qué tiene de malo?

—Es perfecta, joder —le solté, rezumando sarcasmo—. Hace todo lo que le ordeno. Vamos a dejar el tema y dime por qué has venido.

Bajó la voz para decirme:

—Esta mañana he tomado un café con Adrian Davis.

Atravesé el despacho para sentarme en mi mesa.

—¿Adrian Davis, el que trabaja en Gavin Group?

Brian asintió con la cabeza.

—Le hice una visita a Amy, y después fui a verlo a él para organizar el partido de golf de la semana que viene. Ha accedido a hablar con Graham para conseguirte una entrevista.

Golpeé mi escritorio con un puño.

—Joder, esas sí que son buenas noticias. ¿Qué le has dicho?

—Que te marchabas por motivos personales. Le dije que, pese a los rumores, tu situación ha cambiado y ya no te sientes cómodo con la directiva de Anderson Inc.

—¿Mi situación?

—Le he dicho que tus días de mujeriego han quedado atrás, y que tu forma de trabajar ha evolucionado. Que buscas una forma de vida distinta.

—¿Y te ha creído?

Brian se alisó la raya del pantalón con la yema de los dedos y me miró a los ojos.

—Sí.

—¿Le has dicho cuál ha sido el motivo de este milagroso cambio?

—Tú mismo lo sugeriste anoche, más o menos. Le he dicho que te has enamorado.

Asentí con la cabeza. Era tal como lo había supuesto. A Graham le gustaba un ambiente familiar, y yo tendría que encajar en él.

Brian me miró con expresión maliciosa.

—Dado tu historial, Richard, esta mujer tiene que ser diametralmente opuesta a las mujeres con las que te has relacionado, sobre todo en los últimos tiempos. —Ladeó la cabeza—. Más sensata, agradable y afectuosa. Real.

—Lo sé.

—¿De verdad merece la pena?

—Sí.

—¿Vas a mentir y a fingir para conseguir un trabajo?

—Es más que un trabajo. David me la ha jugado, y Tyler también. No es la primera vez. No pienso aguantarlo más. —Me acomodé en el sillón y miré hacia la ventana—. Sí, mis intenciones tal vez no sean muy honestas, pero mi presencia va a ser un buen empujón para la empresa de Graham. Voy a partirme los cuernos por él.

—¿Y la mujer?

—Cortaremos. Esas cosas pasan.

—¿Alguna idea sobre quién va a ser la afortunada dama?

Negué con la cabeza.

—Ya se me ocurrirá alguien.

Llamaron a la puerta y, acto seguido, entró la señorita Elliott, que dejó en mi escritorio un *bagel* y una taza de café recién hecho.

—Señor Maxwell, ¿le traigo otra taza de café?

Brian negó con la cabeza mientras sonreía.

—Ya te he dicho que me llamo Brian. Gracias, Katy, pero no. Tengo que irme, y aquí tu jefe está ocupado con un proyecto muy importante.

Mi asistente se volvió hacia mí, con los ojos como platos.

—Señor VanRyan, ¿tengo que hacer algo? ¿Puedo ayudarle de alguna manera?

—Desde luego que no. No necesito nada de usted.

Se puso colorada y agachó la cabeza. Tras asentir en silencio, salió del despacho y cerró la puerta.

—Dios, qué imbécil eres —comentó Brian—. Y qué borde.

Me encogí de hombros, sin arrepentirme.

Brian se levantó de la silla y se abrochó la chaqueta.

—Richard, deberías controlar un poco esos humos si quieres que tu plan funcione. —Señaló hacia la puerta—. Esa chica tan guapa es precisamente el tipo de mujer que necesitas para relacionarte con Graham.

Pasé por completo del adjetivo «guapa» y lo miré boquiabierto.

—¿Relacionarme?

Brian rio entre dientes.

—¿Crees que va a aceptar un nombre y una breve presentación? Ya te he explicado lo mucho que se involucra en las vidas de sus trabajadores. Si decide contratarte, querrá relacionarse con tu pareja… en más de una ocasión.

Yo no había meditado la cuestión tan a fondo. Creía que podría convencer a alguna conocida para que me ayudara una noche, pero Brian tenía razón. Necesitaba mantener la fachada un tiempo. Al menos hasta que le demostrara mi valía a Graham.

Brian titubeó al llegar a la puerta.

—Creo que la señorita Elliott no está casada.

—Eso salta a la vista.

Brian meneó la cabeza.

—Estás ciego, Richard. Tienes la solución delante de las narices.

—¿De qué estás hablando?

—Eres un tío listo. Piensa.

Se marchó, dejando la puerta abierta. Le oí decir algo que le arrancó una carcajada a la señorita Elliott, un sonido poco habitual procedente de su zona de trabajo. Cogí el *bagel* y le di un mordisco con más fuerza de la necesaria.

«¿Qué narices me ha sugerido Brian?».

Algo empezó a tomar forma en mi mente y miré hacia la puerta.

No podía estar hablando en serio.

Solté un gemido y dejé el *bagel* en el plato, porque acababa de perder el apetito.

Lo había dicho totalmente en serio.

«Esto es una mierda».

4

Richard

El ruido de la cinta de correr era un zumbido constante bajo mis pies mientras corría. Apenas había pegado ojo la noche anterior y estaba de un humor de perros. El sudor me corría por la espalda y por la cara. Cogí una toalla y me sequé de mala manera antes de tirarla al suelo. Mi iPod sonaba a toda pastilla con música *heavy*, pero no estaba lo bastante alto, así que subí el volumen, agradecido porque el piso estuviera insonorizado.

Seguí corriendo a un ritmo casi frenético. Había repasado todas mis opciones y planes durante la noche y había acabado con dos ideas.

La primera era que si Brian y Adrian conseguían meterme en la empresa, podría intentar pasar la entrevista dándole a Graham detalles muy vagos acerca de la mujer que supuestamente había cambiado mi punto de vista y, por tanto, me había reformado. Si jugaba bien mis cartas, podría mantener la farsa hasta demostrarle mi valía a Graham y luego decir que había pasado lo impensable: esa mujer perfecta me dejaba. Podría fingir que estaba destrozado y volcarme en el trabajo.

Sin embargo, a juzgar por lo que Brian me había explicado, la idea seguramente no funcionaría.

Tendría que presentarle una mujer de verdad, una que convenciera a Graham de que era mejor persona de lo que él creía que era. Alguien, en palabras de Brian, «sensata, agradable y afectuosa».

No conocía a muchas mujeres que encajasen en todas esas categorías, a menos que tuvieran más de sesenta años. No creía que Graham se tragara que me había enamorado de alguien que me doblaba la edad. Ninguna de las mujeres con las que me relacionaba pasaría su inspección. Sopesé la idea de contratar a alguien, tal vez a una actriz, pero parecía demasiado arriesgado.

Las palabras de Brian no dejaban de repetirse en mi cabeza.

«Estás ciego, Richard. Tienes la solución delante de las narices».

La señorita Elliott.

Brian creía que debía usar a la señorita Elliott para que fingiera ser mi novia.

Si me distanciaba de la cuestión e intentaba ser objetivo, debía admitir que tenía razón. Era la tapadera perfecta. Si Graham creía que me marchaba de Anderson Inc. porque estaba enamorado de mi asistente personal y la elegía a ella, y a nuestra relación, por encima de mi trabajo, ganaría muchos puntos. No se parecía en nada a cualquier otra mujer con la que hubiera estado. Brian creía que era agradable, inteligente y encantadora. Parecía caerles bien a los demás. Todo eran ventajas.

Salvo que estaba hablando de la señorita Elliott.

Apagué la cinta de correr con un gruñido y cogí la toalla que había tirado. Una vez en la cocina, saqué una botella de agua y me la bebí de un tirón antes de encender el portátil. Inicié sesión en el sitio web de la empresa, repasé los archivos de personal y me detuve al llegar a la ficha de la señorita Elliott. Estudié su fotografía mientras intentaba ser objetivo.

No tenía nada reseñable, salvo los brillantes ojos azules, muy grandes y rodeados de largas pestañas. Suponía que tenía el cabello largo y oscuro, pero siempre lo llevaba recogido en un moño severo. Tenía la piel muy blanca. Me pregunté qué aspecto tendría tras pasar por las manos de un maquillador profesional y vestida con ropa decente. Miré la pantalla con los ojos entrecerrados, concentrado en su imagen. Dormir unas cuantas horas no le iría mal para librarse de las ojeras que tenía y tal vez le sentaría bien comer otra cosa que no fuera sándwiches de mantequilla de cacahuete y mermelada. Estaba como un palo. Me gustaba que mis mujeres tuvieran más curvas.

Gemí, frustrado, mientras me frotaba la nuca.

Suponía que, en esas circunstancias, mis preferencias daban igual. Era lo que necesitaba.

En esas circunstancias, tal vez debería admitir que necesitaba a la señorita Elliott.

Menuda mierda.

Mi móvil sonó y miré la pantalla. Me sorprendí al ver el nombre de Brian.

—Hola.

—Perdona por despertarte.

Miré el reloj y me di cuenta de que solo eran las seis y media de la mañana. Me sorprendió que él sí estuviera despierto. Sabía que le gustaba levantarse tarde.

—Llevo despierto un rato. ¿Qué pasa?

—Graham te verá hoy a las once.

Me levanté y sentí un escalofrío en la columna.

—¿Lo dices en serio? ¿A qué vienen las prisas?

—Estará fuera el resto de la semana y le dije a Adrian que estabas pensando acudir a una entrevista en Toronto.

Solté una carcajada.

—Te debo una.

—De las gordas. Tanto que nunca podrás pagarme. —Se echó a reír—. Sabes muy bien que hay muchas posibilidades de que esto acabe en nada a menos que puedas convencerlo de que las cosas han cambiado, ¿verdad? Mentí a Adrian como un bellaco, pero mi palabra solo te ayudará al principio.

—Lo sé.

—De acuerdo. Buena suerte. Dime cómo te va.

—Lo haré.

Colgué, comprobé mi agenda y esbocé una sonrisa torcida al darme cuenta de que la señorita Elliott la había actualizado la noche anterior. Tenía un desayuno de trabajo a las ocho, lo que quería decir que volvería a la oficina a eso de las diez. Decidí que no iría a la oficina. Se me había ocurrido cómo presentar a mi supuesta novia en la entrevista.

Marqué el número de la señorita Elliott. Contestó tras unos cuantos tonos, con voz soñolienta.

—Mmm… ¿diga?

—Señorita Elliott.

—¿Qué?

Inspiré hondo en un intento por ser paciente. Saltaba a la vista que la había despertado. Lo intenté de nuevo.

—Señorita Elliott, soy Richard VanRyan.

Su voz sonaba ronca y desconcertada.

—¿Señor Van Ryan?

Suspiré con pesadez.

—Sí.

Oía mucho movimiento y me la imaginé sentándose torpemente, con aspecto desaliñado.

Carraspeó.

—¿Hay... esto... hay algún problema, señor VanRyan?

—No iré a la oficina hasta después del almuerzo.

Se hizo el silencio.

—Tengo que ocuparme de un asunto personal.

Contestó con sequedad:

—Podría haberme mandado un mensaje de texto..., señor.

—Necesito que haga dos cosas por mí. —Seguí, haciendo caso omiso del deje sarcástico de su voz—. Si David aparece y quiere saber dónde estoy, dígale que me estoy ocupando de un asunto personal y que no sabe dónde me encuentro. ¿Le ha quedado claro?

—Como el agua.

—Necesito que me llame a las once y cuarto. Justo a esa hora.

—¿Quiere que diga algo o me limito a jadear?

Me aparté el teléfono de la oreja, sorprendido por su tono. De hecho, parecía que a mi asistente no le hacía gracia que la despertasen temprano. Semejante descaro no era habitual en ella, y no sabía muy bien cómo tomármelo.

—Necesito que me diga que mi cita de las cuatro se ha adelantado a las tres.

—¿Algo más?

—No. Ahora repítame lo que acabo de decirle.

Emitió un sonido raro, una especie de gruñido, que me hizo sonreír. La señorita Elliott parecía tener carácter en según qué circunstancias. Sin embargo, quería asegurarme de que estaba lo bastante despierta como para recordar mis instrucciones.

—Tengo que decirle a David que se está ocupando de un asunto personal y que no tengo ni idea de dónde está. Lo llamaré exactamente a las once y cuarto y le diré que su cita de las cuatro se ha adelantado a las tres.

—Bien. No la cague.

—Pero, señor VanRyan, esto no tiene sentido, ¿por qué va a…?

Colgué, sin hacerle el menor caso.

5

Richard

El edificio donde se encontraba la sede de Gavin Group era diametralmente opuesto al de Anderson Inc. A diferencia del enorme rascacielos de acero y cristal en el que trabajaba todos los días, ese edificio era de ladrillo, solo tenía cuatro plantas y estaba rodeado de árboles. Aparqué el coche tras hablar con el guardia de seguridad de la entrada, que me sonrió con amabilidad y me ofreció un pase de visitante. Antes de entrar en el edificio, otro guardia de seguridad me saludó y me indicó que el despacho de Graham Gavin se encontraba en el último piso, tras lo cual me deseó un buen día.

Al cabo de unos minutos, una secretaria me condujo hasta una sala de juntas, me ofreció una taza de café recién hecho y me dijo que Graham se reuniría conmigo en breve. Me distraje observando todos los detalles de la estancia en la que me encontraba, sorprendido de nuevo por las diferencias entre ambas empresas.

Anderson Inc. había apostado por llamar la atención. Los despachos y la sala de juntas estaban equipados con tecnología punta, y decorados con las tendencias más novedosas, siendo el blanco y el negro los tonos predominantes. Sillones modernos y duros, mesas y escritorios con superficies de cristal grueso, suelos de madera de color miel. Todo era frío y distante. Si esa estancia era indicativa, iba a estar como pez fuera del agua en Gavin Group. Las paredes estaban forradas con cálidos paneles de madera de roble; la mesa de juntas era de forma ovalada, de madera, y estaba rodeada por cómodos sillones de cuero; el suelo estaba cubierto con una mullida moqueta. A la derecha, había una amplia zona con una eficiente cocina. En las paredes colgaban los anuncios de sus campañas más exitosas, todos enmarcados y colocados con mucho gusto. Varios trofeos se alineaban en las estanterías.

En un extremo de la estancia, se emplazaba una pizarra para anotar ideas. Había garabatos e ideas esbozadas. Me acerqué para analizar las imágenes y capté con rapidez la estructura de la campaña que estaban diseñando para una marca de calzado. Iban por mal camino.

Una voz ronca me sacó de mis pensamientos.

—A juzgar por su expresión, no le gusta el concepto.

Mis ojos se encontraron con la expresión jocosa de Graham Gavin. Nos habíamos visto varias veces en algunos eventos del sector, y siempre se había mostrado educado y distante. Un apretón de manos profesional y un breve saludo sin más. Era un hombre alto y seguro de sí mismo, con un abundante cabello canoso que brillaba bajo la luz.

De cerca, la calidez de sus ojos verdes y el timbre ronco de su voz me sorprendieron. Me pregunté si habían dejado a propósito la pizarra con las ideas. Si sería una especie de prueba.

Me encogí de hombros.

—No es un mal concepto, pero no es nuevo. ¿Una familia que usa el mismo producto? Está muy visto.

Graham se apoyó en el borde de la mesa y cruzó los brazos por delante del pecho.

—Está muy visto, sí, pero funciona. El cliente es Kenner Footwear. Quieren llegar a un público amplio.

Asentí con la cabeza.

—¿Y si se hiciera, pero con una sola persona?

—Me gustaría que elaborara esa idea.

Señalé la imagen de la familia, colocando el dedo sobre el niño más pequeño.

—Empezamos aquí. Centrándonos en él. La primera compra del producto: unos zapatos que le han comprado sus padres. Seguimos su trayectoria mientras crece, centrándonos en algunos momentos importantes de su vida, durante los cuales lleva la misma marca de calzado: sus primeros pasos, el primer día de colegio, una excursión con los amigos, practicando deporte, durante una cita, la graduación, el día de su boda... —Guardé silencio.

Graham también guardó silencio un instante y después asintió con la cabeza.

—La marca te acompaña mientras creces.

—Es una constante. Tú cambias, la marca no. Es tuya de por vida.

—Brillante —dijo.

Por algún motivo, su halago me provocó una cálida sensación en el pecho. Agaché la cabeza, abrumado por la extraña sensación. Graham se apartó de la mesa con la mano extendida hacia mí.

—Graham Gavin.

Acepté su mano y me percaté de la firmeza de su apretón.

—Richard VanRyan.

—Ya estoy impresionado.

Antes de que pudiera decir algo, mi móvil sonó. Justo a tiempo.

—Lo siento. —Miré la pantalla, con la esperanza de parecer contrito—. Necesito atender esta llamada. Lo siento.

—Sin problemas, Richard. —Sonrió—. Yo necesito un café.

Me di media vuelta mientras contestaba.

—Katharine... —murmuré, hablando en voz baja a propósito.

Por un instante, reinó el silencio al otro lado de la línea, después oí:

—¿Señor VanRyan?

—Sí. —Reí entre dientes, a sabiendas de que acababa de dejarla pasmada. Jamás la había llamado por otro nombre que no fuera su apellido y mucho menos nunca usando un tono de voz como el que acababa de usar.

—Mmm... ¿No me pidió que lo llamara y le dijera que su reunión de las cuatro se había adelantado a las tres?

—¿A las tres? —repetí.

—¿Sí?

—De acuerdo, lo tendré en cuenta. ¿Va todo bien por ahí?

Pareció pasmada cuando contestó:

—Señor VanRyan, ¿se encuentra bien?

—Por supuesto que estoy bien. —No pude resistirme a seguir tomándole el pelo un poco más—. ¿Por qué?

—Es que parece… eh… distinto.

—Deja de preocuparte —repliqué, consciente de que Graham estaba escuchando—. Todo va bien.

—David ha preguntado por usted.

—¿Qué le has dicho?

—Exactamente lo que me ordenó que le dijera. Que…

—¿Cómo? ¿Qué ha pasado?

—Está que se sube por las paredes esta mañana.

—David siempre está así. Vete temprano a almorzar y cierra el despacho. Me encargaré de él cuando regrese —le ordené mientras sonreía de forma burlona, hablando con un tono preocupado.

El desconcierto que la abrumaba le infundió valor.

—¿Que cierre el despacho y me vaya temprano a almorzar? ¿Está borracho?

Esa fue la gota que colmó el vaso. Me eché a reír.

—Hazlo, Katharine. Cuídate. Nos vemos a mi regreso. —Corté la llamada aún con la sonrisa en los labios y me di media vuelta para mirar a Graham—. Mi asistente —dije, a modo de explicación.

Él me observaba con expresión cómplice.

—Creo que sé por qué estás tratando de dejar Anderson Inc.

Le devolví la mirada al tiempo que me encogía de hombros.

Ya era mío.

—Háblame de ti.

Hice una mueca al oír la petición.

—Creo que ya sabe mucho sobre mí, Graham. O, por lo menos, ha oído hablar de mí.

Asintió con la cabeza al tiempo que bebía un sorbo de café.

—Tu reputación te precede.

Me incliné hacia delante, con la esperanza de parecer serio.

—La gente cambia.

—¿Y tú lo has hecho?

—Lo que quiero en la vida y la forma de conseguirlo, sí. Por tanto, la persona que fui ya no existe.

—Enamorarse produce ese efecto en las personas.

—Eso estoy descubriendo.

—Anderson Inc. tiene una política muy estricta en lo concerniente a las relaciones sentimentales entre sus empleados.

Resoplé.

—A David no le gusta que su personal mantenga relaciones ni dentro ni fuera de la empresa. Cree que supone una distracción.

—¿Y tú no estás de acuerdo?

—Creo que se pueden hacer las dos cosas… con la persona adecuada.

—¿Y tú has encontrado a esa persona?

—Sí.

—Tu asistente.

Tragué saliva y solo acerté a asentir con la cabeza.

—Háblame de ella.

«Mierda». En lo concerniente a mi trabajo, era capaz de hablar durante horas. Estrategias, ángulos, conceptos, visualizaciones… podía hablar durante horas y horas. Rara vez hablaba de mi vida personal, de manera que no sabía qué podía decir sobre una mujer a la que apenas conocía y que no me gustaba. No tenía ni idea. Tragué saliva de nuevo y miré de reojo hacia la mesa al tiempo que pasaba los dedos por la superficie lisa.

—Es lo más torpe que he conocido en la vida —solté… al menos eso era cierto.

Graham frunció el ceño al captar mi tono de voz y me apresuré a enmendar el error.

—Me cabrea cuando se hace daño —añadí con una voz más suave.

—Claro. —Asintió con la cabeza.

—Es… eh… perfecta.

Graham soltó una carcajada.

—Eso pensamos todos de la mujer que amamos.

Me devané los sesos para crear una lista de todas las cosas que sabía de ella.

—Se llama Katharine. Mucha gente la llama Katy, pero a mí me gusta usar su nombre completo.

Eso no era una mentira realmente. Lo normal era que la llamase «señorita Elliott» siempre.

Asintió con la cabeza.

—Un nombre bonito. Seguro que le gusta que la llames así.

Reí entre dientes al recordar la reacción que había suscitado poco antes en ella.

—Creo que la confunde.

Graham guardó silencio mientras yo meditaba sobre mis siguientes palabras.

—Es pequeña y recatada. Tiene unos ojos como el océano, tan azules que parecen insondables. En la oficina la adora todo el mundo. Hornea galletas que luego comparte con los compañeros. Son un éxito. —Titubeé mientras trataba de encontrar algo más—. Detesta que la despierten más temprano de lo necesario. Su voz adquiere un tono irritable que me hace mucha gracia.

Graham sonrió para animarme a continuar.

—Me ayuda a no perderme. Como asistente es asombrosa y estaría perdido sin ella. —Suspiré, sin saber qué más añadir—. Indudablemente es buena para mí —admití, consciente en mi fuero interno de que era cierto. Estaba seguro de que yo era el malo de la película, sobre todo si tenía en cuenta lo que estaba haciendo en ese momento.

—¿Quieres traerla contigo?

—¡No! —exclamé. Era mi oportunidad para librarme de ella.

—No lo entiendo.

—Ella, esto... quiere tener niños. Prefiero que se quede en casa y contar con otra asistente en el trabajo. Quiero que tenga la oportunidad de relajarse y de disfrutar de la vida durante una temporada... sin trabajar.

—¿No disfruta de la vida ahora mismo?

—Es difícil, dadas las circunstancias, y trabaja demasiado —añadí, con la esperanza de acertar—. Lleva un tiempo con aspecto de cansada. Quiero que duerma todo lo que necesite.

—Quieres cuidarla.

Nos adentrábamos en un terreno peligroso. No sabía qué decir. Jamás había deseado cuidar de nadie, salvo de mí mismo. De todas formas, asentí a modo de respuesta.

—Supongo que vivís juntos. Imagino que es el único momento en el que podréis relajaros como pareja.

«Mierda». No lo había pensado siquiera.

—Esto... sí, bueno... valoramos mucho nuestra intimidad.

—No te gusta hablar de tu vida privada.

Esbocé una sonrisa renuente.

—No. Estoy acostumbrado a no hablar de ella.

Al menos eso no era mentira.

—Gavin Group es una empresa única, en muchos sentidos.

—Algo que me atrae muchísimo.

Graham señaló la pizarra.

—Creemos en el trabajo en equipo, tanto en la empresa como en la vida personal de los empleados. Trabajamos en grupo en las campañas, aportando ideas a las ideas de los demás, tal como hemos hecho hace un rato. Compartimos los éxitos y los fracasos. —Me guiñó un ojo—. Aunque no tengamos muchos de esos últimos. Valoro mucho a mis empleados.

—Es una forma interesante de hacer las cosas.

—A nosotros nos funciona.

—Es evidente. Es usted un hombre muy respetado.

Nos miramos a los ojos. Mantuve una expresión abierta, que esperaba que también fuera sincera.

Graham se acomodó en el sillón.

—Háblame más de tu idea.

Yo también me relajé. Eso era fácil. Mucho más fácil que hablar de Katharine Elliott.

Una hora más tarde, Graham se puso en pie.

—Estaré fuera hasta el viernes. Me gustaría invitarte a una barbacoa que mi mujer y yo celebraremos el sábado. Me gustaría que la conocieras y que conocieras a unas cuantas personas más.

Sabía a lo que se refería.

—Será un placer, señor. Gracias.

—Y a Katharine también, por supuesto.

Mantuve una expresión inmutable mientras aceptaba la mano que me tendía.

—Le encantará.

De vuelta al trabajo, encontré a la señorita Elliott sentada a su mesa cuando llegué. Aunque estaba hablando por teléfono, sentí que me seguía con la mirada cuando pasé frente a ella. Sin duda, esperaba que la fuerza de mi ira cayera sobre ella por cualquier infracción que hubiera descubierto ese día. En cambio, asentí con la cabeza y seguí andando hasta mi escritorio, donde revisé los mensajes y los pocos documentos que necesitaban mi aprobación. Un tanto desinteresado, algo raro en mí, seguí de pie, con la vista clavada en la panorámica de la ciudad que se extendía ante mí. Los ruidos de la calle quedaban silenciados por la altura y por el cristal. Las vistas y los sonidos serían muy distintos en Gavin Group.

Todo sería distinto.

En más de una ocasión, cuando salía después de haber mantenido cualquier reunión con David, era un manojo de nervios, me encontraba ansioso e inquieto. David sabía qué botones debía pulsar con todos los empleados que trabajaban para él. Sabía qué decir y qué hacer exactamente para conseguir lo que buscaba, ya fuera positivo o negativo. Hasta ese momento, no me había percatado de ese detalle. El encuentro con Graham, pese a los nervios que me provocaba la forma en la que había conseguido entrevistarme con él, me había dejado tranquilo.

Durante la investigación que había llevado a cabo de su empresa y de él mismo, había encontrado numerosos testimonios de su amabilidad y de su espíritu generoso. De hecho, no había encontrado ningún comentario negativo sobre su persona, salvo la opinión desfavorable de David. Mientras discutía con él los conceptos que imaginaba para la campaña de calzado, había sentido un entusiasmo que echaba en falta desde hacía mucho tiempo. Me sentía creativo de nuevo, revitalizado. Graham escuchaba, escuchaba de verdad, y alentaba mi proceso creativo con refuerzo positivo, añadiendo ideas de su propia cosecha. Para mi sorpresa, me gustaba su concepto de trabajo en equipo. Me preguntaba cómo sería no estar involucrado en el degüelle diario de Anderson Inc. Qué se sentiría trabajando con otras personas en lugar de trabajar contra ellas. ¿Ayudaría a llevar una vida mejor? Al menos, sería una vida más fácil, de eso estaba seguro. Sin embargo, era consciente de que supondría un desafío.

Lo único que tenía claro, después de haber hablado con él, era que mis motivos para querer trabajar con Graham ya no tenían que ver con la venganza. Quería sentir ese entusiasmo. Estar orgulloso de las campañas que creara. No esperaba ese giro de los acontecimientos, pero tampoco me desagradaba.

Oí un portazo y me volví con el ceño fruncido, una vez interrumpidos mis pensamientos.

—David. —Lo miré fijamente—. Menos mal que no estoy con un cliente.

—Katy me ha dicho que estabas desocupado. Te ha llamado por el interfono, pero no has contestado.

Había estado tan ensimismado en mis pensamientos que no había oído el zumbido. Era la primera vez que sucedía algo así.

—¿Qué necesitas?

David cuadró los hombros, preparándose para una discusión.

—¿Dónde has ido esta mañana? Te he estado buscando. No me has cogido el teléfono ni has respondido mis mensajes.

—Tenía una reunión personal.

—Tu asistente dice que tenías una cita médica.

Sabía que David mentía. Si en algo destacaba la señorita Elliott, era en guardar mis secretos. Decidí cargarme su farol.

—No sé por qué ha dicho tal cosa. No le mencioné a la señorita Elliott el menor detalle sobre mi paradero. Como ya te he dicho, es algo personal.

David me miró con el ceño fruncido, pero dejó el tema. Empezó a pasearse de un lado para otro al tiempo que se tocaba el mechón que le cubría la calva. Un gesto que conocía muy bien. Iba a lanzarse a la yugular. Se volvió para mirarme.

—¿Por qué vino el otro día Brian Maxwell?

Me encogí de hombros y eché a andar hacia mi escritorio para sentarme y disimular la risilla. Por fin entendía de qué iba aquello.

—Brian es amigo mío. Hemos quedado para jugar al golf.

—¿No podía hacerlo por teléfono?

—Pasaba por aquí cerca. Le gusta tontear con la señorita Elliott y decidió venir en persona. ¿Hay algún problema?

—¿Qué estás tramando?

Levanté las manos con gesto suplicante.

—No estoy tramando nada, David, salvo un partido de golf y unas cuantas horas fuera de la oficina. Descuéntamelo del sueldo si quieres. —Cogí los documentos que había sobre la mesa—. Pero creo que si lo compruebas, descubrirás que la empresa me debe un montón de días de vacaciones. Coge las dos horas de ahí.

—No te voy a quitar la vista de encima —me advirtió al tiempo que daba media vuelta y salía, hecho una furia. Dio tal portazo que los cristales vibraron.

Sonreí con la vista clavada en la puerta.

—Eso, no me la quites ni un segundo, David. Así me verás salir de esta empresa.

Extendí un brazo sobre la mesa para pulsar el botón del interfono.

La señorita Elliott contestó con una voz más cauta de lo habitual.

—¿Señor VanRyan?

—Necesito un café, señorita Elliott.

—¿Algo más, señor?

—Unos cuantos minutos de su tiempo.

La escuché tomar una trémula bocanada de aire.

—Ahora mismo voy.

Hice girar el sillón para mirar por la ventana y solté un suspiro. No podía creer lo que estaba a punto de hacer.

Esperaba no fracasar. Que el Señor me ayudara… en todos los sentidos.

6

Katharine

—No lo entiendo —murmuré por teléfono mientras intentaba mantener la calma—. No he recibido ninguna notificación acerca de la subida.

—Lo sé, señorita Elliott. Recibimos la orden hace dos días, por ese motivo la llamo para comunicarle el cambio.

Tragué saliva para deshacer el nudo que tenía en la garganta. Cuatrocientos dólares más al mes. Tenía que pagar cuatrocientos dólares más.

—¿Me ha oído, señorita Elliott?

—Lo siento… ¿Podría repetírmelo?

—He dicho que las nuevas tarifas se aplicarán desde el día uno.

Miré el calendario. Faltaban dos semanas.

—Pero ¿es legal siquiera?

La mujer al otro lado del teléfono suspiró, compadeciéndose de mí.

—Es una residencia privada, señorita Elliott. Una de las mejores de la ciudad, pero se rige por sus propias reglas. Hay otros sitios a los que podría trasladar a su tía, residencias controladas por el gobierno con cuotas fijas.

—No —dije—. No quiero hacerlo. Está muy bien cuidada e integrada.

—Nuestro personal es el mejor. Hay otras habitaciones, semiprivadas, a las que podría trasladarla.

Me froté la cabeza, frustrada. Esas habitaciones no tenían vistas al jardín… ni espacio para los caballetes y los libros de arte de Penny. Se sentiría desdichada y perdida. Tenía que mantenerla en su habitación privada, costara lo que costase.

El señor VanRyan entró en ese momento y me miró fijamente. Titubeé antes de decir nada más, sin saber si se iba a detener, pero siguió andando, entró en su despacho y cerró la puerta despacio con un clic apenas audible. No me saludó, aunque tampoco solía hacerlo, a menos que fuera para gritarme o soltar algún taco, así que supuse que la extraña llamada que me había obligado a hacer lo había satisfecho.

—¿Señorita Elliott?

—Discúlpeme. Estoy en el trabajo y mi jefe acaba de llegar.

—¿Tiene alguna pregunta más?

Quería decirle a gritos: «¡Sí! ¿Cómo narices se supone que voy a conseguir otros cuatrocientos dólares más?», pero sabía que era inútil. La mujer trabajaba en el departamento de contabilidad, no tomaba las decisiones.

—Ahora mismo no.

—Tiene nuestro número.

—Sí, gracias. —Colgué. Ellos, desde luego, tenían el mío.

Clavé la vista en la mesa con la mente hecha un torbellino de ideas. Me pagaban bien en Anderson Inc. Yo era una de las asistentes personales mejor pagadas porque trabajaba a las órdenes del señor VanRyan. Era horroroso trabajar para él… y el desprecio con que me trataba también era más que evidente. Sin embargo, lo hacía porque así conseguía dinero extra, que invertía en su totalidad en el cuidado de Penny Johnson.

Acaricié con la yema del dedo el desgastado contorno del protector de la mesa. Ya vivía en el sitio más barato que había encontrado. Me cortaba el pelo yo misma, compraba la ropa de segunda mano y mi dieta consistía en fideos chinos y en mucha mantequilla de cacahuete barata y mermelada. No gastaba dinero en nada y aprovechaba cualquier oportunidad para ahorrar. El café era gratis en la oficina y siempre había *muffins* y galletas. La empresa me pagaba el móvil y, cuando hacía buen tiempo, iba al trabajo andando para ahorrarme el billete de autobús. Muy de vez en cuando, usaba la cocina que había en la residencia para preparar galletas con los internos y llevaba algunas al trabajo. Era una forma silenciosa de compensar todo lo que me llevaba. Si surgía algún gasto imprevisto, había días en los que esas galletas y esos *muffins* eran lo único que me podía permitir. Siempre comprobaba si quedaba alguno en la sala de descanso antes de irme a casa por las noches y si había alguno, me lo llevaba para guardarlo en el pequeño congelador de mi apartamento.

Parpadeé para controlar las lágrimas que tenía en los ojos. ¿Cómo iba a conseguir cuatrocientos dólares más al mes? Ya estiraba la nómina al máximo. Sabía que no podía pedir un aumento de sueldo. Tendría que buscarme otro trabajo, lo que implicaba que pasaría menos tiempo con Penny.

La puerta se abrió y David entró echando humo por las orejas.

—¿Ha vuelto ya?

—Sí.

—¿Está con alguien?

—No, señor. —Pulsé el botón del interfono y me sorprendió que el señor VanRyan no contestara.

—¿Dónde ha estado? —exigió saber David.

—Tal y como le dije esta mañana, no estoy al tanto. Me dijo que era un asunto personal, así que no me pareció oportuno preguntarle.

Me fulminó con la mirada, y sus diminutos ojos casi desaparecieron cuando frunció el ceño.

—Jovencita, estamos hablando de mi empresa. Todo lo que sucede aquí es asunto mío. La próxima vez, preguntas. ¿Entendido?

Me mordí la lengua para no mandarlo a la mierda. En cambio, asentí con la cabeza. Fue un alivio cuando se alejó de mí y entró en tromba en el despacho del señor VanRyan.

Suspiré. Se daban tantos portazos que tenía que llamar a los de mantenimiento para que reparasen la puerta prácticamente todos los meses. Unos minutos después, David salió con otro portazo, mientras mascullaba tacos. Lo vi marcharse, con un nudo en el estómago por los nervios. Si David estaba de mal humor, quería decir que el señor VanRyan también estaría de mal humor. Eso solo quería decir una cosa:

pronto se pondría a gritarme por cualquier error que creyera que yo había cometido ese día.

Agaché la cabeza. Odiaba mi vida. Odiaba ser una asistente personal. Sobre todo, odiaba ser la asistente personal del señor VanRyan. Nunca había conocido a nadie tan cruel. Nada de lo que hacía bastaba, desde luego que no era lo suficiente para que me diera las gracias o me sonriera, aunque fuera un poquito. De hecho, estaba segurísima de que no me había sonreído ni una sola vez desde que empecé a trabajar para él hacía un año. Recordé el día que David me llamó a su despacho.

—Katy —dijo, mirándome fijamente—, como sabes, Lee Stevens se marcha. Voy a asignarte a otro director de campaña: Richard VanRyan.

—Oh. —Había oído horrores de Richard VanRyan y de su mal genio, y estaba nerviosa. Cambiaba de asistentes personales como quien cambiaba de camisa. Sin embargo, el cambio de puesto era mejor que quedarme sin trabajo. Por fin había encontrado un sitio en el que Penny era feliz, y no quería arrebatárselo.

—El salario es mayor de lo que cobras ahora mismo, mayor que el de cualquier otra asistente personal. —Me dio una cifra que parecía desorbitada, pero la cantidad significaba que podría conseguirle a Penny una habitación privada.

Era imposible que el señor VanRyan fuera tan malo, pensé en su momento.

Me había equivocado de parte a parte. Por su culpa, mi vida era un infierno, y yo lo aguantaba… porque no tenía alternativa.

Todavía no.

Sonó el interfono y me relajé como pude.

—¿Señor VanRyan?

—Necesito un café, señorita Elliott.

—¿Algo más, señor?

—Unos cuantos minutos de su tiempo.

Cerré los ojos mientras me preguntaba qué iba a pasar.

—Ahora mismo voy.

Me acerqué a su despacho, presa de los nervios, con su café en las manos. Llamé a la puerta, pero no entré hasta que no me dio permiso. Había cometido ese error en una ocasión y nunca lo volvería a cometer. Sus comentarios mordaces me habían escocido durante varios días.

Me controlé de modo que no me temblase la mano cuando dejé el café delante de él y preparé mi cuaderno de notas, a la espera de sus instrucciones.

—Siéntese, señorita Elliott.

El corazón empezó a latirme muy deprisa. ¿Por fin había convencido a David para que me despidiera? Sabía que lo llevaba intentando desde mi primera semana en el puesto. Intenté controlar la respiración. No podía perder el trabajo. Lo necesitaba.

Me senté antes de que las piernas me fallaran y carraspeé.

—¿Hay algún problema, señor VanRyan?

Agitó un dedo, señalándonos a ambos.

—Confío en que nada de lo que tratemos en este despacho salga de aquí.

—Sí, señor.

Asintió con la cabeza y cogió la taza de café para beber en silencio.

—Tengo que hablarle de un tema personal.

Estaba desconcertada. Nunca me hablaba a menos que fuera para gritarme una de sus órdenes.

—De acuerdo…

Echó un vistazo por el despacho y parecía nervioso, algo poco habitual en él. Me tomé unos minutos para observarlo mientras él meditaba lo que iba a decir. Era guapísimo, pero guapo de verdad. Medía más de metro noventa, tenía los hombros anchos y una cintura estrecha… Era el modelo perfecto para que un traje sentara como un guante. Casi siempre iba bien afeitado; aunque de vez en cuando, como sucedía en ese momento, se dejaba barba un par de días, algo que resaltaba su fuerte mentón. Llevaba el pelo castaño claro muy corto a los lados de la cabeza, pero más largo en la parte de arriba, y tenía un remolino en el centro de la frente, de modo que un mechón le caía sobre esta. Una imperfección que solo conseguía que fuera más perfecto todavía. Cuando estaba nervioso, acostumbraba a darse tirones del mechón, tal cual sucedía en ese momento. Tenía una boca grande, con dientes blanquísimos y unos labios tan carnosos que eran la envidia de muchas mujeres. Sus ojos verdosos se clavaron en los míos y enderezó los hombros, recuperando de nuevo el control.

—Tengo que pedirle algo. Al hacerlo, voy a depositar toda mi confianza en su discreción. Debe garantizarme que puedo fiarme de usted.

Lo miré, parpadeando. ¿Quería pedirme algo? ¿No me iba a despedir? Me estremecí, abrumada por el alivio. Mi cuerpo se relajó un poco.

—Por supuesto, señor. Se lo aseguro.

Me miró a los ojos. Nunca me había percatado de que su color cambiaba según la luz: era una mezcla de gris, verde y azul. En muchas ocasiones, estaban tan ofuscados por la rabia que apenas era capaz de sostenerle la mirada más de un par de segundos. Pareció observarme un momento y luego asintió con la cabeza.

Cogió una de sus tarjetas y escribió algo al dorso antes de entregármela.

—Necesito que vaya a esta dirección esta tarde. ¿Puede estar allí a las siete?

Miré la tarjeta y comprobé que la dirección no estaba muy lejos de la residencia donde vivía Penny y adonde yo iría después del trabajo. Sin embargo, para estar allí a las siete, tendría que reducir mucho la visita.

—¿Hay algún problema? —preguntó, y sin que sirviera de precedente su voz carecía de la habitual hostilidad.

Alcé la vista y decidí ser sincera.

—Tengo un compromiso después del trabajo. No sé si podré estar disponible para las siete.

Esperaba que se enfureciera. Que agitara la mano y me exigiera que cancelase mis planes, fueran los que fuesen, y que estuviera donde necesitaba que estuviera a las siete. Me quedé de piedra al ver que se limitaba a encogerse de hombros.

—¿A las siete y media? ¿A las ocho? ¿Le viene mejor?

—A las siete y media estaría bien.

—De acuerdo. La veré a las siete y media. —Se puso en pie, dando así por terminada esa extraña reunión—. Me aseguraré de que mi portero esté al tanto de su visita. La hará subir de inmediato.

Me costó la misma vida no quedarme boquiabierta. ¿Su portero? ¿Me estaba pidiendo que fuera a su casa?

Me levanté, desconcertada.

—Señor VanRyan, ¿va todo bien?

Me miró con una expresión rarísima.

—Con su cooperación, todo irá bien, señorita Elliott. —Miró la hora—. Ahora, si me disculpa, tengo una reunión a la una. —Cogió la taza—. Gracias por el café y por su tiempo.

Me dejó allí, mirándolo mientras se alejaba y mientras yo me preguntaba si estaba en un universo paralelo.

Ni una sola vez durante el año que llevaba trabajando para él me había dado las gracias.

¿Qué narices estaba pasando?

7

Katharine

Me detuve en la acera situada frente al edificio del señor VanRyan y miré la alta estructura. Era intimidante y exudaba riqueza, con ese diseño de hormigón y cristales tintados que se alzaba sobre la ciudad, y me recordaba al hombre que vivía en su interior. Frío, remoto, inalcanzable. Me estremecí un instante mientras contemplaba el edificio y me pregunté qué hacía yo en aquel lugar.

Estaba situado a diez minutos de la residencia y había llegado a tiempo. La visita a Penny no había sido agradable. Estaba molesta e irritada, y se había negado a comer o a hablar conmigo, de manera que me había marchado pronto. Me sentía decepcionada. Se había portado muy bien durante toda la semana y esperaba que ese día la tónica fuera la misma. Que pudiera hablar con ella tal como acostumbrábamos a hacer, pero no había sido así. En cambio, solo había conseguido que la frustración empeorara mi ya estresante y extraño día. Me había marchado de la residencia de ancianos alicaída y sin saber el motivo por el que el señor VanRyan quería verme.

El señor VanRyan.

Ya me tenía confundida por el hecho de pedirme que fuera a verlo a su casa esa tarde. Su comportamiento durante el resto del día había demostrado ser igual de extraño. Cuando regresó de su reunión, me pidió otro café y un sándwich.

¡Me lo pidió!

No lo exigió, no masculló, ni cerró de un portazo. Al contrario, se detuvo delante de mi mesa y me pidió con educación el almuerzo. Incluso me dio las gracias. Otra vez. No salió de su despacho durante el resto del día, hasta que llegó la hora de marcharse a casa, momento en el que se detuvo delante de mi mesa y me preguntó si tenía su tarjeta de visita. Murmuré un «Sí» como respuesta, él asintió con la cabeza y se fue, sin dar el menor portazo.

Me tenía intrigadísima, hecha un manojo de nervios y con un nudo en la boca del estómago. No sabía qué pintaba yo en su casa, ni por qué me quería allí.

Tomé una bocanada de aire para tranquilizarme. Solo había una forma de averiguarlo. Cuadré los hombros y crucé la calle.

Cuando el señor VanRyan abrió la puerta, intenté no mirarlo fijamente. Nunca lo había visto con un atuendo tan informal. El traje gris hecho a medida y la prístina camisa blanca que solía llevar habían desaparecido. En cambio, llevaba una camiseta polar de manga larga y unos vaqueros, e iba descalzo. Por algún motivo, sentí la tentación de reír entre dientes cuando vi que tenía los dedos de los pies tan largos, pero contuve la extraña reacción. Me invitó a pasar con un gesto y se apartó de la puerta para que pudiera hacerlo. Sostuvo mi abrigo y después nos miramos en silencio. Nunca lo había visto tan incómodo. Se llevó una mano a la nuca y carraspeó.

—Estoy cenando. ¿Le gustaría acompañarme?

—No me apetece —mentí. Me moría de hambre.

Él hizo una mueca.

—Lo dudo.

—¿Cómo dice?

—Está demasiado delgada. Necesita comer más.

Antes de que pudiera replicar, me aferró el brazo por el codo y me condujo hasta la barra que separaba la cocina del salón.

—Siéntese —me ordenó al tiempo que señalaba los taburetes altos y de asiento tapizado.

Consciente de que lo mejor era no discutir con él, me senté. Mientras él se adentraba en la cocina, eché un vistazo por el amplio y enorme espacio. Suelos de madera oscura, dos enormes sofás de cuero de color marrón chocolate y paredes blancas que enfatizaban la amplitud de la estancia. Las paredes estaban desnudas, salvo por un gigantesco televisor situado sobre la chimenea. No había fotos ni recuerdos personales. Hasta los muebles parecían desnudos. No había cojines ni mantas por ninguna parte. Pese a su opulencia, el salón parecía frío e impersonal. Al igual que sucedía con las fotos de las revistas de decoración, todo era bonito y estaba muy bien colocado, y no había nada que ofreciera una pista sobre el hombre que lo habitaba. Me percaté de la existencia de un largo pasillo y de una escalera muy elegante que supuse que conducía a los dormitorios. Me volví de nuevo hacia la cocina. La impresión que producía y el estilo eran los mismos. Una combinación de tonos oscuros y claros, carente de toques personales.

Contuve un escalofrío.

El señor VanRyan me puso un plato delante y levantó la tapa de la caja de una *pizza* con una mueca burlona. Sentí que estaba a punto de sonreír.

—¿Esta es la cena?

De algún modo me parecía demasiado «normal» para él. Hacía un sinfín de tiempo que no comía *pizza*. Se me hizo la boca agua solo con mirarla.

Él se encogió de hombros.

—Normalmente como fuera, pero esta noche se me ha antojado una *pizza*. —Cogió una porción y la colocó en mi plato—. Coma.

Puesto que estaba demasiado hambrienta como para discutir, comí en silencio, con la mirada clavada en el plato, esperando que los nervios no me traicionaran. El señor VanRyan comía con apetito y devoró el resto de la *pizza*, salvo por la segunda porción que dejó en mi plato. No protesté por esa segunda porción ni por la copa de vino que me puso delante. En cambio, bebí un sorbo, disfrutando de la suavidad del merlot. Hacía mucho tiempo que no probaba un vino tan bueno.

Cuando acabamos la extraña cena, el señor VanRyan se puso de pie, tiró a la basura la caja de la *pizza* y regresó a la barra de la cocina. Cogió la copa de vino, la apuró y empezó a pasearse de un lado para otro durante unos minutos.

Al final, se detuvo delante de mí.

—Señorita Elliott, voy a repetir lo que le dije esta mañana. Lo que estoy a punto de decirle es personal.

Asentí con la cabeza, sin saber qué decir.

Él ladeó la cabeza y me miró fijamente. No me cabía la menor duda de que me encontraba deficiente en todos los sentidos. Sin embargo, siguió hablando.

—Me voy de Anderson Inc.

Me dejó boquiabierta. ¿Por qué iba a abandonar la empresa? Era uno de los preferidos de David. Para él no había nada que hiciera mal. David presumía a todas horas del talento del señor VanRyan y de todos los clientes que aportaba a la empresa.

—¿Por qué?

—Porque no me han hecho socio.

—Tal vez el año que viene… —Dejé de hablar al darme cuenta de lo que significaba todo aquello. Si él se marchaba y no me reasignaban a otro puesto, me quedaría sin trabajo. Y aunque me reasignaran, mi sueldo se reduciría. En cualquier caso, era un desastre para mí. Sentí que se me caía el alma a los pies.

El señor VanRyan levantó una mano.

—No habrá un año que viene. Se me ha presentado una oportunidad que estoy explorando.

—¿Por qué me está contando todo esto? —logré preguntar.

—Necesito que me ayude a que esa oportunidad se materialice.

Tragué saliva.

—¿Necesita mi ayuda? —Me sentía más confundida si cabía. El señor VanRyan jamás había buscado mi ayuda en el terreno personal.

Se acercó a mí.

—Quiero contratarla, señorita Elliott.

Mi mente era un torbellino. Estaba segura de que si dejaba la empresa, querría empezar desde cero. Yo ni siquiera le caía bien. Carraspeé.

—¿Como su asistente personal en esta nueva oportunidad?

—No. —Guardó silencio, como si estuviera sopesando qué decir a continuación, y después añadió—: Como mi prometida.

Solo acerté a mirarlo sin mover un solo músculo.

Richard

La señorita Elliott me miró, petrificada. Después, se bajó del taburete y su mirada recorrió la cocina y el salón.

—¿Le resulta gracioso? —masculló con voz temblorosa—. Señor VanRyan, no sé qué tipo de broma es esta, pero le aseguro que no tiene ni pizca de gracia. —Pasó a mi lado y se acercó al sofá para recoger su abrigo y su bolso, tras lo cual se volvió hecha una furia hacia mí—. ¿Está grabando esto para poder verlo después? ¿Para echarse unas risas? —Una lágrima se deslizó por una de sus mejillas y se la limpió con un movimiento brusco y furioso—. ¿No le basta con tratarme como a una mierda durante todo el día que también tiene que reírse de mí fuera del trabajo?

La vi andar hacia la puerta con movimientos airados, momento en el que me recuperé de la impresión de su estallido de furia y eché a correr para impedirle que se marchara. Me incliné sobre ella al tiempo que cerraba la puerta.

—Señorita Elliott… Katharine… por favor. Le aseguro que esto no es una broma. Escúcheme… —Estaba tan cerca que podía sentir los temblores que la asaltaban. Había sopesado cuáles podrían ser sus reacciones, pero no había tenido en cuenta la furia—. Por favor —le supliqué de nuevo—. Escuche lo que tengo que decirle.

Agachó los hombros y asintió con la cabeza, tras lo cual me permitió que la alejara de la puerta y la condujera hasta el sofá. Me senté frente a ella y la invité a tomar asiento. Lo hizo, aunque con gesto receloso, y tuve que hacer un esfuerzo tremendo para no soltarle que dejara de actuar como un conejo asustado. ¿Qué creía que iba a hacerle?

De repente, sus palabras resonaron de nuevo en mi cabeza: «¿No le basta con tratarme como a una mierda durante todo el día que también tiene que reírse de mí fuera del trabajo?».

Me removí en mi asiento. Supongo que merecía su recelo.

Carraspeé.

—Como ya le he dicho, estoy planeando abandonar Anderson Inc. La empresa que espero que me contrate tiene una filosofía muy distinta de la de David. Valoran a sus empleados. Para ellos, la familia y la integridad son esenciales.

La vi fruncir el ceño, pero siguió en silencio.

—Para conseguir siquiera poner un pie en su puerta, me he visto obligado a convencerlos de que no soy la persona que ellos creen que soy.

—¿Y qué persona es esa?

—Arrogante, egoísta. —Respiré hondo—. Un tirano en el trabajo y un mujeriego en mi tiempo libre.

La señorita Elliott ladeó la cabeza y dijo con voz baja y firme:

—Perdone mi franqueza, señor VanRyan. Pero así es como es usted.

—Lo sé. —Me alejé y caminé de un lado para otro—. También soy bueno en mi trabajo y estoy cansado de aguantar las chorradas de David. —Me senté de nuevo—. Sentí algo mientras hablaba con Graham. Algo que hacía mucho que no sentía: emoción por la idea de una nueva campaña. Inspiración.

Me miró con la boca abierta.

—¿Graham Gavin? ¿Quiere trabajar para Gavin Group?

—Sí.

—Es raro que acepten a alguien en la empresa.

—Tienen un puesto vacante. Lo quiero.

—Sigo sin entender qué pinto yo en todo esto.

—Graham Gavin no contratará a nadie que no encaje en la imagen de su empresa: la familia primero. —Me incliné hacia delante—. Debo convencerlo de que no soy el mujeriego que todos dicen que soy. Le he dicho que me marcho de Anderson Inc. porque me he enamorado y quiero un estilo de vida distinto.

—¿De quién se ha enamorado?

Me apoyé en el respaldo del sillón.

—De usted.

Abrió tanto los ojos por la sorpresa que la imagen resultó cómica. Abrió y cerró la boca varias veces sin emitir el menor sonido. Al final dijo:

—¿Por… por qué iba a hacer algo así?

—Me han dicho que usted es exactamente el tipo de persona que puede convencer a Graham Gavin de que he cambiado. Cuando me detuve a pensarlo, me di cuenta de que esa persona tenía razón.

Negó con la cabeza.

—Ni siquiera le caigo bien. —Tragó saliva—. Y el sentimiento es mutuo.

Que lo dijera con tanta educación me hizo reír entre dientes.

—Ya solucionaremos ese problema después.

—¿Qué propone usted?

—Algo sencillo. Sea como sea, me voy a ir de Anderson Inc. Usted también tendrá que irse.

Empezó a negar con la cabeza al instante, con vehemencia.

—No puedo permitirme dejar el trabajo, señor VanRyan. Así que mi respuesta es no.

Levanté una mano.

—Escúcheme. Le pagaré por todo esto. Tendrá que dejar el trabajo, así como su apartamento y venirse a vivir aquí conmigo. Le pagaré un salario, más todos los gastos que esta situación implique, durante todo el tiempo que sea necesario.

—¿Por qué tengo que vivir aquí?

—Es posible que le haya dicho a Graham que vivimos juntos.

—¿Que le ha dicho qué?

—En aquel momento me pareció sensato. No lo planeé. Sucedió sin más. Y volviendo a mi oferta…

—¿Qué espera que haga yo?

Tamborileé con los dedos sobre el brazo del sillón mientras reflexionaba al respecto. Debería haber planeado mejor todo el asunto.

—Vivir aquí, acompañarme en calidad de prometida a cualquier evento al que tenga que asistir y fingir en todo momento que lo es. —Me encogí de hombros—. No lo he meditado a fondo, señorita Elliott. Tendremos que llegar a un acuerdo. Establecer ciertas reglas. Llegar a conocernos para parecer una pareja real. —Me incliné hacia delante y coloqué los brazos sobre los muslos—. Y tiene que ser rápido. Se supone que debo llevarla a un evento este fin de semana.

—¿Este fin de semana? —chilló.

—Sí. No tiene por qué vivir aquí conmigo para entonces, pero debemos establecer los puntos básicos de la historia que vamos a contar. Debemos parecer bien avenidos... cómodos en nuestra mutua compañía.

—Tal vez debería empezar por dejar de llamarme señorita Elliott.

Solté una carcajada seca.

—Supongo que sería extraño..., Katharine.

Guardó silencio y clavó la mirada en su regazo mientras jugueteaba con un hilo suelto de la camisa.

—Le compraré ropa nueva y me aseguraré de que siempre tenga dinero a su disposición. Si accede a ayudarme, no le faltará de nada.

Levantó la barbilla. Hasta ese momento no me había fijado en el obstinado hoyuelo que tenía.

—¿Cuánto va a pagarme?

—Diez mil dólares mensuales. Si la farsa dura más de seis meses, doblaré esa cantidad. —Esbocé una sonrisa burlona—. Si nos vemos obligados a casarnos, le pagaré un extra. Cuando podamos divorciarnos, me aseguraré de que reciba una buena compensación y me encargaré de todos los gastos. Podrá vivir con comodidad el resto de su vida.

—¿A casarnos?

—No sé cuánto tiempo necesitaré para convencer a Graham de que lo nuestro no es una fachada. Podrían ser dos o tres meses. No creo que sean más de seis. Si lo veo necesario, nos casaremos por lo civil y nos divorciaremos en cuanto podamos.

Se aferró las manos. Estaba tan blanca como la pared. Su expresión delataba la indecisión y la conmoción que la embargaban.

—Es muy probable —seguí hablando en voz baja— que David la despida una vez que yo me vaya de Anderson Inc., aunque no acabe en Gavin Group. Si consigo que me acepten, lo hará con total seguridad. Porque estará convencido de que usted conocía mis planes. Sé cómo funciona su mente.

—¿Por qué no consigue a otra mujer?

—No conozco a nadie más. El tipo de mujer con el que suelo salir no... Ninguna es adecuada.

—¿Y yo sí? ¿Por qué?

—¿Quiere que sea sincero?

—Sí.

—Usted es práctica, sensata… sencilla. Admito que hay cierta calidez en usted que atrae a la gente. Yo no la veo, pero es evidente que existe. El hecho de que sea mi asistente personal me ofrece la excusa perfecta para marcharme. No podría salir con usted y seguir trabajando en Anderson Inc. Algo que no se me ocurriría en circunstancias normales, claro está.

Su expresión se tornó dolida y me encogí de hombros.

—Me ha dicho que fuera sincero.

No replicó al comentario salvo para decir:

—No sé cómo va a conseguir que esto salga bien si no me soporta.

—Katharine, ¿cree que me cae bien toda la gente con la que trabajo o los clientes con los que debo tratar? No soporto a casi ninguno. Sonrío y bromeo con ellos, les estrecho la mano y actúo como si me interesaran. Mi actitud hacia nuestra relación será la misma. Son negocios. Puedo hacerlo. —Hice una pausa y levanté la barbilla—. ¿Y usted? —Al ver que no contestaba, seguí hablando—. Todo esto depende de usted. He depositado toda mi confianza en usted. Ahora mismo podría ir a hablar con David, o incluso con Graham, y echar por tierra todo mi plan. Pero espero que no lo haga. Piense en el dinero y en lo que podría hacer con él. Unos cuantos meses de su tiempo con lo que pienso pagarle es más de lo que ganaría en todo el año. De hecho, le garantizo sesenta mil pavos. Seis meses. Aunque nos separemos después de tres. Seguro que es el doble de lo que gana en un año.

—Y lo único que tengo que hacer es…

—Fingir que me quiere.

Me miró fijamente con una expresión que decía todo lo que no quería expresar con palabras.

—¿Lo pondrá por escrito?

—Sí. Firmaremos un acuerdo de confidencialidad. Le pagaré veinte mil dólares como cantidad inicial. Conseguirá el resto al final de cada mes. Además, abriré una cuenta a su nombre para sus gastos. Ropa y lo que necesite, lo que sea. Espero que vista y que actúe tal como la situación lo requiere.

Me miró un instante en silencio.

—Tengo que pensarlo.

—No puede demorarse mucho. Si accede, necesitará ropa para el sábado y tendremos que pasar tiempo juntos para conocernos mejor.

—¿Y si no accedo?

—Le diré a Graham que está enferma y que no puede asistir. Y después confiaré en que me conceda la oportunidad de demostrar mis capacidades y que me contrate.

—¿Y si no lo hace?

—Me iré de Victoria, aunque no quiero hacerlo. Quiero seguir aquí, por eso le pido que me ayude.

Se puso en pie.

—Tengo que irme.

Me puse en pie e incliné la cabeza para mirarla. Apenas me llegaba a la barbilla.

—Necesitaré su respuesta en breve.

—Lo sé.

—¿Dónde ha aparcado?

Me miró a los ojos y parpadeó varias veces.

—No tengo coche, señor VanRyan. He llegado andando.

—Es demasiado tarde para que regrese sola. Le diré a Henry que llame a un taxi.

—No puedo permitirme un taxi.

—Yo lo pagaré —repliqué, malhumorado—. No quiero que se vaya andando. ¿Conduce? ¿Sabe hacerlo?

—Sí, pero no puedo permitirme los gastos de tener coche.

—Le conseguiré uno. Si accede a ayudarme, le compraré un coche. Podrá quedárselo después. Piense en él como en una prima inicial.

Se mordió el labio y negó con la cabeza.

—No sé qué pensar de todo esto.

—Piense que es una oportunidad. Muy lucrativa. —Sonreí—. Un pacto con el diablo, si lo prefiere.

Enarcó una ceja.

—Buenas noches, señor VanRyan.

—Richard.

—¿Cómo?

—Si no puedo llamarla «señorita Elliott», usted tampoco puede llamarme «señor VanRyan». Me llamo Richard. Tendrá que acostumbrarse a usarlo.

—A lo mejor lo llamo de otra forma distinta.

Me imaginaba los epítetos que me dedicaba en sus pensamientos. Se me ocurrían algunos que serían bastante acertados.

—Hablaremos por la mañana.

Se marchó tras asentir con la cabeza. Llamé a Henry para decirle que llamara a un taxi y que lo cargara en mi cuenta. Me serví un whisky y me senté en el sofá, frustrado. Había decidido sobre la marcha convertir a la señorita Elliott en mi prometida en vez de presentarla como mi simple novia. De esa manera mi decisión de abandonar Anderson Inc. parecería más firme. Demostraba que iba en serio y que estaba dispuesto a asumir un compromiso real, algo que pensaba que Graham valoraría. A mí me daba igual una cosa que la otra, lo mismo era novia que prometida, pero a alguien como Graham sí le importaría. «Novia» implicaba una relación temporal, reemplazable. «Prometida» denotaba estabilidad y confianza. Estaba seguro de que Graham reaccionaría de forma positiva a ese título.

Preocupado, me tiré del mechón de pelo que me caía sobre la frente y me bebí el whisky de un trago. Pensaba que podría conseguir una respuesta de la señorita Elliott de inmediato. Sin embargo, era evidente que no iba a ser así. De manera que la señorita Elliott, la mujer que yo detestaba y que, según todos los indicios, correspondía mis sentimientos, tenía mi futuro en sus manos. Era una sensación extraña.

No me gustaba.

Me acomodé en el sofá y apoyé la cabeza en el respaldo mientras mi mente divagaba. El pitido del móvil me sobresaltó y me di cuenta de que me había quedado dormido. Cogí el teléfono y miré la palabra que aparecía en la pantalla.

«Acepto».

Esbocé una sonrisa burlona y arrojé el teléfono a la mesa. Mi plan iba viento en popa.

8

Richard

A la mañana siguiente, los dos nos comportamos como si nada hubiera cambiado. La señorita Elliott me llevó café y un *bagel,* que dejó con cuidado sobre mi escritorio. Repasó mi agenda y confirmó que tenía dos reuniones fuera de la oficina.

—No volveré antes del almuerzo.

Parecía desconcertada mientras repasaba su cuaderno.

—No tengo nada anotado en su agenda.

—Acordé la cita yo mismo. Asuntos personales. Después, iré directamente a mi cita de las dos. De hecho, no volveré en toda la tarde. Tómese el resto del día libre.

—¿Cómo dice?

Suspiré.

—Señorita Elliott, ¿es que no entiende el idioma? Que se tome el resto del día libre.

—Pero...

La fulminé con la mirada.

—Que se tome la tarde libre. —Bajé la voz—. En mi casa a las siete, ¿de acuerdo?

—De acuerdo —murmuró ella.

—Si necesita algo, relacionado con el trabajo, mándeme un mensaje de texto. De lo contrario, puede esperar.

Ella asintió con la cabeza.

—Entendido.

Todo el mundo sabía que en Anderson Inc. se controlaban los mensajes de correo electrónico. Como no me gustaba correr riesgos, tenía mi propio móvil, uno cuyo número solo conocían unos cuantos escogidos. Sabía que no tenía sentido preguntarle a la señorita Elliott si tenía móvil propio, habida cuenta de que parecía ir corta de dinero. Pensaba rectificar la situación ese mismo día, junto con otros detalles. No quería arriesgarme a que David controlase el tráfico de mensajes de texto y de llamadas.

—Puede retirarse —la despaché.

Titubeó antes de sacar un sobre de su grueso cuaderno y dejarlo encima del escritorio. Se marchó sin pronunciar palabra y cerró la puerta al salir. Le di un mordisco al *bagel* y luego cogí el sobre para abrirlo. Saqué los documentos doblados. Era una lista sobre ella. Cosas que creía que debería saber: fechas importantes, colores preferidos, la música y la comida que le gustaban, gustos y fobias generales...

Era una buena idea. Así nos ahorraríamos una conversación muy aburrida esa noche. Escribiría mi propia lista para ella, más tarde.

Volví a doblar los papeles y me los metí en el bolsillo de la chaqueta. Me pasaría el día sentado en salas de espera, así tendría algo para mantenerme ocupado.

La señorita Elliott llegó a las siete en punto, ni un minuto más ni uno menos. Abrí la puerta, le permití pasar, le cogí el abrigo y lo colgué... todo en silencio. Nuestra relación era muy rígida, muy formal, algo que debía cambiar. El problema era que no tenía ni idea de cómo conseguirlo.

La acompañé a la barra de la cocina y le ofrecí una copa de vino.

—He pedido comida china.

—No tenía que molestarse.

—Créame, sería una mala idea que yo cocinara. No sobreviviría. —Me eché a reír—. Ni siquiera estoy seguro de que la cocina sobreviviera.

—Me gusta cocinar —afirmó ella con una sonrisilla en los labios.

Era tan buen punto para empezar como cualquier otro. Me senté y saqué una carpeta.

—He ordenado que redacten un acuerdo esta tarde. Debería leerlo.

—De acuerdo.

—He hecho una lista, parecida a la suya. Puede repasarla. Y tenemos que hablar de lo que hay en ella. Asegurarnos de que los dos estamos al día de los detalles.

Asintió con la cabeza y cogió el sobre que le ofrecí.

Después le di uno más pequeño.

—Su primer pago.

Ella se quedó quieta, con los dedos por encima del sobre de aspecto inocente, sin llegar a tocarlo.

—Cójalo. Está todo especificado.

Pese a sus palabras, no lo tocó.

—Señorita Elliott, a menos que lo acepte, no podemos continuar.

Me miró con el ceño fruncido.

Le di un empujoncito al sobre.

—Es un trabajo, Katharine. Es su compensación. Así de sencillo. Cójalo.

Al final, cogió el sobre, pero ni siquiera lo miró.

—Quiero que presente su renuncia mañana. Con efecto inmediato.

—¿Por qué?

—Si todo marcha bien, y creo que será así, yo haré lo mismo en breve. Quiero que esté fuera de la empresa antes de que todo estalle.

Se mordió el interior del carrillo, nerviosa, en silencio.

—¿Qué? —le solté, ya que empezaba a impacientarme por su comportamiento.

—¿Y si no sale bien? ¿Me... me dará una carta de recomendación? Tendré que buscarme otro trabajo.

—Ya me he encargado de todo. He hablado con algunos contactos, así por encima, y si no sale bien y me voy de Victoria, ya tengo a dos empresas dispuestas a ofrecerle un puesto. No tendrá que preocuparse por buscar trabajo si no quiere. Pero en respuesta a su pregunta, le daré una carta de recomendación estupenda.

—¿Aunque sea una pésima asistente personal?

—Nunca he dicho que sea una pésima asistente personal. De hecho, es bastante buena en su trabajo.

—Quién lo diría…

Alguien llamó a la puerta y me libré de replicar. Me puse en pie.

—Ya ha llegado la cena. Lea el acuerdo… es muy sencillo. Podemos discutir las condiciones y todo lo demás después de comer.

Al ver que abría la boca para protestar, golpeé la encimera con la mano.

—Deje de discutir conmigo, Katharine. Vamos a cenar y va a comer. Luego hablaremos.

Me di media vuelta y eché a andar hacia la puerta, exasperado. ¿Por qué le costaba tanto aceptar una simple comida? Iba a tener que acostumbrarse a aceptar muchas cosas para que todo funcionara. Me metí la mano en el bolsillo y toqué la cajita que había escondido. Si titubeaba con la cena, seguro que iba a odiar lo que le tenía preparado para después.

Cenamos en silencio. La señorita Elliott leyó el acuerdo e hizo unas cuantas preguntas, que yo procedí a contestar. Titubeó cuando le ofrecí un bolígrafo, pero firmó los documentos y me observó mientras yo hacía lo mismo.

—Tengo dos copias. Una para cada uno. Las guardaré en la caja fuerte del piso, de la que le daré la combinación.

—¿Su abogado tiene una copia?

—No. Es un acuerdo privado. Está al tanto de todo, pero tiene que guardar la confidencialidad con su cliente. Solo existen estas dos copias. Una vez que todo acabe, podemos destruirlas. Ordené que redactaran el acuerdo por su seguridad.

—De acuerdo.

Le pasé una caja.

—Es su nuevo móvil. Tendrá que devolver el suyo cuando se vaya de la empresa, así que ya tiene uno nuevo. He guardado mi número privado en la agenda para que pueda ponerse en contacto conmigo. Puede mandar cualquier mensaje de texto con él.

Se mordió el labio mientras aceptaba la caja.

—Gracias.

—¿Tiene muchas pertenencias que trasladar?

—No muchas.

—¿Qué me dice del contrato de alquiler?

—Es mensual. Supongo que perderé el dinero del último mes.

Agité una mano.

—Yo me haré cargo de los gastos. ¿Quiere que contrate una empresa de mudanzas?

Ella negó con la cabeza, con la mirada gacha.

—Solo son unas cuantas cajas.

Fruncí el ceño.

—¿Ningún mueble?

—No. Algunos libros, algunos objetos personales y mi ropa.

Hablé sin pensar:

—Puede donar su ropa a la beneficencia porque supongo que la mayoría salió de allí. Le compraré ropa nueva.

Se ruborizó y sus ojos refulgieron, furiosos, pero no replicó.

—Recogeré sus cajas y las traeré aquí cuando demos el siguiente paso. —Le entregué otro sobre—. Es su nueva cuenta bancaria, con su tarjeta de débito. Me aseguraré de que tiene fondos suficientes en todo momento.

Aceptó el sobre con mano temblorosa.

—La necesito aquí todo el tiempo que sea posible para poder acostumbrarnos el uno al otro y para hablar. Mañana podríamos repasar las listas y hacer preguntas, rellenar los espacios en blanco.

—De acuerdo.

—El sábado por la mañana, la quiero aquí temprano. Le he pedido cita para que se prepare para la barbacoa. Peluquería y maquillaje. De hecho, me gustaría que se quedara la noche del viernes, así se ahorraría el viaje.

Me miró a los ojos de repente.

—¿Que me quede a pasar la noche? —repitió con un leve temblor en la voz.

Me puse en pie.

—Voy a enseñarle el apartamento.

No pronunció una sola palabra durante el recorrido. Le enseñé las habitaciones de invitados, el despacho y el gimnasio privado situado en el otro extremo del apartamento, en la planta baja. Una vez en la planta superior, se puso nerviosísima al ver el dormitorio principal.

Le señalé la habitación de invitados que había al otro lado del pasillo.

—Esa tiene baño propio. Supuse que le gustaría.

Sus hombros se relajaron un poco.

—No quiere… esto…

—Que no quiero ¿el qué?

—No quiere que duerma en su habitación —dijo, y parecía aliviada.

Esbocé una sonrisa desdeñosa al percatarme de su inquietud.

—Señorita Elliott, es un acuerdo de negocios. Fuera de estas paredes, fingiremos ser una pareja. Nos cogeremos de la mano, pasaremos tiempo juntos y haremos lo que sea que hagan las parejas de enamorados. —Agité una mano en el aire—. Aquí dentro, nos comportaremos como lo que somos en realidad. Usted tendrá su espacio y yo el mío. No la molestaré. No espero nada de usted. —Fui incapaz de contener la carcajada seca—. No pensaría que querría acostarme con usted, ¿verdad?

Alzó la cabeza al punto y me fulminó con la mirada.

—Tanto como yo querría acostarme con usted, señor VanRyan. —Se dio media vuelta y echó a andar por el pasillo, mientras sus pasos resonaban contra el suelo de madera.

La seguí sin dejar de sonreír. Cuando llegamos al salón, se volvió y me miró echando chispas por los ojos.

—Fue usted quien me pidió hacer esto, señor VanRyan. No al revés.

—Pero ha accedido.

Cruzó los brazos por delante del pecho mientras su cuerpo exudaba rabia.

—Hago esto porque, ahora mismo, no me queda otra alternativa. Sus decisiones han alterado mi vida directamente y, ahora mismo, intento mantenerme a flote. Detesto mentir y no se me da bien fingir.

—¿Qué quiere decir?

—Si no hace un mínimo intento por ser amable o, al menos, por comportarse como un ser humano decente, esto no va a funcionar. No puedo suprimir mis emociones tan deprisa.

Me di un tirón del dichoso mechón de la frente, irritado.

—¿Qué quiere de mí, señorita Elliott?

—¿No podemos intentar llevarnos bien? Seguro que podemos encontrar algo en común y mantener una conversación sin caer en los insultos y sin su insufrible superioridad.

Esbocé una sonrisilla. Esa era otra muestra del temperamento de la señorita Elliott.

Ladeé la cabeza.

—Le pido disculpas. Me esforzaré más. ¿Le gustaría añadir algo más ahora que nos estamos sincerando?

Titubeó mientras jugueteaba con la espantosa camisa que llevaba puesta.

—Suéltelo.

—No puede... esto... no puede tontear mientras estamos... mientras estamos juntos.

—¿Tontear?

Miró a todas partes, menos a mis ojos.

—No puede acostarse con otras mujeres. No permitiré que me humille de esa manera.

—Estás diciendo... ¿que no puedo follarme a nadie? —pregunté, tuteándola directamente.

Se puso tan colorada que creí que le iba a dar algo. Sin embargo, cuadró los hombros y me miró a los ojos.

—Sí.

Era demasiado bueno para dejarlo pasar.

—¿Que sí puedo follarme a alguien?

—¡No!

—Nada de follar —dije, enfatizando la última palabra.

—Eso.

—¿Esperas que me mantenga célibe todo este tiempo? —pregunté sin dar crédito.

—Yo lo haré, así que espero que usted haga lo mismo.

Resoplé al oírla.

—Dudo mucho que en tu caso sea una novedad.

Levantó los brazos.

—Se acabó. ¿Quieres follarte a alguien? Pues que te follen, VanRyan.

La miré boquiabierto mientras cogía su abrigo y echaba a andar hacia la puerta, hecha una furia.

Como el idiota que era, la perseguí... por segunda vez.

—¡Katharine! —Extendí un brazo para que no pudiera abrir la puerta—. Lo siento. El comentario estaba fuera de lugar.

Se volvió. Tenía los ojos llenos de lágrimas.

—Sí, lo estaba. Muchas de las cosas que dices lo están.

—Lo siento —repetí—. Contigo es una reacción natural.

—No estás mejorando las cosas.

—Lo sé —admití, pero luego decidí cambiar de táctica—. No lo haré.

—¿El qué no harás?

—Follarme a nadie. Acataré tus deseos. —Me dejé caer contra la puerta... si se marchaba, estaba jodido de verdad—. También intentaré no ser tan capullo.

—No estoy segura de que puedas cambiar tu ADN, pero buena suerte en el intento —masculló ella.

Me relajé: la crisis había pasado.

—Te llevaré a casa.

Hizo ademán de negar con la cabeza, pero la fulminé con la mirada.

—Katharine, he accedido a intentar ser menos capullo. Te llevaré a casa. Mañana va a ser un día largo de cojones.

—Está bien.

Cogí mi abrigo y le abrí la puerta, consciente de que mi vida estaba a punto de cambiar de una forma que jamás había imaginado.

Ojalá mereciera la pena.

9

Richard

Salvo por las titubeantes instrucciones de Katharine, hicimos el trayecto en silencio. Cuanto más nos alejábamos de mi vecindario, más empeoraba mi malhumor. Me volví hacia ella cuando aparcamos delante de una casa ruinosa.

—¿Vives aquí?

Ella negó con la cabeza.

—No, en un apartamento alquilado del edificio.

Puse el coche en punto muerto con brusquedad mientras me quitaba el cinturón de seguridad.

—Enséñamelo.

La seguí por el accidentado camino tras comprobar dos veces que había cerrado el coche. Ojalá encontrara las ruedas aún puestas cuando regresara. De hecho, ojalá encontrara el coche.

Ni siquiera intenté disimular el disgusto que sentí mientras inspeccionaba lo que suponía que se consideraba un «estudio», que no un «apartamento». Yo lo consideraba un cuchitril. Un futón, un sillón viejo y un escritorio que hacía las veces de mesa eran los únicos muebles de la estancia. Una encimera diminuta con un hornillo portátil y un pequeño frigorífico conformaban la cocina. Junto a una pared se apilaban seis cajas. Los trajes y las blusas pasadas de moda que se ponía Katharine colgaban de un perchero.

Me acerqué a la única puerta que había en la estancia y la abrí. Un cuarto de baño minúsculo con una ducha tan diminuta que yo jamás podría usarla. Cerré la puerta y me volví hacia ella. Me miraba con nerviosismo.

Nada de aquello tenía sentido.

Me coloqué frente a ella, intimidándola con mi altura.

—¿Tienes algún problema del que yo deba estar al tanto?

—¿Cómo dices?

—¿Tienes un problema de drogas? ¿O algún otro tipo de adicción?

—¿Cómo? —preguntó de nuevo, llevándose una mano al pecho.

Extendí un brazo.

—¿Por qué vives así, como si fueras una muerta de hambre? Sé lo que ganas. Puedes permitirte un sitio decente. ¿En qué te estás gastando el dinero?

Entrecerró los ojos y me miró, furiosa.

—No tengo problemas con las drogas. Tengo otras prioridades en las que gastarme el dinero. El lugar donde duerma es secundario.

Le devolví la mirada furioso.

—Para mí no. No vas a quedarte aquí más tiempo. Recoge tus chismes. Ahora.

Puso los brazos en jarras.

—No.

Di un paso hacia ella. El estudio era tan pequeño que cuando retrocedió, acabó pegada a la pared. La intimidé con mi altura mientras la miraba atentamente. Sus ojos, aunque me miraban con furia, tenían una expresión clara. Le sostuve la mirada mientras le aferraba una mano y le levantaba la manga. Estuvo a punto de gruñirme al tiempo que forcejeaba para liberar el brazo, que mantuvo en alto para que yo lo examinara, tras lo cual hizo lo mismo con el otro.

—No hay señales de pinchazos, Richard —me soltó—. No consumo drogas. No las fumo, no las ingiero y no me las inyecto. ¿Satisfecho? ¿O quieres más comprobaciones? ¿Quieres que orine en un bote?

—No. Supongo que debo confiar en ti. Si descubro que mientes, adiós al trato.

—No estoy mintiendo.

Me alejé de ella.

—De acuerdo. No pienso discutir esto, pero te vas de aquí

esta misma noche. No quiero arriesgarme a que Graham descubra que vives en un estercolero como este.

—¿Y si no te ofrecen el trabajo? ¿Qué hago entonces? Dudo mucho que me permitas seguir viviendo contigo.

Solté una carcajada. Tenía razón.

—Con lo que te estoy pagando, podrás conseguir un sitio decente. —Recorrí de nuevo el lugar con la mirada—. No vas a llevarte estos muebles.

—No son míos.

—Menos mal.

—Eres un esnob, ¿lo sabes? Es un sitio viejo, pero es práctico y está limpio.

Debía admitir que el estudio estaba ordenado y limpio, pero aun así era un horror. Pasé por alto su pulla.

—¿Vas a llevarte las cajas?

—¿De verdad es necesario hacer esto ahora?

—Sí.

—Sí. —Suspiró—. Voy a llevarme las cajas.

—De acuerdo. Las pondré en el asiento trasero. Tu... eh... ropa puede ir en el maletero. ¿Qué más tienes?

—Unos cuantos objetos personales.

Le acerqué la cesta de plástico de la colada.

—Ponlos ahí dentro. Tira la comida que tengas.

En su cara apareció una expresión extraña.

—No tengo... salvo unos cuantos *muffins*.

Resoplé.

—¿También tienes problemas para comer? Con razón estás tan delgada, joder.

Movió la cabeza con brusquedad.

—¿Vas a intentar ser educado? ¿O te limitarás a hacerlo cuando estemos en público?

Levanté las primeras cajas.

—Supongo que tendrás que averiguarlo. Recoge tus cosas. No vas a volver a este sitio.

Abrí la puerta del dormitorio de invitados, entré y encendí la luz después de dejar en el suelo las cajas que había trasladado desde el otro extremo de la ciudad. Después de hacer un par de viajes, juntos llevamos al dormitorio todas las cosas que habíamos traído. Después retrocedí y eché un vistazo. No era mucho. Estuve tentado de preguntarle por qué tenía tan pocas posesiones, pero decidí que el asunto no merecía una discusión. La tensión que revelaban sus hombros y el rictus de sus labios delataban que ya la había presionado bastante esa noche.

—Katharine, confía en mí. Esto es lo mejor. Ahora, cuando te pregunten, podrás decir con sinceridad que vivimos juntos.

—Y si tu idea fracasa, mi vida se irá al cuerno.

—Tu vida se va a ir al cuerno aunque mi idea no fracase, porque David ya no confiará en ti y no permitirá que te quedes; te despedirá y te quedarás sin nada. De esta manera, tendrás un poco de dinero en el banco; me aseguraré de que consigues trabajo y podrás permitirte un lugar mejor donde vivir. Pase lo que pase, es mucho mejor que lo que tenías hasta ahora, joder. —Ella me miró fijamente y añadí—: Entre tanto, vives en un lugar que es seguro y mucho más cómodo. Cuando pongamos en marcha el plan, podrás decorar la habitación a tu gusto. Tienes acceso a todo el piso. Además de mi gimnasio, hay una piscina enorme y un spa en la planta baja. Y te garantizo que tu cuarto de baño cuenta con todos los lujos.

—¿Tiene bañera? —me preguntó con un deje anhelante en la voz.

Sentí un extraño placer por poder decirle que sí y abrí la puerta con una floritura para enseñarle la enorme bañera. Esa fue la primera vez que vi una sonrisa real en su cara. Le suavizaba la expresión y le iluminaba los ojos. Realmente tenían un tono de azul increíble.

—Es tuyo, Katharine. Úsalo siempre que quieras.

—Lo haré.

Me alejé hacia la puerta.

—Instálate y duerme. Mañana será un día largo y difícil, y necesitamos prepararte para el fin de semana. —Titubeé, pero sabía que necesitaba empezar a intentarlo—. Buenas noches, Katharine.

—Buenas noches, Richard.

Katharine

No podía dormir. Por más que lo intentara, era incapaz de conciliar el sueño. Estaba agotada, tanto física como mentalmente, pero no podía relajarme. Los extraños acontecimientos que habían sucedido durante los últimos días no paraban de repetirse una y otra vez en mi mente. La inesperada propuesta de Richard, mi aún más inesperada respuesta, y su reacción al lugar donde yo vivía. Se había mostrado disgustado y furioso, y había reaccionado con su habitual despotismo. Antes de que pudiera reaccionar, mis escasas pertenencias estaban en el maletero de su enorme y lujoso coche y regresé a su apartamento. De forma permanente, o hasta que su desquiciado plan acabara. El desquiciado plan en el que me había visto envuelta en la misma medida que lo estaba mi jefe.

El apartamento estaba en silencio. No se oía absolutamente nada. Estaba acostumbrada a los sonidos que me rodeaban por la noche: el tráfico, los demás inquilinos que se movían por sus apartamentos, los gritos, las sirenas y la violencia constante que tenía lugar al otro lado de mi ventana. Había ruidos que me impedían conciliar el sueño, a veces por miedo. Sin embargo, en ese momento, sin escucharlos, no podía dormirme. Sabía que estaba a salvo. Ese lugar era cien veces más seguro, no... era mil veces más seguro que la espantosa habitación en la que había vivido durante todo un año. Debería ser capaz de relajarme y de dormir con tranquilidad.

La cama era enorme, cómoda y mullida. Las sábanas, suaves y gruesas. El edredón parecía una pluma cálida que me cubría el cuerpo. El silencio, no obstante, era demasiado estridente.

Me levanté y me acerqué a la puerta. La abrí y di un respingo al oír el crujido que emitían las bisagras debido a la falta de uso. Agucé el oído, pero seguía sin oír nada. Estábamos demasiado altos como para percibir el tráfico, y el aislamiento de las paredes era bueno, de manera que no se oía el menor ruido en el edificio.

Caminé de puntillas por el pasillo y me detuve delante de la puerta del que sabía que era el dormitorio de Richard. Estaba entreabierta, de manera que en un alarde de valor la abrí un poco más y me asomé. Dormía en mitad de una cama gigantesca, más grande que la mía, con el torso desnudo y una mano descansando sobre él. Resultaba evidente que los acontecimientos de los últimos días no lo afectaban. La tenue luz que había en la estancia hacía que su pelo destacara contra el color oscuro de las sábanas y, para mi sorpresa, roncaba. Era un sonido suave, pero constante. De esa manera, en reposo, sin rastro del desdén que siempre se reflejaba en su rostro, parecía más joven y menos déspota. A la luz de la luna parecía casi relajado. No era una palabra que yo asociara con él y no lo parecería en absoluto si despertaba y me veía en el vano de su puerta.

No obstante, era el rítmico sonido de su respiración, sus ronquidos, lo que necesitaba oír. Saber que no estaba sola en ese lugar tan grande y tan desconocido. Me detuve unos instantes para oírlo y, tras dejar la puerta abierta, regresé a mi dormitorio, cuya puerta también dejé entreabierta.

Me acosté de nuevo y me concentré. Lo oía a lo lejos. Sus ronquidos me ofrecían un pequeño consuelo, un salvavidas que necesitaba con desesperación.

Suspiré al caer en la cuenta de que si él supiera que me estaba consolando, seguramente se pasaría la noche entera sentado con tal de negarme la seguridad que me ofrecía.

Giré la cabeza sobre la almohada y, por primera vez desde hacía mucho tiempo, me eché a llorar.

Estaba muy calmado por la mañana, cuando entré en la cocina. Bebía café de una taza grande y me indicó con un gesto que me sirviera yo misma de la cafetera emplazada en la encimera.

Me preparé un café, sumida en un incómodo silencio, ya que no sabía qué decir.

—No esperaba compañía. No tengo leche.

—No pasa nada.

Deslizó un papel hacia mí.

—He escrito tu carta de renuncia.

Fruncí el ceño mientras la cogía para leerla. Era breve y directa.

—¿No me creías capaz de redactarla?

—Quería asegurarme de que fuera breve. No quería que explicaras al detalle los motivos de tu renuncia.

Negué con la cabeza.

—No lo entiendo.

—¿El qué? ¿Qué es lo que no entiendes ahora? —Se pasó una mano por la nuca.

—Si no confías en mí ni para redactar una simple carta de renuncia, ¿cómo vas a confiar en mí cuando tengamos que fingir que somos… amantes? —La palabra se me quedó un instante atascada en la garganta.

—Katharine, si hay algo que sé sobre ti, es que posees una naturaleza trabajadora. Harás un gran trabajo porque eso es lo que haces. Te gusta complacer. Actuarás exactamente como necesito que actúes porque quieres ganarte el dinero que vas a recibir como pago. —Cogió el maletín—. Me voy a la oficina. En el taquillón de la entrada hay una llave y una tarjeta para entrar en el edificio. Ya he añadido tu nombre a la lista de inquilinos y los porteros no te impedirán la entrada. Aunque de todas formas, sería mejor que hablaras con ellos y te presentaras.

—¿Cómo… cómo has podido hacerlo tan pronto? Ni siquiera son las ocho de la mañana.

—Estoy en la junta y siempre consigo lo que quiero. Según los archivos, llevas tres meses viviendo aquí. Quiero tu carta de renuncia en la mano después del almuerzo y luego podrás irte. He pedido que me lleven varias cajas al despacho. No tengo muchas cosas, pero podrás ayudarme a guardar mis objetos personales esta mañana. Y los tuyos, si tienes algo. Después las traeré aquí.

—No tengo mucho en la oficina.

—De acuerdo.

—¿Por qué vas a recoger tus cosas? Todavía no te han echado.

Esbozó su habitual sonrisa. La que no transmitía calidez alguna. La que lograba que la persona a la que estaba dirigida se sintiera increíblemente incómoda.

—He decidido renunciar a mi puesto. Así cabrearé a David y le demostraré a Graham que voy en serio. Aceptaré tu carta de renuncia y se las entregaré a David a las tres. Es una pena que te pierdas el espectáculo, pero ya te contaré los detalles más jugosos cuando llegue a casa.

Lo miré boquiabierta. Era incapaz de seguir su ritmo.

—¿Te gusta la comida italiana? —La pregunta parecía salida de la nada, como si un momento antes no hubiera acabado de soltar una bomba.

—Mmm... sí.

—Genial. Pediré la comida para las seis y podremos pasar la noche hablando. Mañana por la mañana, irás a comprarte ropa adecuada para la barbacoa y también pediremos cita para la peluquería y el maquillaje. Quiero que tu aspecto no desentone para la ocasión. —Se dio media vuelta—. Nos vemos en la oficina. —Se echó a reír y el sonido me provocó un escalofrío—. Cariño.

Me senté mientras la puerta se cerraba. La cabeza me daba vueltas.

¿Dónde me había metido?

10

Katharine

La mañana fue muy tensa para mí... incluso Richard se dio cuenta. Aunque tenía pocos objetos personales en el despacho, lo ayudé a recoger algunos premios, unos libros y un par de camisas que tenía guardadas para las emergencias. Negaba con la cabeza mientras doblaba una y acaricié una de sus mangas. Todas sus camisas estaban hechas a medida, y llevaban las iniciales RVR bordadas en los puños. Un detalle lujoso que solo él era capaz de lucir con soltura. Sus objetos solo llenaron dos cajas de cartón. El despacho era tan impersonal como el piso. Eché un vistazo a mi alrededor y me di cuenta de que no había cambiado mucho. Nadie se daría cuenta, a menos que observara con atención.

Me fijé en una figurita y me puse de puntillas para cogerla del estante.

—¿Quieres llevártela, Richard?

Clavó la mirada en la figurita, pero antes de poder contestar, la puerta del despacho se abrió de par en par. Era David, que se paró en seco al vernos. Richard estaba apoyado en su escritorio, con la carta de renuncia en la mano, y yo estaba de pie, con la figurita en las manos, junto a una caja abierta. David echaba humo por las orejas.

—¿Qué cojones pasa aquí?

Richard se apartó del escritorio y se acercó a mí. Me quitó la figurita de las manos, esbozó una sonrisilla desdeñosa, la metió en la caja y luego la tapó.

—Creo que ya hemos terminado, Katharine. Ve a tu mesa y espérame allí.

Me quedé paralizada. La sensación de sus dedos al acariciarme la mejilla me sacó de mi estupor.

—Cariño —murmuró. Su voz sonó muy ronca en mis oídos—. Vete.

Lo miré y parpadeé.

«¿Cariño?».

¿A qué estaba jugando?

Se inclinó y sentí su cálido aliento en la piel.

—No me pasará nada, ve a tu mesa. Nos iremos enseguida. —Me colocó la mano en la cintura y me dio un empujoncito.

Totalmente confundida, hice lo que me ordenaba. No había dado ni dos pasos cuando David empezó a gritar. Soltó tacos y alaridos, e hizo ademán de cogerme del brazo.

Richard lo apartó de un empujón y se interpuso entre nosotros.

—No la toques, David. ¿Me has entendido?

—¡Qué narices! ¿Te la estás… te las estás tirando, Richard? ¿Me estás diciendo que tienes una aventura con tu asistente?

Contuve el aliento, sin saber qué iba a pasar a continuación.

—No es una aventura, David. Estamos enamorados.

David se echó a reír de forma desagradable.

—¿Enamorados? —resopló con desdén—. Pero si no la soportas. ¡Llevas meses intentando deshacerte de ella!

—Una buena excusa. Una que te tragaste enterita, con anzuelo y todo.

David habló con voz gélida:

—Acabas de firmar tu sentencia de muerte en esta empresa.

Richard soltó una carcajada.

—Demasiado tarde. —Le dio las dos hojas de papel con el membrete de la empresa a David—. Renuncio. Al igual que mi prometida.

David se quedó boquiabierto.

—¿Tu prometida? ¿Vas a tirar tu carrera por la borda por un trozo de carne? ¿Por un polvo de mierda?

Sucedió tan deprisa que no me dio tiempo a impedirlo. David empezó a vociferar y, en un abrir y cerrar de ojos, Richard estaba de pie sobre su cuerpo tirado en el suelo, con el puño tan apretado que los nudillos se le habían puesto blancos. Lo fulminaba desde arriba, jadeando. Era la personificación de un hombre que defendía algo, o a alguien, a quien quería.

—No vuelvas a hablar así de ella, jamás. No vuelvas a hablar de ella y punto. Nos vamos hoy. Ya me he hartado de que me jodas, de que me digas de quién me puedo enamorar o cuándo. Ya me he hartado de ti y de Anderson Inc.

—Te arrepentirás, Richard. —David escupió y se limpió la sangre de la cara.

—Solo me arrepiento de haber perdido tanto tiempo mientras te ofrecía las campañas más brillantes que han salido de esta maldita empresa. Buena suerte con tu porcentaje de éxitos cuando me vaya. —Retrocedió—. Cariño, recoge tus cosas. Nos vamos. Ahora mismo.

Corrí a mi mesa y cogí el bolso y el abrigo. Las pocas cosas que había recogido de mi escritorio poco antes ya estaban en las cajas de Richard. Me aseguré de que no quedase nada personal en el ordenador y de que mi puesto de trabajo estuviera limpio. Sabía que Richard había formateado su disco duro, riéndose entre dientes mientras lo hacía, y que masculló «Buena suerte, cabrones» antes de apagar el ordenador. A saber lo que descubriría el departamento de informática.

Salió del despacho sin hacerle el menor caso a David, que lo estaba poniendo verde a gritos y amenazaba con demandarlo mientras le decía que estaba arruinado. Señaló la salida con un gesto de la cabeza y corrí a abrir la puerta antes de seguirlo por el pasillo, con David pisándonos los talones sin dejar de mascullar y de soltar insultos. Otros trabajadores y directivos observaban la escena. Clavé la vista en la espalda de Richard, convencida de que se estaba pavoneando. Llevaba la cabeza muy alta y los hombros erguidos, no sentía la menor vergüenza por el espectáculo que estaba dando.

Cuando llegamos al ascensor, apretó el botón y se volvió hacia la pequeña multitud que nos observaba, sin saber qué pasaba, pero que adoraba el espectáculo de todas formas.

—Ha sido un placer, pero me largo. Buena suerte para los

que sigáis trabajando para el vampiro que todos conocemos como David. —Las puertas se abrieron y soltó las cajas en el interior antes de extender los brazos a los lados—. Después de usted, milady.

Entré en el ascensor, muerta de vergüenza. Cuando las puertas empezaron a cerrarse, Richard extendió el brazo y forzó su apertura.

—Por cierto, para que dejéis de especular: sí, Katharine y yo estamos juntos. Es lo mejor que esta empresa me ha dado jamás.

Tras pronunciar esas palabras, me agarró, me pegó a su cuerpo y me besó mientras las puertas se cerraban, bloqueando los jadeos sorprendidos.

Al instante, Richard se apartó de mí. Trastabillé hasta apoyarme en la pared del ascensor, jadeando. Me había besado con brusquedad, con deliberación, con un punto furioso.

—¿Por qué lo has hecho?

Se agachó, recogió las cajas y se encogió de hombros.

—Para irnos con una traca final. —Se echó a reír—. Conociendo cómo funciona la red de cotilleos de este mundillo, esta noche ya estará en boca de todos. —Empezó a reírse a carcajadas, con la cabeza hacia atrás—. Ese cabrón me ha hecho un favor enorme y ni siquiera lo sabe.

Las puertas del ascensor se abrieron y lo seguí hasta su coche. Esperé a estar sentada antes de preguntarle:

—¿Un favor? ¿Lo habías… lo habías planeado?

Sonrió, y tenía un aspecto casi juvenil.

—No. Había planeado hacerlo de otra forma, pero cuando entró hecho una furia, cambié de táctica. —Me guiñó un ojo antes de ponerse las gafas de sol—. Eso se me da bien, Katharine. Si el cliente quiere cambiar algo, aprendes a pensar con rapidez. David sabía lo que pasaba en cuanto vio las cajas. Decidí que montar una escena sería positivo.

—¿Positivo para quién? Ha sido humillante.

—Ha sido como un anuncio. Claro y conciso. De una sola tacada, la empresa al completo se ha enterado de que mi relación con David está rota y además han descubierto lo nuestro. Cuando lleguemos a casa de Graham mañana, se habrá enterado de todo. Sabrá que le di un puñetazo a David por insultar a la mujer que quiero. Es perfecto. No podría haberlo planeado mejor de haberlo intentado.

Incliné la cabeza, pasmada. Jamás habría considerado lo sucedido como algo «perfecto».

—Relájate, Katharine. —Resopló mientras sorteaba con pericia el tráfico—. Para ti todo ha acabado. No tendrás que volver. Llamaré a mi abogado y me aseguraré de mandarle la primera andanada a David para postrarlo de rodillas.

—¿La primera andanada?

—David detesta que la empresa tenga mala publicidad. Si cree que voy a ir a por él por no cumplir lo prometido y por crear un ambiente de trabajo malsano, no intentará hacer nada. Será como un seguro.

Suspiré y apoyé la cabeza en la fría ventanilla.

—Tienes la tarde libre. Quizá podrías ir de compras.

—¿Tengo que hacerlo?

—Sí. Ya te lo he dicho, tienes que aparentar lo que finges ser. Tengo una asesora de compras a la espera. La llamaré para que vayas a verla esta tarde. Podemos continuar con los planes para esta noche.

—Genial.

Subió el volumen de la música y marcó el ritmo con los dedos sobre el volante mientras pasaba por completo del sarcasmo de mi comentario. Detestaba ir de compras… sobre todo porque nunca podía permitirme casi nada. A lo mejor al no tener que pagar la factura, me divertiría más.

Ojalá fuera así. Después de lo de esa mañana, necesitaba distraerme con algo.

Poco después de llegar al apartamento, Richard recibió un sobre por mensajero. Lo abrió y me dio una tarjeta de crédito negra.

—¿Qué es?

—Para que puedas ir de compras.

Mire la tarjeta y vi mi nombre grabado en letras plateadas.

—¿Cómo has...? Da igual. —Suspiré. Era evidente que si Richard quería algo, lo conseguía.

Se sentó y me pidió la tarjeta.

—Fírmala y úsala. He llamado a Amanda Kelly, es la asesora de compras de la que te he hablado. Te espera dentro de una hora.

—Está bien.

—¿Qué pasa?

—¿No puede mandarme un vestido para mañana y ya está? Estoy segura de que ya le has dicho exactamente lo que quieres que me ponga.

Negó con la cabeza.

—No es solo para mañana, Katharine. Lo dije en serio. Líbrate de la ropa que te has estado poniendo. Te quiero con vestidos, con trajes bien confeccionados, con conjuntos elegantes. Zapatos decentes. Quiero que tengas un guardarropa nuevo.

—¿También tengo que deshacerme de la ropa interior? —le solté, e incluso yo me di cuenta del gruñido que acompañó la pregunta.

Me miró un minuto entero, parpadeando, antes de echarse a reír a carcajadas.

—Menudo temperamento tienes escondido. Sí. Deshazte de ella. Todo nuevo. Todo de acuerdo al papel que vas a interpretar.

Puse los ojos en blanco y cogí la tarjeta.

—Está bien. Aunque tampoco es que vayan a verme en ropa interior.

—¿Se puede saber qué te pasa? —masculló—. Nunca he tenido que suplicarle a una mujer para que se gaste mi dinero. Normalmente, se mueren por meterle mano a mi cuenta bancaria. ¿Por qué narices eres tan terca?

Me puse en pie.

—Pues que una de ellas se haga pasar por tu cariñosa prometida en esta ridícula farsa. —Hice ademán de alejarme, pero me detuve cuando sus largos dedos me rodearon el brazo.

—Katharine.

Me zafé de su mano.

—¿Qué? —mascullé.

Levantó las manos.

—No entiendo qué problema hay en vestirte como es debido.

Cansada, me froté los ojos.

—Si mañana no obtienes el resultado que esperas, te habrás gastado un montón de dinero en vano. Toda esta locura habrá sido para nada.

—¿Toda esta locura?

Parpadeé para librarme de las lágrimas que brotaban de mis ojos.

—Fingir que estamos comprometidos. Sacarme de mi casa, echar por tierra los trabajos de ambos, obligarte a pasar tiempo conmigo. Incluso David sabe lo mal que te caigo, Richard. ¿Cómo va a salir bien?

Se encogió de hombros.

—Si no sale bien, y es poco probable que no lo haga, tendrás un montón de ropa nueva para lucir en tu nuevo trabajo. Seamos sinceros: el cuchitril en el que vivías no era una casa; ya te buscaremos algo mejor. Míralo desde esa perspectiva. —Dio un paso hacia delante—. Y, la verdad, Katharine, a lo mejor te juzgué demasiado deprisa. No me caes mal. De hecho, disfruto bastante cuando discutes conmigo.

No supe qué replicar a semejante afirmación, tan inesperada.

—Creo que, tal vez, deberíamos declarar una tregua. Tienes razón en algo: debemos presentar un frente común y no podemos hacerlo si no nos sentimos cómodos el uno con el otro. Así que voy a hacerte una proposición.

—Ajá... —dije, casi con miedo de lo que iba a decir a continuación.

—Ve de compras y gasta mi dinero. Gasta una cantidad indecente. Considéralo un regalo por todas las perrerías que te he hecho a lo largo del último año. Yo haré unas cuantas llamadas y solucionaré algunas cosas. Cuando vuelvas, pasaremos la noche charlando y conociéndonos un poco mejor. Mañana, nos enfrentaremos al día como una pareja. ¿De acuerdo?

Me mordí el interior del carrillo mientras lo observaba.

— Está bien.

—Estupendo. Una cosa más.

—¿El qué?

Extendió el brazo y vi que tenía una cajita en la palma de la mano.

—Quiero que te pongas esto.

Clavé la mirada en la cajita sin mover un músculo.

—No te va a morder.

—¿Qué es? —susurré, aunque ya conocía la respuesta.

—Un anillo de compromiso.

Como no me moví, suspiró, frustrado.

—Será mejor que no esperes que hinque una rodilla en el suelo.

—¡No! —exclamé.

—Pues acéptalo.

Me tembló la mano al coger la cajita y abrirla. Un enorme solitario, engastado en oro blanco, con un diseño clásico, brillaba a la luz. Era exquisito.

Lo miré a los ojos.

—Te describí a la vendedora y le dije que quería algo sencillo pero deslumbrante. Había solitarios más grandes, pero, por algún motivo, pensé que este te gustaría.

Esas palabras, tan extrañas y amables, me emocionaron.

—Me gusta.

—En fin, póntelo. Forma parte de la imagen.

Me lo puse en el dedo y lo miré fijamente. Me sentaba como un guante, pero me resultaba extraño en la mano.

—Lo cuidaré muy bien hasta que llegue el momento de devolvértelo.

Resopló.

—Seguro que lo intentarás. Pero teniendo en cuenta lo patosa que eres, lo he asegurado.

Puse los ojos en blanco, olvidada de repente la emoción del momento.

Richard miró la hora.

—Muy bien. El coche estará esperándote en la puerta. Ve a ponerte presentable.

Se dio media vuelta y salió de la habitación.

Cuando cogí el bolso, el anillo reflejó la luz.

En fin, parecía que tenía un prometido.

Estaba comprometida con un hombre al que no le caía bien, pero que estaba dispuesto a pasar ese detalle por alto con tal de conseguir otro trabajo y de cabrear a su antiguo jefe.

Desde luego, era el sueño de toda mujer.

11

Katharine

La tarde pasó en un torbellino de actividad. Efectivamente, Richard le había dicho a Amanda lo que quería y la lista era interminable, al parecer. Vestidos, pantalones, faldas, blusas, trajes… un enorme surtido de telas y de colores que me fueron presentando. También había bañadores, lencería y camisones. Me probé prenda tras prenda, y tras discutir el mérito de cada una de ellas, o bien las descartaba o las colocaba en el montón de la ropa para comprar.

Menos mal que después de observarme durante un momento, los zapatos que eligió para mí eran de tacón bajo. Elegantes, me aseguró, pero con ellos conseguiría mantenerme erguida.

La gota que colmó el vaso fue la ropa deportiva. A esas alturas, mi paciencia había llegado a su límite. No me imaginaba ninguna situación en la que necesitara ropa deportiva tan cara. Richard tenía un gimnasio privado en su piso, por el amor de Dios. Cuando Amanda me dijo que la ropa deportiva estaba en la lista de Richard, levanté las manos y le dije que añadiera lo que le diera la gana. No podía más.

Salí de la tienda con las prendas para el día siguiente en varias bolsas, ataviada con unos vaqueros nuevos y una camiseta de seda de manga corta de un intenso tono rojo. Al parecer, Richard no quería verme aparecer vestida con mis «trapos viejos».

Me mantuve en silencio durante el trayecto de vuelta, abrumada y cansada. Subí las bolsas al apartamento y abrí la puerta con mis propias llaves. Escuché música procedente del otro extremo del pasillo. Sabía que Richard estaba haciendo ejercicio, de manera que colgué el vestido nuevo en el armario y coloqué las demás prendas que había llevado conmigo. Después, llamé a la residencia para preguntar por Penny. La enfermera encargada me dijo que estaba dormida, pero que no había tenido un buen día y que era mejor que no fuera a verla. La tristeza me envolvió mientras me sentaba para mirar por la ventana. Detestaba los días como ese. Sin embargo, tenía razón. Ir solo conseguiría alterarla más.

De manera que bajé las escaleras y me dirigí a la cocina para investigar. Estaba muy bien equipada, aunque había poca comida, salvo por unas cuantas piezas de fruta y algunos condimentos, guardados en el frigorífico y en los armarios respectivamente.

—¿Buscas algo?

Me enderecé, sobresaltada. Richard estaba apoyado en el vano de la puerta, con una toalla sobre sus anchos hombros. La piel le brillaba por la fina capa de sudor que la cubría. Tenía el pelo mojado. Sin embargo, estaba perfecto.

—No tienes mucha comida.

—No sé cocinar. Siempre pido la comida o el ama de llaves me deja algo.

—¿El ama de llaves? —No me había mencionado que tuviera un ama de llaves.

Asintió con la cabeza y bebió un sorbo de agua de la botella que sostenía.

—Necesito contratar a una. La última se marchó hace unas dos semanas. —Agitó una mano—. Vienen y van.

Disimulé una sonrisa. Esas noticias no me habían sorprendido en lo más mínimo.

—Yo sé cocinar.

Él rio entre dientes.

—Ya me lo habías dicho.

Pasé por alto su sarcasmo.

—Puedo limpiar el piso, hacer la compra y cocinar.

—¿Por qué?

—¿Por qué no?

—¿Por qué ibas a hacerlo?

—Richard —le dije con voz paciente—, he dejado mi trabajo. Tendré mucho tiempo libre. ¿Por qué vas a contratar a una persona cuando yo estoy aquí?

Frunció el ceño mientras reflexionaba al respecto.

—A los ojos de los demás, será algo natural. —Al ver su expresión confundida, le expliqué—: El hecho de que yo me encargue de la casa. Que me encargue de… ti.

Se rascó la nuca, a todas luces perdido.

—¿Ah, sí?

—Sí.

—Está bien. Por ahora. Usa la tarjeta para pagarlo todo.

Asentí con la cabeza.

—Cualquier cosa que necesites para limpiar. Cómprala. Si necesitas ayuda, búscala.

—De acuerdo.

Me sentí aliviada. Hacer la compra y preparar la cena sería algo normal. Así me mantendría ocupada. Y también limpiaría el piso.

—¿Qué tal ha ido la llamada con el abogado?

—Bien. —Apuró la botella de agua y la arrojó en el cubo de la basura dedicado a los envases reciclables—. ¿Qué tal tu tarde de compras?

Puse los ojos en blanco.

—Menuda lista le has dado.

—Te dije que quería que tuvieras de todo.

—Bueno, pues lo has conseguido.

Se acercó a mí y frotó entre sus largos dedos la manga de mi camiseta.

—Me gusta esto.

—Me alegro. Lo has pagado tú.

—¿Has usado el dinero que te he dado?

—No sabes cuánto. Estoy segura de que te he dejado en números rojos.

Para mi sorpresa, sonrió. Fue una sonrisa sincera que le iluminó los ojos y le otorgó una apariencia juvenil y traviesa.

—Por fin haces lo que te digo.

Resoplé.

Alargó un brazo y cogió un sobre.

—Aquí tienes.

Cogí el sobre con gesto renuente. Contenía algo duro y voluminoso.

—¿Qué es?

—Las llaves de tu coche.

—¿De mi coche? —pregunté con voz chillona.

—Te dije que te compraría uno. Está en la plaza 709, al lado de mis otros dos vehículos. Ahí está la tarjeta también. Con ella podrás entrar y salir del garaje.

—¿Qué...?

—Es un Lexus. Seguro. Fiable. Rojo... como tu camiseta.

—No hacía falta.

—Sí que hacía falta. Forma parte de la imagen, Katharine. Vamos a vendernos como una pareja. Los detalles son importantes. Recuérdalo. —Se encogió de hombros—. De todas formas, cuando todo esto acabe, se venderá bien. Si no quieres conservarlo, siempre podrás venderlo. En cualquier caso, es tuyo. Forma parte del acuerdo.

Negué con la cabeza.

—¿Cómo puedes permitirte todo esto? Sé que tenías un buen sueldo, pero no da para tanto.

Su expresión se ensombreció.

—Cuando mis padres murieron, heredé una fortuna.

—Vaya, lo siento, Richard. No lo sabía. ¿Murieron hace poco?

Vi que tensaba los hombros y que su postura se tornaba rígida.

—Hace catorce años. No fue una gran pérdida, así que ahórrate la compasión. Fue la primera vez que hicieron algo beneficioso para mí.

No supe muy bien cómo replicar a ese comentario.

—Así que no te preocupes por el dinero. —Se dio media vuelta y salió de la cocina—. Voy a ducharme y después pediré la cena. Te he dejado una lista en la mesa, échale un vistazo. Empezaremos a hablar cuando vuelva. Tenemos que memorizarlo todo.

—¿Más trabajo para cimentar la imagen?

—Exacto. Elige una buena botella de tinto del botellero. Creo que voy a necesitarla. —Me miró con una sonrisa burlona—. Si acaso eres capaz de distinguir una buena, claro está.

Se marchó tras soltar esa perla tan agradable y me dejó allí plantada, mirándolo con expresión asesina.

Richard

Cuando volví, Katharine estaba sentada en uno de los taburetes. Había abierto una botella de vino y estaba bebiendo un sorbo de su copa mientras leía los papeles que tenía delante. Respiré hondo y atravesé la estancia. Había llevado su lista a fin de discutir los detalles. Necesitábamos atiborrarnos de información al máximo para poder salir airosos al día siguiente. Debíamos convencer a Graham de que lo nuestro era sincero. Sabía que iba a ser una noche muy larga.

Todavía seguía tenso por lo de antes. Me pasaba siempre que hablaba de mis padres, por más breve que fuera la conversación. Odiaba pensar en ellos y en mi pasado.

Los brillantes ojos de Katharine se clavaron en mí. El pelo le caía sobre un hombro y no pude evitar fijarme en lo bien que le sentaba el rojo a su tez clara y al color oscuro de su pelo. Sin mediar palabra, me serví una copa de vino y me senté a su lado, desterrando ese extraño pensamiento de mi cabeza.

—La cena llegará pronto. He pedido canelones. Espero que te gusten.

Asintió con la cabeza.

—Es uno de mis platos preferidos.

Levanté la lista con una sonrisa burlona.

—Lo sé.

Bebí un sorbo de vino, paladeando su sabor con gusto. Había elegido uno de mis preferidos.

Golpeé la encimera con los papeles.

—¿Empezamos?

Horas después, me serví en la copa el poco vino que quedaba en la botella. Estaba exhausto. Puesto que no me gustaba hablar de mi pasado ni revelar detalles personales, la noche había sido difícil. Por suerte y gracias a que teníamos mucho terreno que cubrir, no me había visto obligado a profundizar en ciertos asuntos. Katharine sabía que era hijo único, que mis padres habían muerto y todos los detalles relevantes: la universidad en la que me gradué, mis actividades, colores y comidas preferidas, lo que me gustaba y lo que detestaba. Me sorprendió en cierto modo descubrir que ella ya sabía muchas de esas cosas. Era más observadora en el trabajo de lo que yo imaginaba.

Aprendí una gran cantidad de información sobre ella. Aunque era observadora, para mí solo había sido una mera sombra en los márgenes de mi mundo. Sin embargo, si bien se mostró tan reticente como yo a hablar sobre su pasado, me contó lo justo. También era hija única, sus padres murieron cuando era una adolescente y se marchó a vivir con su tía, que en la actualidad vivía en una residencia de ancianos. No acabó sus estudios superiores, entró en Anderson Inc. para cubrir un puesto temporal y allí se quedó. Cuando le pregunté por el motivo, me dijo que en aquel entonces estaba indecisa sobre su futuro y eligió trabajar hasta saber lo que quería. Dejé pasar el tema, aunque me pareció raro. No sabía cómo trabajaba su mente.

Me senté con un suspiro. Katharine se puso tensa a mi lado y yo eché la cabeza hacia atrás mientras la miraba con mal disimulada impaciencia.

—Creo que ya tenemos lo básico cubierto, Katharine. Incluso sé cuál es tu crema de manos preferida por si acaso sale el tema. —Su lista había sido mucho más detallada que la mía—. Sin embargo, nada de esto va a funcionar si te tensas cada vez que me acerco a ti.

—No estoy acostumbrada —admitió—. Siempre me... ah... me pones los nervios de punta.

—Tendremos que acercarnos —le recordé—. Los amantes se tocan y se acarician. Susurran e intercambias miradas. Es una familiaridad fruto de la intimidad que se comparte. Tengo la sensación de que la familia Gavin es afectuosa. Por más que nos aprendamos un sinfín de datos sobre nuestros gustos, Graham no se va a tragar lo nuestro si no puedo alargar el brazo para cogerte la mano sin que des un respingo.

Jugueteó con la copa de vino y pasó los dedos por el pie varias veces.

—¿A qué te refieres?

—A que voy a tocarte, a susurrarte cosas al oído, a acariciarte el brazo e incluso a besarte. Te llamaré «cariño» o cualquier otro apelativo del estilo. Como hace cualquier pareja de enamorados.

—¿No has dicho que nunca te has enamorado?

Resoplé.

—He preparado tantas campañas sobre el tema que soy capaz de fingir perfectamente. Además, estoy muy familiarizado con el deseo, y prácticamente es lo mismo.

—El sexo sin amor solo son dos cuerpos y mucha fricción.

—No hay nada de malo en ese tipo de fricción. El sexo sin amor es el que a mí me gusta. El amor tiene efectos sobre las personas. Las cambia. Las debilita. Complica las cosas. No me interesa en absoluto.

—Qué triste.

—En mi mundo no lo es. Y ahora retomemos el tema. ¿Estás preparada para no salir corriendo cada vez que te toque o que te bese? ¿Serás capaz de controlarte? —Golpeé con los nudillos las listas que teníamos delante—. Necesitamos algo más que datos para salir airosos.

Alzó la barbilla.

—Sí.

—Está bien, entonces tenemos que ponernos a prueba.

—¿Qué sugieres?

Me acaricié la barbilla con un dedo.

—Bueno, ya que follar por follar está descartado, supongo que tendremos que encontrar otra solución. A menos que quieras probarlo, claro está.

Puso los ojos en blanco y se ruborizó.

—No. Siguiente sugerencia.

Contuve una carcajada. A veces era graciosa. Extendí una mano con la palma hacia arriba a modo de invitación.

—Ayúdame.

Colocó una mano sobre la mía despacio, y yo cerré los dedos en torno a su pequeña palma. Tenía la piel fría y suave. Sonreí y le di un apretón en los dedos antes de soltarla.

—¿Ves? No te he quemado ni nada. —Inquieto, me puse en pie y empecé a caminar de un lado para otro—. Tendremos que estar cómodos. Si te beso en la mejilla o te paso un brazo por la cintura, debes actuar como si fuera normal. —Me di un tirón del bajo de la camisa—. Y tú tendrás que hacer lo mismo. Tendrás que tocarme, que sonreírme y que reírte cuando yo me incline para decirte algo al oído. Ponerte de puntillas sobre esas piernas tan cortísimas que tienes para besarme en la mejilla. Algo así. ¿Lo entiendes?

—Sí. —Y en ese momento sonrió. Fue la expresión más traviesa que le había visto nunca.

—¿Qué?

—Si tú me llamas «cariño», yo tendré que llamarte de alguna manera… esto… especial también, ¿no?

—No me gustan los apodos. ¿En qué estás pensando?

—En algo sencillo.

Podría soportarlo.

—¿Como qué?

—Dick —me soltó con expresión seria.

—No.

—¿Por qué no? Es un diminutivo de tu nombre y te… eh… te va como anillo al dedo en más de un sentido.

La miré con gesto serio. Estaba seguro de que sabía que ese era mi apodo en el mundillo publicitario y quería reírse de mí.

—No. Elige otro.

—Tendré que pensarlo.

—Hazlo. Pero Dick está descartado.

Movió los labios.

Puse los ojos en blanco.

—Déjalo, Katharine.

—Bueno. Dick es perfecto, pero buscaré otra cosa.

Pasé por alto su evidente sorna.

—No. Ya está bien. —Me planté delante de ella y enfrenté su mirada guasona—. A ver, ¿practicamos?

—¿El qué?

Cogí el mando a distancia, lo conecté y le di a la tecla para cambiar la música hasta dar con una melodía lenta y agradable.

—Baila conmigo. Acostúmbrate a estar cerca de mí. —Extendí un brazo y dije unas palabras que jamás había usado con ella salvo en los últimos días—. Por favor.

Katharine me dejó ponerla en pie y se acercó a mí con torpeza. Suspiré mientras le rodeaba la cintura con un brazo para pegarla a mi cuerpo y aspiré el olor que desprendía su pelo. Empezamos a movernos y me sorprendió que todo me pareciera tan natural. Era más menuda que las mujeres a las que estaba acostumbrado. Apenas me llegaba a los hombros, su cabeza ni siquiera me rozaba la barbilla. Parecía muy delgada y frágil entre mis brazos, pero se amoldaba bien a mi cuerpo. Al cabo de unos minutos, la tensión se evaporó de sus hombros, y me permitió guiarla por la estancia sin problemas. Se movía con una elegancia inesperada, teniendo en cuenta las veces que la había visto tropezar con sus propios pies.

De repente, escuché una voz en la cabeza diciéndome que tal vez lo que necesitaba era una persona que la sostuviera en vez de alguien que tratara de tirarla al suelo.

Eso me obligó a detenerme y me alejé de ella para mirarla a los ojos. Ella parpadeó varias veces, nerviosa, y comprendí que esperaba algún comentario desagradable. En cambio, le acaricié una mejilla y puso los ojos como platos.

—¿Qué haces?

—Voy a besarte.

—¿Por qué?

—Para practicar.

Su apenas audible exclamación acabó en mi boca porque la besé en ese momento. La suavidad de sus labios me sorprendió, lo mismo que su maleabilidad cuando aceptó el beso. No fue una sensación desagradable. De hecho, el contacto me provocó una especie de calidez en la columna. Aparté los labios de los suyos, pero no tardé en besarla de nuevo; en esa ocasión, apenas fue un roce fugaz.

Me alejé y la solté. La tensión flotaba en el aire que nos rodeaba, y esbocé una sonrisa burlona.

—¿Ves? No ha sido tan malo. No vas a morirte si te beso.

—Ni tú tampoco —replicó ella con voz temblorosa.

Solté una carcajada.

—Espero que no. Lo que haga falta para conseguir el trabajo.

—Claro.

Cogí el mando a distancia y quité la música.

—Bien hecho, Katharine. Hemos hecho suficiente acercamiento por una noche. Mañana es un día importante, así que creo que necesitamos descansar.

—Está bien —susurró.

—Hoy has hecho un buen trabajo. Gracias.

Me di media vuelta y la dejé mirándome boquiabierta.

12

Katharine

Otra vez tenía problemas para dormir, así que recorrí el pasillo de puntillas y abrí la puerta de Richard. Esa noche, dormía bocabajo, rodeando con un brazo la almohada mientras que el otro colgaba del borde de la enorme cama. Estaba roncando... una especie de ronroneo grave que necesitaba oír.

Observé su cara en la penumbra. Me recorrí los labios con la punta del dedo, sorprendida todavía por el hecho de que me hubiera besado, de que me hubiera abrazado, y de que hubiéramos bailado. Sabía que todo formaba parte de su gran plan, pero había momentos, por pequeños que fueran, en los que veía a un hombre distinto del que estaba acostumbrada a ver. El asomo de una sonrisa, el brillo de sus ojos e incluso alguna que otra palabra amable. Todo eso me había pillado desprevenida esa noche. Ojalá permitiera que esa parte de sí mismo aflorase más a menudo, pero mantenía sus emociones, las positivas al menos, bajo llave. Era algo de lo que ya me había percatado. Sabía que si decía algo, se encerraría en sí mismo todavía más. De modo que decidí permanecer callada... al menos, de momento. Eso sí, debía admitir que besarlo no había estado mal. Teniendo en cuenta las barbaridades que podían salir de su boca, sus labios eran cálidos, suaves y carnosos, y sus caricias, tiernas.

Gimió y rodó sobre el colchón, llevándose la ropa de cama consigo. Su delgado y definido torso quedó a la vista. Tragué saliva, en parte por la culpa de estar observándolo y en parte por el asombro. Era un hombre muy guapo, al menos por fuera. Masculló algo incoherente y yo retrocedí, dejando la puerta entreabierta, tras lo cual regresé de puntillas a mi habitación.

Tal vez esa noche se hubiera mostrado más agradable durante algunos momentos, pero dudaba mucho que reaccionara bien si me descubría mirándolo mientras dormía.

Aun así, sus suaves ronquidos me ayudaron a sumirme en un plácido sueño.

Me marché temprano del piso para visitar a Penny. Estaba lúcida y de buen humor. Me reconoció, me pellizcó la nariz y hablamos y reímos hasta que se quedó dormida. Bebí café mientras ella dormía y contemplé los cuadros que había estado pintando. Escogí uno que me gustaba especialmente, uno con flores silvestres, y lo estaba admirando cuando ella se despertó. Me miró, se acercó en su silla de ruedas y extendió el brazo para que le diera el cuadro.

—Me gusta este. —Sonreí—. Me recuerda a cuando íbamos a coger flores en verano.

Ella asintió con la cabeza, con aire distraído.

—Tendrás que preguntarle a mi hija si está a la venta. No estoy segura de dónde se ha metido.

Me quedé sin aliento. Había vuelto a irse. Los momentos de lucidez cada vez se espaciaban más, pero ya sabía que no debía alterarla.

—A lo mejor puedo llevármelo e ir a buscarla.

La vi coger su pincel y volverse hacia el caballete.

—Puedes intentarlo. Quizá esté en el colegio. Mi Katy es una chica muy ocupada.

—Gracias por su tiempo, señora Johnson.

Me señaló la puerta, despachándome. Salí de la habitación con el cuadro aferrado entre las manos mientras contenía el llanto. No me reconocía, pero en el fondo de su corazón seguía considerándome su hija. De la misma manera que yo consideraba que era parte de su familia.

Fue como una bofetada que me recordó por qué estaba haciendo eso con Richard. Por qué fingía ser quien no era.

Era por ella.
Me sequé las lágrimas y regresé al piso.

Cuando abrí la puerta, Richard me recibió con el ceño fruncido.

—¿Dónde estabas? ¡Tienes una cita!

Inspiré hondo y conté hasta diez.

—Buenos días, Richard. Solo son las diez. Mi cita es a las once. Tengo tiempo de sobra.

Se desentendió de mi saludo.

—¿Por qué no has contestado al teléfono? Te he llamado. Tampoco te has llevado el coche.

—He visitado a Penny. La residencia está cerca, así que he ido andando.

Extendió la mano y agarró el pequeño cuadro que llevaba pegado al pecho.

—¿Qué es?

Intenté quitárselo sin conseguirlo y él sostuvo el cuadro entre las manos mientras lo miraba.

—No vas a colgar esta porquería aquí.

Me tragué la amargura que sentí en la garganta.

—Ni se me ocurriría. Iba a ponerlo en mi habitación.

Me devolvió el cuadro de malos modos.

—Lo que tú digas. —Se alejó, pero me miró por encima del hombro—. Tu ropa ha llegado. La he puesto en el armario de tu dormitorio y he dejado las bolsas en la cama. Quema lo que tienes puesto ahora mismo. No quiero verlo ni un segundo más.

Acto seguido, desapareció.

Esa misma tarde, cuando volví al apartamento, me sentía una persona distinta. Me habían frotado, limpiado y depilado hasta el infinito. Me habían lavado el pelo con un champú que daba volumen, me habían puesto acondicionador, me habían cortado las puntas y hecho capas, y después me lo habían secado con el secador de modo que cayera en lustrosas ondas por la espalda. En cuanto terminaron de maquillarme, casi no me reconocía. Mis ojos parecían enormes; mi boca, grande y seductora; mi piel, de porcelana. Corrí escaleras arriba y me puse la lencería nueva y el vestido que Amanda y yo habíamos escogido para esa tarde. Me dijo que era perfecto. Era de color blanco roto con un sobrecuerpo de encaje con forma de flores, era bonito y vaporoso, y parecía muy veraniego. Las sandalias de tacón bajo eran cómodas, y estaba convencida de que sería capaz de andar con ellas.

Tomé una honda bocanada de aire cuando los nervios amenazaron con apoderarse de mí.

Había llegado el momento de ver si Richard estaba de acuerdo.

Richard

Impaciente, tamborileé en la encimera con los dedos. Oí el taconeo y volví la cabeza, y la copa que me había llevado a los labios se quedó a medio camino.

La Katharine que conocía no era esa mujer. Tal como sospechaba, con la ropa adecuada, un buen corte de pelo y algo de maquillaje, era bastante guapa. No como las mujeres despampanantes y seguras de sí mismas a las que estaba acostumbrado, sino una mujer con una belleza serena que le sentaba muy bien. Aunque no era el tipo de mujer con el que solía relacionarme… en este caso, sería lo mejor.

Le miré la mano y fruncí el ceño.

—¿Dónde te has dejado el anillo?

—Oh.

Abrió el bolso, sacó la cajita y se puso el anillo.

—Tienes que llevarlo puesto todo el tiempo. Deja la caja aquí.

—Me lo quité para que me hicieran la manicura. Se me olvidó ponérmelo de nuevo. —Sonrió… una sonrisa expresiva y traviesa—. Muchas gracias por recordármelo, corazón.

Enarqué las cejas.

—¿Corazón?

—No te gustaba que te llamara Dick, así que te he buscado otro apelativo. Ya sabes, como si fuéramos amantes…

Me crucé de brazos y la fulminé con la mirada.

—Creo que te estás riendo de mí.

—Ni se me pasaría por la cabeza. —Se echó el pelo hacia atrás y las ondas oscuras le cayeron por la espalda—. Bueno, ¿doy el pego?

—Has empleado bien mi dinero.

Katharine recogió el bolso.

—Eres un genio con las palabras, Richard. Haces que todo parezca pura poesía. Me sorprende que no hubiera una cola de mujeres para fingir estar enamoradas de ti.

El comentario me arrancó una carcajada. Tenía un sentido del humor muy afilado, algo que me gustaba.

La seguí hasta la puerta, aunque me adelanté para abrírsela. Esperó a que cerrase con llave y, con una sonrisa torcida, le tendí la mano.

—¿Estás lista, cariño?

Puso los ojos en blanco, pero aceptó mi mano.

—Contigo iría a cualquier parte, corazón.

—Vamos allá.

Katharine aceptó la mano que le tendía y me permitió ayudarla a bajar del coche mientras observaba con los ojos como platos la extraordinaria casa y los jardines que la rodeaban. Incluso yo estaba impresionado. La casa de Graham Gavin era increíble.

—Intenta controlar tus emociones —susurré al tiempo que la pegaba a mí, con la esperanza de que pareciera algo natural. Katharine no me rechazó, sino que se amoldó a mi cuerpo mientras el aparcacoches se alejaba con mi coche—. Tienes que relajarte.

Me miró con el ceño fruncido.

—A lo mejor tú estás acostumbrado a tanta opulencia, Richard, pero yo no. —Echó un rápido vistazo a su alrededor. El pánico empezaba a reflejarse en su cara—. Este no es mi sitio —murmuró—. Seguro que van a darse cuenta de que todo es una farsa.

Agaché la cabeza para mirarla a los ojos.

—No, no se van a dar cuenta —mascullé—. Voy a quedarme a tu lado y vamos a comportarnos como si estuviéramos enamorados. Todo el mundo creerá que te he elegido a ti, a nuestra relación, por encima de mi carrera profesional. Y tú vas a comportarte como si me adorases, joder. ¿Entendido?

Katharine alzó la cabeza, y en su cara pude ver la incertidumbre.

Continué en voz más calmada:

—Puedes hacerlo, Katharine. Sé que puedes. Los dos necesitamos que esto salga bien.

Miró por encima de mi hombro.

—Graham Gavin se acerca.

—Pues ha llegado la hora de empezar el espectáculo, cariño. Voy a besarte y vas a comportarte como si te encantara. Finge que te acabo de dar un regalo. De hecho, te daré uno si consigues que todo marche bien en este primer encuentro.

No sucedió nada durante un segundo. Después, su mirada se endureció y me miró con una sonrisa deslumbrante. La expresión transformó por completo su cara, que pasó de ser bonita a ser preciosa. El cambio me pilló desprevenido y la miré boquiabierto, sorprendido por mis propios pensamientos.

—¡Richard! —exclamó—. ¡Eres demasiado bueno conmigo!

Decir que me quedé de piedra cuando levantó los brazos, me enterró los dedos en el pelo y me plantó un beso en la boca sería quedarme muy corto. Pero me recuperé enseguida, la abracé con fuerza y la besé con más pasión de la adecuada para un lugar tan público. Al oír que alguien carraspeaba a mi espalda, sonreí contra su boca y me aparté. Katharine me miró y, después, como si fuera lo más normal del mundo, me tocó los labios.

—El rosa pasión no te favorece —comentó con un deje travieso mientras me limpiaba la boca.

La besé de nuevo.

—Te tengo dicho que dejes de pintarte los labios. De todas formas, te los voy a limpiar a besos. —Sin dejar de rodearla con un brazo, me volví para saludar a Graham—. Lo siento, Katharine se emociona enseguida. —Esbocé una sonrisilla—. ¿Y quién soy yo para resistirme?

Graham se echó a reír, me tendió la mano y nos presentó a su mujer, Laura. Era una mujer casi tan baja como Katharine. Llevaba la melena rubia recogida en un sencillo moño y era la elegancia personificada.

Yo, a mi vez, les presenté a Katharine como mi prometida y sonreí cuando ella se ruborizó y los saludó.

—Tienes que contarme qué te ha emocionado tanto, Katharine. —Laura la miró con una sonrisa.

—Richard acaba de decirme que tiene un regalo inesperado. No deja de sorprenderme. Por favor, llámame Katy. Richard insiste en usar mi nombre completo, pero yo prefiero Katy.

Sonreí risueño.

—Es un nombre precioso para una mujer preciosa.

Ella puso los ojos en blanco y Laura se echó a reír.

—No vas a conseguir que cambie de opinión, Katy. Los hombres son criaturas muy tercas. —Engarzó su brazo con el de Katharine y la alejó—. Vamos, deja que te presente al resto de la familia. Jenna se muere por conocerte. A ver, ¿cuál es el regalo ese?

Las seguí de cerca, muy atento a la conversación, mientras me preguntaba qué regalo elegiría. ¿Joyas? ¿Un viaje? Era el tipo de regalo extravagante que las mujeres con las que salía preferían.

Una vez más, me sorprendió.

—Richard ha hecho una donación muy generosa al refugio de animales donde trabajo como voluntaria. Le dije que temía que cerrasen por falta de financiación.

Laura miró por encima del hombro con una enorme sonrisa.

—Qué gesto más bonito, Richard. Graham y yo igualaremos tu donación. Los dos tenemos debilidad por los animales.

Katharine exclamó:

—Ay, Laura, ¡no tenéis por qué hacerlo!

Laura le dio un apretón en el brazo.

—Pues claro que sí. ¿Cuánto tiempo llevas como voluntaria en el refugio?

Fui yo quien contesté, agradecido por las listas que habíamos redactado y por mi excelente memoria.

—Tres años. La han nombrado Voluntaria del Año dos veces.

—¡Qué bien! Graham, que no se te olvide extenderle un cheque a Katy cuando hables con Richard después.

Esas palabras me dieron ánimos. Si iba a hablar conmigo en privado, esperaba que significase lo que creía que significaba.

Graham le sonrió a Laura.

—Lo haré, amor mío.

Tenía pensado permanecer junto a ella, pero tal parecía que mis planes se torcían a cada paso. En cuanto nos presentaron a Jenna, a su marido Adrian, así como al primogénito de Graham, Adam, y a su mujer, Julia, con sus dos hijos, Katharine y yo nos separamos. Jenna estaba ansiosa por conocer a Katharine; y sus ojos, verdes como los de su padre, estaban abiertos de par en par por la emoción. Era una rubia de estatura media muy atractiva, con una sonrisa agradable. Su marido parecía un defensa de fútbol americano, igual de alto que de ancho, con ojos y pelo oscuros. La adoración que se profesaban era evidente… aunque también un poco vomitiva.

Jenna cogió a Katharine del brazo y la arrastró para presentarle a otras mujeres mientras Graham me presentaba a los miembros clave de su personal. Quedó claro que las intenciones de Graham no eran un secreto. Estaba dejando que el resto de su personal me conociera, y sabía que la opinión de esos hombres importaría mucho, de modo que me comporté con unos modales exquisitos y desplegué todo mi encanto. Durante los primeros momentos, no dejé de mirar a Katharine, preguntándome si estaba diciendo o haciendo algo que pusiera en peligro la situación, pero aparentaba una calma sorprendente y parecía estar manteniendo el tipo. Graham se percató de mi preocupación y me dio un codazo cómplice.

—Tranquilo, Richard. Nadie la va a secuestrar. Te lo prometo.

Me obligué a soltar una carcajada.

—Claro que no. Es que… es que es un poco tímida, nada más. —Salí del apuro como pude. No podía decirle por qué tenía que estar cerca de ella.

—Es tu afán protector.

¿En serio? ¿Eso era lo que creía Graham?

—Han sido unos días duros, para los dos.

Graham asintió con la cabeza y su expresión se tornó seria.

—Me he enterado de lo sucedido.

«Estupendo», pensé.

—No podía permitir que la insultase de esa manera ni tampoco que rebajara nuestra relación. Había llegado el momento de marcharme, sin importar cómo afectase a mi carrera profesional —declaré con convicción—. Quería que nuestra relación, la verdadera, saliera a la luz. Quería que todo el mundo supiera que estamos comprometidos.

—La pusiste en primer lugar.

—Siempre.

Me colocó una mano en el hombro.

—Ven, quiero presentarte a unas personas, Richard.

Un rato más tarde, eché a andar hacia el grupito de personas donde estaba Katharine. Había observado a los Gavin y cómo se comportaban, y había acertado con mis suposiciones. Conformaban un grupo muy dado a las muestras de afecto. Cuando estaban cerca, las parejas no dejaban de tocarse. Laura y Graham también eran muy afectuosos con sus hijos y con sus nietos. Sabía que tenía que demostrar algún tipo de afinidad con Katharine. Ojalá que ella respondiera de la misma manera.

Las mujeres se estaban riendo a carcajadas sentadas en los sofás. Katharine habló en ese momento.

—Sé que para alguien que cuida tanto los temas de salud, Richard es espantoso. Come demasiada carne roja. Cada vez que se le presenta la oportunidad, sobre todo en Finlay's. El costillar de veinticuatro costillas es un clásico. —Se echó a reír—. Ya ni intento evitarlo porque es un caso perdido. Al menos, ahora que cocino para él, come mejor. La cantidad de menús a domicilio que encontré en el cajón al mudarme a su piso daba miedo.

Me coloqué tras ella, le rodeé la cintura con los brazos, pegué su espalda a mi pecho y la besé en el cuello, momento en el que se estremeció.

—¿Y tú qué, Katharine? —Miré al grupito de mujeres con las que estaba hablando y les regalé una enorme sonrisa—. Se preocupa constantemente por eso, pero todos los días me la encuentro comiendo un sándwich de mantequilla de cacahuete con mermelada. —Miré a Katharine—. Te lo tengo dicho, cariño: necesitas comer más proteínas. Estás demasiado delgada. Podría meterte en el bolsillo.

Se oyó un suspiro colectivo, emitido por las mujeres del grupo. Era evidente que había dicho lo apropiado.

—No te metas con la mantequilla de cacahuete y con la mermelada, corazón —insistió Katharine—. Mientras fui tu asistente personal, suerte tenía de poder comerme un sándwich.

La volví a besar.

—Muy mal por mi parte, nena. No deberías ser tan valiosa para mí.

Mientras el resto de mujeres se echaba a reír, Jenna le dio unas palmaditas a una de ellas en el hombro con una sonrisa.

—Ya sabes, Amy, avisada quedas. Si Richard se sube al barco, se acabaron las horas para el almuerzo.

Amy se echó a reír.

—Le sonsacaré todos los secretos a su prometida para mantenerlo a raya.

Ah, Amy Tanner, la novia de Brian, y tal como parecían ir las cosas, mi siguiente asistente personal. La miré con una sonrisa. Era el tipo de Brian: alta, guapa y elegante.

—Hola, Amy. ¿Brian está en la ciudad este fin de semana?

Ella negó con la cabeza.

—Otro viaje. Me ha pedido que te recuerde que el partido de golf de la semana que viene sigue en pie.

—Lo espero con ansia.

—Ojalá que no te decepcione como asistente personal después de haber tenido a tu prometida. Siempre y cuando subas a bordo, claro.

Me tensé un poco, pero Katharine se echó a reír y me dio unas palmaditas en el brazo.

—Richard es brillante —aseguró ella—. Es maravilloso trabajar con él. Estoy segura de que os llevaréis a las mil maravillas.

Jenna le guiñó un ojo a Katharine.

—Has hablado como una mujer enamorada.

Katharine se relajó contra mi cuerpo y exhaló un suspiro. Alzó la vista, con una sonrisilla en los labios. Me acarició el mentón con una mano al tiempo que decía con voz ronca:

—Porque lo soy.

Fue una actuación merecedora de un Oscar.

La tarde pasó volando. Comimos, hablamos y conocimos a más gente. Cuando estábamos con otras personas, alzaba la vista y me topaba con los ojos de Katharine, que me observaba. Como me hacía gracia su reacción, le lanzaba un beso o le guiñaba un ojo por el mero gusto de verla ruborizarse. Lo hizo todas y cada una de las veces. Al igual que lo hacía cada vez que me acercaba a ella, le rodeaba la cintura con los brazos y le besaba el hombro o la mejilla. Katharine interpretó su papel a la perfección, ya que ni una sola vez demostró algo que no fuera calidez. De hecho, en un par de ocasiones me buscó ella, se puso de puntillas y me susurró al oído. Fue sencillo imitar la forma en la que Adrian inclinaba la cabeza para escuchar lo que fuera que Jenna le murmuraba al oído, con una expresión indulgente en la cara. No me quedaba la menor duda de que las palabras de Jenna eran de una índole mucho más íntima que las que Katharine me susurraba, pero nadie más lo sabía.

En un momento dado, Graham me llevó a un aparte y me preguntó si podíamos hablar de nuevo el lunes. Me costó la misma vida no levantar el puño, convencido de que lo habíamos conseguido. En cambio, le dije que Katharine y yo teníamos algo programado para el lunes por la mañana, pero que estaba disponible después del almuerzo. No quería parecer demasiado ansioso, pero en cuanto él asintió con un gesto elocuente de cabeza y me informó de que la ventanilla donde se solicitaba la licencia de matrimonio siempre estaba muy ocupada los lunes, de modo que nos reuniríamos a las dos, comprendí mi error.

Creía que íbamos a solicitar la licencia de matrimonio. En vez de corregirlo, le dije que las dos de la tarde me parecía una buena hora y le estreché la mano. Me di cuenta de que ya se habían marchado algunas personas, así que le agradecí la cordialidad. Cuando me recordó lo de la donación, le respondí que podríamos hacerlo el lunes... En realidad, no tenía ni idea de cómo se llamaba el refugio de animales.

Laura estaba hablando con Katharine cuando me acerqué a ellas.

—¿Estás lista para irnos, cariño? —le pregunté—. Sé que también quieres ir a visitar a tu tía.

—Es verdad. —Katharine se volvió hacia nuestra anfitriona—. Gracias por esta tarde tan magnífica.

Laura sonrió de oreja a oreja y la abrazó.

—Tu tía tiene mucha suerte de contar contigo. Ha sido un placer conocerte, cariño. Me muero por verte más a menudo. ¡Recuerda lo que te he dicho acerca de tu boda!

Katharine asintió con la cabeza y aceptó la mano que yo le tendía. No me resultó desagradable que Laura se pusiera de puntillas y me diera un beso en la mejilla.

—Me alegro muchísimo de haberte conocido, Richard. También me muero por verte más a menudo. —Guiñó un ojo—. Tanto aquí como en el trabajo.

La miré con una sonrisa.

—Lo mismo digo.

—¿Te ha dado Graham el cheque de cinco mil?

Parpadeé, la miré y luego miré a Katharine.

«¿Cinco mil?», me pregunté.

Pues sí que había sido generoso. Esbocé una sonrisilla y decidí que bien merecía la pena.

—Me lo va a dar el lunes.

—Excelente. Ahora, tortolitos, disfrutad de lo que queda del día.

Solté una carcajada ronca e hice que Katharine se ruborizara al tiempo que la sonrisa de Laura se ensanchaba.

—Esa es la idea —le aseguré con un guiño mientras me llevaba a mi prometida.

No dejé de reírme de camino al coche.

Por dentro, lo estaba celebrando. Había funcionado.

13

Richard

El lunes por la mañana, Katharine me miró como si yo tuviera dos cabezas.

—¿Que vamos a hacer qué?

Suspiré, doblé el periódico y lo dejé en la encimera.

—No quiero parecer demasiado ansioso, así que le dije a Graham que teníamos algo que hacer esta mañana, él supuso que se trataba de la licencia matrimonial y yo no lo corregí.

Cogió los platos y los llevó al fregadero. Debía admitir que era una cocinera estupenda. No recordaba la última vez que había desayunado en casa sin que la comida hubiera salido de una caja. El día anterior, Katharine salió con su coche a hacer unos «recados» y cuando regresó, tuvimos que bajar dos veces para subir todo lo que había comprado en el supermercado. En aquel momento pensé que estaba loca, pero empezaba a cambiar de opinión. La cena de la noche anterior fue pollo preparado de una forma deliciosa y los huevos revueltos que había hecho para desayunar eran espectaculares. Igual que el café. Aprobaba de corazón la compra de la nueva cafetera.

Se dejó caer contra el fregadero y se frotó la cara.

—Vale que le permitas creerlo, pero no tenemos por qué hacerlo.

Negué con la cabeza.

—No. Vamos a hacerlo. Quiero que quede rastro documental. No tenemos por qué casarnos, pero sí vamos a sacar la licencia.

—Richard…

Cogí el cheque que había dejado en la mesa.

—Considéralo un intercambio justo por la donación. —Enarqué una ceja sin dejar de mirarla—. Por la generosa donación.

Tuvo el detalle de parecer avergonzada.

—Ya te he dicho que no sabía lo que se considera «generoso» en tu mundo. Cuando Laura empezó a hablar del tema, una de las otras mujeres sacó las uñas y soltó que ella no consideraría generosa una cantidad inferior a mil dólares. —Se encogió de hombros—. Antes de darme cuenta de lo que pasaba, me escuché diciendo que tú habías donado cinco mil. Eso la dejó muerta.

—Me lo imagino. Y no pasa nada. Salvo que ahora me debes una, así que vamos a sacar una licencia matrimonial para nuestro matrimonio ficticio.

Vació su taza de café en el fregadero.

—De acuerdo. Voy a arreglarme.

Pasó a mi lado con gesto airado y, como despertó en mí el deseo de verla furiosa, la agarré por la muñeca y la senté en mi regazo. Ella jadeó e intentó zafarse, pero yo me reí de su vano esfuerzo.

—¿Quieres que vaya a frotarte la espalda?

—¡No!

—Haré otra donación.

Me dio un codazo en las costillas, algo que consiguió que la soltara, y se puso en pie trastabillando.

—Richard, ¡ten cuidado o te llevo conmigo a la protectora y les digo que te castren!

Me eché a reír por lo indignada que parecía y dejé que se marchara refunfuñando algo.

No supe por qué su enfado me hacía tanta gracia, pero así era.

Graham me estrechó la mano y me invitó a tomar asiento a su mesa de juntas privada. Su despacho, al igual que el resto de las oficinas, exudaba riqueza pero sin ostentación. Los muebles eran de la mejor calidad; las obras de arte, respetables y elegantes. En las estanterías que cubrían una de las paredes, se alineaban más premios y versiones en pequeño de las campañas ganadoras. La necesidad de que una de mis campañas acabara expuesta en ese lugar me quemaba por dentro.

Esperamos hasta que su asistente nos llevó el café y se marchó, cerrando la puerta al salir. Graham me sonrió y cogió una galleta del plato.

—Según me han dicho, estas no están tan buenas como las de tu Katy, pero sírvete.

—Me temo que me han malcriado. Las suyas están riquísimas.

Masticó y tragó, tras lo cual se limpió la boca.

—Espero que lo de esta mañana haya sido un éxito.

Me di unos golpecitos en el bolsillo y traté de parecer ufano.

—El papeleo ya está hecho. La licencia estará lista dentro de tres días. —Reí entre dientes—. Ahora solo tengo que convencer a Katy de que se fugue conmigo a Las Vegas para hacerlo oficial.

Graham frunció el ceño mientras bebía un sorbo de café.

—Perdóname por lo que voy a decir, pero no creo que tu Katy sea de las que se fugan a Las Vegas.

Bebí un sorbo de café para ganar algo de tiempo. No tenía la menor idea de lo que pensaba Katharine al respecto, pero tampoco podía decírselo. Decidí ir por el lado más tímido de su carácter.

Carraspeé y asentí con la cabeza.

—Tienes razón, no lo es. Pero no queremos una boda grande. Lo haremos algún día de forma íntima. Katharine es una firme defensora de que todo quede entre nosotros.

—¿No tiene familia, solo su tía?

—Exacto.

—Laura me dijo que está en una residencia de ancianos, ¿verdad?

Asentí con la cabeza.

—Es muy mayor y no está bien. Katharine la visita a menudo.

—Ah, qué lástima. —Miró hacia la ventana situada detrás de mí—. Laura y Jenna se han quedado prendadas de tu chica.

No supe qué decir. En realidad, no quería hablar de Katharine, pero parecía que no me quedaba alternativa.

—Suele pasar.

Su sonrisa se ensanchó.

—Entiendo por qué. Es encantadora.

—Lo es.

Cambió de tema y golpeó la carpeta que tenía delante.

—He compartido con el equipo tu idea sobre la campaña publicitaria.

—¿Y?

—Están de acuerdo conmigo. Creen que es genial.

Incliné la cabeza, contento con el halago.

—Me alegro.

Graham se relajó en su asiento y me miró fijamente. Presentí que me estaba juzgando por última vez. Enfrenté su mirada a la espera de que dijera algo.

—Me ha costado años de mucho trabajo y dedicación levantar esta empresa. El trabajo que hacemos significa algo.

Asentí con la cabeza en silencio.

—Es raro que contratemos a alguien de fuera del entorno, Richard. Los que no forman parte de mi familia llevan con nosotros mucho tiempo. Se convierten en parte de la familia. Aquí en Gavin Group cuidamos mucho la familia.

—Es un concepto único, Graham. La mayoría de los empresarios no trata a sus empleados como lo haces tú. Admito que no tengo experiencia al respecto.

—Lo sé. Debo admitir que recelé al oír tu nombre, Richard. Tu… eh… reputación te precede.

Tuve el detalle de parecer avergonzado.

—No puedo cambiar el pasado, Graham, pero sí puedo asegurarte que ahora quiero algo distinto. —Me incliné hacia delante, con gesto serio y decidido—. Quiero trabajar aquí. Quiero demostrarte que encajo en este lugar. Dame una oportunidad. Déjame demostrarte lo que puedo aportar a la empresa.

—Aquí trabajamos en equipo. Celebramos los éxitos y aceptamos las derrotas como un equipo.

—Lo sé. Estoy deseando ver esa filosofía en acción. Formar parte de algo. No que solo se espere de mí que aporte dinero y que mantenga la boca cerrada.

—¿Cuándo cambiaste de opinión, Richard? ¿Fue Katy quien te hizo desear algo distinto?

—Sí —respondí sin titubear—. Ella fue el catalizador. Ahora quiero algo más. —Eso, al menos, era cierto.

Graham se frotó la barbilla con los dedos.

—Creo que tienes mucho talento y que puedes proporcionarnos una nueva perspectiva de la que nosotros carecemos. Sigo teniendo mis dudas, pero Laura no para de hacer campaña a tu favor desde que te conoció.

Eso me sorprendió.

—¿Ah, sí?

—Cree que una mujer tan maravillosa como Katy solo podría enamorarse de un hombre con una gran generosidad. Y cree que tú eres ese hombre. Ha visto algo en ti.

No supe qué decir. No recordaba que alguien hubiera visto alguna vez «algo» en mí.

Deslizó la carpeta hacia mí.

—Quiero hacerte una oferta, Richard. Quiero que te lleves esto, que lo estudies y que vengas a verme el viernes por la mañana.

—¿No quieres que lo vea ahora?

—No. Quiero que lo estudies a fondo, que leas bien todas las cláusulas y que sopeses si esto es lo que quieres de verdad. Si estás de acuerdo, lo firmaremos el viernes y podrás empezar el lunes.

—Puedo empezar hoy.

Graham se acarició la barbilla mientras reía.

—Me encanta tu entusiasmo. El problema es que quiero estar aquí durante tus primeros días en la empresa, pero ahora mismo tengo que irme con Laura. Lleva una temporada un poco tristona, de modo que nos vamos unos días a su lugar de vacaciones preferido para que descanse y se relaje. Volveremos el jueves por la noche, así que nos veremos el viernes por la mañana.

—Lo siento.

—No pasa nada. Necesita unos días tranquilos. Es lo que hacemos por las mujeres que amamos, ¿o no?

—Por supuesto.

Extendió un brazo para hacer un gesto con el que abarcó la estancia.

—Esta es mi empresa y la adoro, Richard, pero Laura es mi vida. Asegúrate de tener clara la diferencia. Katy seguirá a tu lado mucho después de que tu carrera profesional haya acabado. Asegúrate de estar muy atento a sus necesidades.

Estaba tan pasmado que solo acerté a mirarlo en silencio.

Graham se puso en pie.

—Estúdialo, anota lo que quieras comentar y nos vemos el viernes. Pasa unos días con tu preciosa prometida y, después, espero que podamos empezar una nueva y emocionante aventura juntos. ¿De acuerdo?

Le estreché la mano.

—De acuerdo.

Abrí la puerta y fruncí el ceño al escuchar unas voces femeninas. Era obvio que Katharine tenía una visita que yo no conocía. Agucé el oído y cuando la mujer rio, supe quién era.

Jenna Davis estaba de visita.

«Interesante».

Extendí el brazo hacia atrás, abrí de nuevo la puerta y la cerré con fuerza.

—¡Katharine! ¿Dónde estás, cariño? ¡Ven a felicitar a este hombre con un beso! —grité con una sonrisa burlona.

Apareció por la esquina del pasillo con expresión sorprendida.

—¿Richard?

Caminé hacia ella al tiempo que extendía los brazos en cruz.

—Ven aquí.

Corrió hacia mí y la rodeé con los brazos, tras lo cual la alcé en volandas y empecé a dar vueltas con ella. Katharine se echó a reír por la inesperada reacción y antes de que pudiera decir algo la dejé en el suelo, le tomé la cara entre las manos y cubrí sus labios con los míos.

Una extraña calidez me inundó el pecho (sin duda debida a la gratitud por seguirme el juego) mientras ella me colocaba una mano en la nuca para acercarme más. Soltó un pequeño gemido cuando mi lengua rozó la suya, y no pude contener el gemido que brotó de mi garganta. Besarla no era un mal añadido.

Alguien carraspeó detrás de mí y el sonido me arrancó una sonrisa. Fingí estar sorprendido mientras me alejaba de Katharine.

—¿Tenemos compañía? —pregunté, a sabiendas de que Jenna podía oírnos.

—Sí.

—Pediría disculpas, pero no me arrepiento. Estaba demasiado emocionado, cariño. —Le acaricié el pómulo con el dedo—. Estaba deseando llegar a casa para contártelo.

Katharine me miró a la cara con el aspecto de una prometida enamorada y expectante.

—Jenna está aquí —susurró.

Me volví con una sonrisa.

—Hola, Jenna.

Ella me miró con una sonrisa burlona.

—Siento interrumpir el momento. Si queréis, me marcho.

Le pasé un brazo a Katharine por la espalda y la pegué a mí.

—No, no pasa nada. Solo estaba…

—Emocionado —concluyó ella por mí—. ¿La emoción tiene algo que ver con la reunión que has mantenido con mi padre?

Sonreí al tiempo que asentía con la cabeza.

—Necesito repasar los documentos y hablar con mi prometida, pero creo que vamos a trabajar juntos.

Jenna aplaudió mientras sonreía de oreja a oreja, mirándonos. No encontré otra forma de describirlo: su sonrisa era tan radiante como la luz del amanecer.

—Me alegro muchísimo.

—Yo también.

Katharine se puso de puntillas para acariciarme una mejilla e instarme a inclinar la cabeza.

—Estoy orgullosa de ti —afirmó, y me besó con delicadeza en los labios.

Hasta yo me lo tragué.

Jenna se echó a reír.

—Me voy ahora mismo. Creo que necesitáis estar solos.

—No hace falta que te marches —insistí.

—No, no pasa nada. —Se puso el abrigo—. Quería darle a Katy unas cuantas revistas de decoración. Mencionó que, ahora que tiene tiempo, quería añadir unos toques a este lugar. —Echó un vistazo a su alrededor al tiempo que hacía una mueca—. Richard, en serio, deberías haberle dicho que lo hiciera antes. Está claro que es el apartamento de un hombre.

Miré a mi alrededor.

¿Lo era? A mí me parecía estupendo.

—Que haga lo que le apetezca. Ya se lo he dicho. —Esperaba que mis palabras parecieran sinceras.

—Estupendo. Echa un vistazo a las revistas, Katy, y después iremos de compras. —Soltó una risilla—. A lo mejor las demás también te inspiran.

Katharine se ruborizó, una reacción que despertó mi curiosidad. ¿Por qué se avergonzaba por unas revistas?

Jenna se marchó entre besos al aire y carcajadas. Katharine y yo nos quedamos mirándonos el uno al otro.

—¿Quieres café?

—Me vendría fenomenal.

La seguí hasta la cocina y me senté en la esquina de la encimera. Con gesto distraído cogí el montón de revistas para ojear las portadas. Me detuve al llegar a las dos últimas. Eran muy gruesas, de portadas brillantes y su nombre estaba bien visible: *La boda perfecta*. Miré de reojo a Katharine. Su reacción cobraba sentido.

—¿Hay algo que quieras decirme?

—Me preguntó por nuestros planes. Le dije que no habíamos decidido nada con todo lo que teníamos encima. Y pensó que eso podía ayudarnos.

Bebí un sorbo de la humeante taza que me ofreció y suspiré, agradecido. Preparaba un café fantástico.

—Graham también me ha preguntado por nuestros planes.

—¿Qué vamos a hacer? No van a dejar de preguntar. Bastante he tenido con lo de solicitar una licencia de matrimonio para una boda que no va a celebrarse. No pienso empezar a planear una boda ficticia.

Me froté la cara con las manos.

—Lo sé. Esto no lo había previsto.

—¿A qué te refieres con «esto»?

—Graham me cae bien de verdad. Quiero trabajar con él. Lograr que se sienta orgulloso de mí. No sé por qué, pero conseguirlo es importante para mí.

Katharine me observó un momento.

—¿Qué estás insinuando?

—Creí que sería más sencillo —confesé—. Que lo verías de vez en cuando y ya está. No había previsto que su hija y tú trabaríais amistad... ni que su mujer iba a adorarte. —Empujé las revistas, haciendo que las de arriba se cayeran del montón—. No esperaba que fuesen a formar parte de mi vida fuera de la oficina.

—¿Y?

—Y creo que este acuerdo tendrá que prolongarse algo más de lo que esperaba. Tres meses se van a quedar muy cortos.

Acarició la brillante portada de una de las revistas, siguiendo el borde de una estantería.

—¿Cuánto?

—¿Qué te parece si establecemos un mínimo de seis meses, con opción a prolongarlo otros seis?

Abrió la boca, pasmada.

—Escúchame.

Cerró la boca y asintió con la cabeza.

—Graham ha admitido que tiene sus dudas. He leído los documentos por encima en el coche. La oferta es buena, salvo por el período de prueba inicial de cinco meses. Creo que va a estar vigilándome. Si te marchas antes de que pasen cinco meses, o justo después, levantará muchas sospechas.

—¿Crees que seis meses son la solución?

—Tal vez, pero creo que necesitaré más tiempo. Necesito saber que vas a quedarte.

Katharine guardó silencio y no enfrentó mi mirada. Sentí

que el pánico amenazaba con atenazarme el pecho. No podía hacerlo sin ella. Me embargó el deseo de echarme a reír por la ironía de la situación. Me había pasado meses tratando de librarme de ella y, en ese momento, la necesitaba como jamás lo habría imaginado. Estaba claro que el karma era un cabroncete.

—Redactaremos de nuevo las condiciones —le ofrecí con los dientes apretados.

Por fin me miró.

—Las condiciones están bien como están. No voy a pedirte más dinero.

—¿Accedes a quedarte?

—Por un año.

—De acuerdo. Creo que ese plazo está bien. En un año, Graham podrá ver lo que puedo ofrecerle. Ya no estará tan preocupado con mi vida privada. —Tamborileé con los dedos sobre la fría encimera de granito—. Tengo que pedirte otro favor.

—¿Cuál?

—Me gustaría dejarlo todo cubierto. Asegurarme de que no hay resquicio alguno que genere dudas.

—No te entiendo.

La miré un instante en silencio y, después, pronuncié unas palabras que jamás había imaginado que saldrían de mi boca.

—¿Quieres casarte conmigo, Katharine?

14

Richard

Se había quedado muda. Sus labios se movían, pero no articuló palabra alguna. Después, hizo una cosa rarísima.

Se echó a reír. A mandíbula batiente. Se cubrió la boca con la mano, pero no pudo silenciar las carcajadas que seguían brotando de su garganta. Hasta tal punto que acabó llorando de risa.

Era un sonido que no le había oído antes, y si bien debía reconocer que su risa era muy contagiosa, no me hacía ni pizca de gracia el motivo de su hilaridad.

Me eché hacia atrás y crucé los brazos por delante del pecho.

—El asunto no tiene gracia, señorita Elliott.

Supuse que oír cómo me refería a ella con tanta formalidad conseguiría cortar de raíz la histeria, porque eso era lo que debía de ser. Sin embargo, el único efecto que pareció tener sobre ella fue redoblar sus carcajadas.

Golpeé la encimera de granito con la mano.

—¡Katharine!

Se dejó caer sobre la encimera mientras se secaba los ojos. Me miró y empezó de nuevo. Más carcajadas.

Me puse en pie y eché a andar hacia ella, sin saber muy bien qué iba a hacer cuando llegara. ¿La zarandearía? ¿Le daría una bofetada? La cogí de los brazos y, sin pensar en lo que hacía, pegué mi boca a la suya, silenciando el ataque de locura. Una extraña calidez me subió por la columna cuando la pegué a mi cuerpo y la besé. Empleé toda la frustración que me provocaba para castigarla y obligarla a callarse.

El problema era que no parecía un castigo. Más bien parecía un placer.

Un placer ardiente y arrollador.

Me aparté con un gemido, con la respiración acelerada.

—¿Has terminado ya? —mascullé.

Ella me miró fijamente, por fin en silencio, antes de asentir con la cabeza.

—A riesgo de que empieces a reírte de nuevo, Katharine, ¿te casarás conmigo?

—No.

La zarandeé un poco.

—Dijiste que lo harías si era necesario.

Suspiró y volvió a sorprenderme. Me tomó la cara entre las manos y me acarició la piel con los dedos.

—¿Te ha dicho alguien alguna vez que eres muy impetuoso, corazón?

—La espontaneidad siempre me ha venido bien.

—Yo lo llamaría impulsividad, pero tú llámalo como quieras, si eso te permite dormir bien por la noche.

—¿Por qué no quieres casarte?

—Richard, piénsalo. Piénsalo bien. Si tu instinto no falla y Graham tiene sus sospechas y nos casamos ahora mismo, lo único que conseguirás es que sospeche todavía más, no menos.

Clavé la mirada en sus ojos azules mientras mi cerebro asimilaba esas palabras. Retrocedí un paso, y sus manos me soltaron la cara, cuando comprendí que tenía razón.

—En fin… mierda.

—Tengo razón y lo sabes.

Detestaba admitirlo, pero desde luego que tenía su punto de razón.

—Sí, la tienes.

—Perdona, ¿qué has dicho? —se burló.

—No te pases.

Sonrió y se me pasó por la cabeza que ya no me tenía miedo. No sabía muy bien si era algo bueno o malo.

—Vamos a tener que buscar una solución, Katharine.

Se apartó de la encimera y me rodeó.

—En ese caso, lo hablaremos más adelante. —Recogió las

revistas y se las metió debajo del brazo—. Tengo lectura pendiente. Voy a buscar ideas para mi dormitorio.

Hizo ademán de alejarse, pero extendí una mano para impedírselo.

—Ya que estás en ello, llama a los de mantenimiento. A la puerta del mío le pasa algo.

Titubeó y puso los ojos como platos.

—¿Oh?

Cogí una manzana del frutero y la froté con gesto distraído contra la camisa.

—Nunca la cierro bien, pero siempre está abierta de par en par cuando me levanto por la mañana. No sé qué le pasa. Que la arreglen.

—Oh… esto… ah…

Fruncí el ceño. Estaba como un tomate, no era el rubor habitual que le teñía las mejillas. El pecho y el cuello también los tenía rojos, y la cara se le había puesto casi púrpura.

—¿Qué pasa?

—Tu puerta no está rota —soltó de repente, muy deprisa.

—¿Cómo lo sabes?

—Porque la abro yo.

En ese momento, fui yo quien se quedó de piedra.

—¿Y para qué lo haces?

—Es que… esto es muy silencioso.

—No te entiendo.

Se acercó un poco y empezó a juguetear con los bordes de las revistas.

—La primera noche que pasé aquí, no podía conciliar el sueño. Donde vivía antes… siempre había mucho ruido, de sirenas, de personas, de coches o de cualquier otra cosa. Aquí estaba todo tan en silencio que daba un poco de miedo. Pasé por delante de tu puerta y te oí… esto… te oí roncar.

Entrecerré los ojos.

—Tengo el tabique nasal desviado. No ronco… es un resoplido.

—Si abro tu puerta y dejo la mía entreabierta, te puedo oír mientras… esto… mientras emites ese resoplido, y así sé que no estoy sola. Es… en fin, es reconfortante.

No supe cómo responder a semejante confesión. ¿Yo era reconfortante?

—En ese caso, da igual.

—No volveré a hacerlo.

Agité una mano.

—Da igual. No me importa.

Se dio media vuelta y se marchó, y yo me quedé mirando su espalda. No me había dicho que no la besara, aunque tampoco había hecho referencia al beso. En cambio, había confesado que se sentía nerviosa y que, sin yo saberlo, la había ayudado a dormir. También me había indicado el fallo que había en la idea de casarnos de inmediato. Nos habíamos hecho un favor. Estábamos en paz.

Aun así, esa noche, después de apagar la luz, abrí la puerta de mi dormitorio para ahorrarle el viaje. Solo faltaba que se pusiera de mal humor si no podía dormir.

Al día siguiente, repasé con cuidado la documentación. La oferta era buena. Los beneficios, generosos. Lo único que me mosqueaba era el período de prueba de cinco meses. Tres meses era lo normal, y no podía deshacerme de la sensación de que había algo más detrás de esa cláusula. Me levanté y empecé a dar vueltas por la estancia antes de detenerme junto a la ventana para admirar la ciudad a mis pies. Me gustaba este sitio. Me gustaba que fuera una ciudad bulliciosa, pero con fácil acceso a la naturaleza y a los espacios abiertos. Me gustaba poder subir a un avión sin problemas y me gustaba estar cerca del agua. El porqué se me escapaba, pero me gustaba.

Unos golpecitos en la puerta interrumpieron el hilo de mis pensamientos y volví la cabeza. Katharine estaba en la puerta, con una taza de café en las manos.

—He pensado que te apetecería.

Acepté la taza y bebí un sorbo.

—Gracias.

—¿Has repasado la oferta?

Me senté y le indiqué que hiciera lo propio.

—Sí.

—No pareces contento.

—No, está bien. Una base salarial generosa, con un montón de gratificaciones y de comisiones por productividad, los beneficios habituales… Está todo ahí.

—Pero…

—El período de prueba me mosquea.

—¿Porque es más largo de lo habitual?

—Creo que… No estoy seguro de que esté convencido —admití—. Incluso lo ha reconocido.

Katharine suspiró.

—¿Qué quieres hacer?

Le dirigí una mirada elocuente.

—¿Estás seguro de que te vigila? ¿Crees que te contrataría si creyera que estás tramando algo? No parece esa clase de hombre.

—Es verdad, pero el instinto me dice que tengo, que tenemos, que avanzar. —Tomé una honda bocanada de aire—. Dime tus condiciones, Katharine. Ahora mismo tienes todo mi futuro en tus manos.

Me observó en silencio un momento. Esperé a oír lo que tenía que decirme. La astronómica cantidad de dinero y las exigencias que pondría sobre la mesa. Podría permitírmelo, pero la curiosidad me picaba.

Recorrió con la yema del dedo uno de los dibujos de mi escritorio sin decir una sola palabra. Al final, fui incapaz de aguantar más.

—Suéltalo.

—Si accedo a casarme contigo —dijo—, ¿querrás un mínimo de un año?

—Sí. Tal vez dieciocho meses. —Al ver que ponía los ojos como platos, añadí a toda prisa—: Dos años como máximo.

—Dos años… —murmuró.

—Puede que no dure tanto. Solo quiero dejar las cosas claras.

—¿Con un mínimo de un año?

—Sí.

Se echó el pelo hacia atrás y adoptó una expresión terca.

—Quiero ciertas cosas.

Puse los ojos en blanco.

—No me sorprende. Me tienes contra la pared, Katharine. Sabes que ahora mismo llevas las de ganar. Pon las cartas sobre la mesa.

—Quiero hacer unos cuantos cambios aquí.

—¿Cambios?

—En el salón, en mi dormitorio. Añadir algo de color, texturas suaves. Que parezca más hogareño.

Asentí con la cabeza.

—De acuerdo. Haz lo que quieras con el apartamento… Pero nada de rosa. Odio el maldito rosa. ¿Qué más?

—Una mesa en el espacio vacío de la cocina estaría bien.

—Compra una.

—¿Puedo comprar una sartén para gofres? Siempre he querido una.

Parpadeé. ¿Quería una maldita sartén para gofres? ¿Eso era lo que quería?

—Déjate de ridiculeces. ¿Qué quieres de verdad para acceder? ¿Un extra? ¿Una casa para cuando nos separemos?

Frunció el ceño.

—Ya te dije que no quería más dinero. Tus… esto… tus condiciones me parecen bien.

—Quieres algo. Estás nerviosa y no eres capaz de estarte quieta. Suéltalo.

—Quiero lo mismo que la primera vez. Nada de infidelidades.

Solté un largo suspiro. Sabía lo que quería: mi celibato.

Apoyé la barbilla en los dedos y la miré. Era una contradicción. Todas las mujeres a las que conocía me habrían pedido una enorme cantidad de dinero. Una casa. Joyas. Ese tipo de cosas que me habría resultado muy sencillo dar. Ella quería algo sin valor monetario, pero que implicaba un enorme sacrificio para mí. Me pregunté qué sentiría si las tornas se volvieran.

—Yo te exigiré lo mismo.

La vi alzar la barbilla.

—Sin problemas.

—¿No vas a echar de menos el sexo durante dos años?

El rubor le tiñó las mejillas; sin embargo, no apartó la mirada.

—No se puede echar de menos algo que nunca se ha tenido, Richard.

La sorpresa me dejó sin habla. No me había esperado esa confesión tan sincera.

—Ah —fue lo único que conseguí decir con voz ronca.

—¿Podrás hacerlo? —preguntó con tono acerado—. No soporto la infidelidad.

Me puse de pie y luego me senté en el borde del escritorio, delante de ella.

—¿Estás segura de que no prefieres una casa bonita? ¿Tal vez una gran suma de dinero para que no tengas que preocuparte nunca más por volver a trabajar para un cretino como yo?

—No.

Suspiré.

—¿No te puedo dar otra cosa a cambio?

—No.

Cedí. No me quedaba alternativa.

—Con dos condiciones.

—¿Cuáles?

—Nos casaremos este fin de semana, después de que firme el contrato con Graham. Le diré que nos emocionamos tanto celebrándolo que nos casamos. Se lo tragará.

—¿Y la segunda?

La miré con una sonrisa ufana.

—Estaremos casados, Katharine. Legalmente. Quiero saber si estarías dispuesta a... esto... expandir nuestros límites en algún momento de nuestra relación.

Puso los ojos como platos.

—Dijiste que no querías acostarte conmigo.

—Dos años es mucho tiempo para alguien como yo.

—Tienes dos manos.

Ese comentario tan franco me arrancó una carcajada.

—Algo por lo que estoy muy agradecido. No te estoy diciendo que debamos acordarlo ahora. Te estoy preguntando si podríamos hablarlo —maticé y le guiñé un ojo— en caso de que surja la necesidad.

—No te resulto atractiva. ¡Ni siquiera te caigo bien! ¿Por qué ibas a querer acostarte conmigo?

—Ya te he dicho que creo que te he prejuzgado. Me caes bien. Me haces reír. En cuanto a lo de que no te encontraba atractiva, te repito que me equivoqué. Estás muy guapa cuando no llevas harapos ni te peinas como una abuela.

Puso los ojos en blanco.

—Gracias. Sigue con los halagos y no podré responsabilizarme de mis actos cuando te tenga cerca.

Sonreí.

—No sería tan espantoso, por cierto. Soy un hombre guapo, me manejo bien en la cama y puedo asegurarme de que te lo pases bien.

—¡Vaya! Me cuesta creer que sea la única a la que has convencido para casarse contigo. Haces que suene tan maravilloso y tan romántico...

Me eché a reír. Me gustaba cómo discutía conmigo de vez en cuando.

—¿Accedes a mis condiciones?

Apretó los labios.

—Si tú accedes a las mías.

—En ese caso, señorita Elliott, supongo que nos casaremos el sábado.

—¿El sábado?

—Mañana tendremos la licencia. Firmaré el contrato el viernes... Todo viene rodado. Iremos al ayuntamiento, pronunciaremos los votos, nos haremos un par de fotos y se acabó.

—La boda de mis sueños —masculló ella con un deje sarcástico.

Me encogí de hombros.

—Ponte un vestido bonito. Te he comprado un montón.

—En fin, con semejante proposición, ¿cómo negarme?

Le tendí la mano.

—Es un placer hacer negocios contigo.

Con gesto titubeante, aceptó la mano que le ofrecía. Jadeó cuando le di un tirón y la abracé, tras lo cual pegué la boca a su oreja.

—Te garantizo mucho placer, Katharine. Recuérdalo.

La solté, me senté de nuevo en el escritorio y me eché a reír mientras ella se marchaba a toda prisa.

Al menos, los siguientes dos años no serían un completo aburrimiento.

Teniendo en cuenta lo que había confesado... podrían ser la mar de interesantes.

15

Richard

Era una noche para celebrar. Lo había conseguido. Por fin trabajaba para Gavin Group. Me reuní con Graham, firmé el contrato y se quedó encantado cuando le dije que quería empezar a trabajar de inmediato. Mi despacho estaba preparado, así que me presentaron oficialmente a mi asistente, Amy. Graham había dejado algunas carpetas en mi mesa. Me zambullí en ellas con entusiasmo y anoté detalles preliminares a medida que se me ocurrían distintas ideas.

Cuando me dijo que se iba a celebrar una pequeña reunión después de cerrar la oficina, llamé a Katharine para avisarla de que llegaría tarde a casa, de manera que me sorprendió verla aparecer, nada más y nada menos, con una bandeja de galletas. Tras haber examinado el suculento bufé libre que habían preparado sentí el deseo de poner los ojos en blanco. ¿Cómo se le había ocurrido llevar galletas caseras a un evento semejante? Además, ¿por qué había ido? Yo no le había dicho que lo hiciera.

La respuesta fue evidente al instante. Jenna aplaudió y se acercó corriendo a ella.

—¡Has venido! ¡Y has traído las galletas que te pedí! ¡Eres la mejor! —Jenna procedió a abrazarla y creó un alboroto por el hecho de que mi prometida acabara de llegar.

Consciente de que debía controlar mi expresión, atravesé la estancia sin olvidar que todos los ojos estaban clavados en mí. Abracé a Katharine por la cintura y la pegué a mí. Le acaricié el pelo con la nariz mientras le decía en voz baja:

—Cariño, no me dijiste que ibas a venir. De haberlo sabido, habría bajado a buscarte. —La abracé con más fuerza—. Ni siquiera has respondido a mi mensaje de texto.

Ella me miró y me percaté de la aprensión que asomaba a sus ojos.

—Jenna insistió en que te diéramos una sorpresa.

—Me asustaba la posibilidad de que si te enterabas de que iba a venir, te las quedaras a ambas. A ella y a las galletas —bromeó Jenna.

Esbocé una sonrisa al percatarme de su tono travieso.

—Prefiero compartir las galletas antes que compartirla a ella.

Jenna soltó una risilla, y supe que había acertado con el comentario. Jenna aferró a Katharine del brazo.

—Separaos ahora mismo. Mamá quiere ver a Katy otra vez, y yo quiero enterarme de cómo van los planes para la boda. —Se la llevó casi a la fuerza mientras yo hacía un puchero exagerado, tras lo cual me serví otro whisky. Y cogí dos galletas, eso sí.

Así se desarrolló la tarde. Como si yo no estuviera presente. Fui de grupo en grupo, hablé con Graham, con Adrian y con Adam. Todos se burlaron de mí por intentar hablar de trabajo, e insistieron en que era una reunión social. Graham sonrió mientras me daba unas palmadas en la espalda y me decía que le emocionaba verme tan ansioso, pero que ya llegaría el lunes. Me enteré de sus planes para el fin de semana, los oí hablar de sus esposas y de sus vidas, y me pregunté cómo era posible que alguien estuviera tan unido a otra persona. Parecía que las circunstancias eran similares para todos. Todos miraban a sus esposas con evidente adoración. Tanto almíbar me estaba provocando náuseas, pero seguí el ejemplo y observé a Katharine mientras se movía por la estancia hablando con la gente, normalmente acompañada por Jenna o por Laura. Parecía la estrella de la reunión. Todos querían hablar con mi prometida. Sus galletas fueron un exitazo y desaparecieron mucho antes de que lo hiciera el resto de los postres.

¿En qué momento empezó a ser más importante que yo? Ella era un accesorio. Yo era la estrella. Siempre era yo quien dominaba las reuniones. ¿Cómo era posible que eso hubiera cambiado? Fruncí el ceño mientras reflexionaba al respecto. La semana anterior sucedió lo mismo. Cuando estaba a mi lado, la gente hablaba conmigo, todos entablaban conversación conmigo. Cuando nos separábamos, se mostraban educados pero distantes. No había conversaciones intrascendentes ni comentarios personales. Mi tema era el trabajo. Era lo que mejor se me daba. Katharine aportaba calidez y desenvoltura a las conversaciones. De alguna manera, se las apañaba para que yo les cayera mejor a los demás. Su delicadeza tenía el efecto que yo quería que tuviera.

Era lo que yo necesitaba y, sin embargo, me enfurecía. Porque despertaba en mí la sensación de que la necesitaba a ella.

Y yo no necesitaba a nadie.

Graham rio entre dientes.

—Richard, ya vale. Deja de mirar con esa cara a los de contabilidad. Solo están siendo amables con tu preciosa Katy. No hace falta que los mires con gesto asesino.

Bajé la mirada. No los estaba mirando a ellos. Había descubierto que estaba molesto con Katharine, aunque ella se limitaba a hacer lo que yo le había pedido que hiciera. Sin embargo, eso la convertía en el centro de atención, desplazándome en el proceso, y a mi ego no le hacía ni pizca de gracia.

Me obligué a reír.

—Los atrae como la luz a las polillas.

—Es encantadora. Tienes suerte, y ya os hemos mantenido separados demasiado. Ve a por tu prometida y come algo.

Me acerqué a Katharine con una sonrisa que esperaba que fuera real. Ella me vio acercarme y, a decir verdad, pareció alegrarse de que lo hiciera. Cuando le tendí la mano, ella la aceptó y permitió que la acercara a mí. Ya había bebido demasiado. Incliné la cabeza para rozarle los labios mientras le decía:

—Cariño, llevas lejos demasiado tiempo.

Ella rio entre dientes y me acarició la cara con soltura. Era obvio que se había tomado unas cuantas copas de vino y que se sentía relajada y a gusto entre mis brazos.

—Me preguntaba cuándo vendrías a por mí.

—No te preocupes, preciosa, te estaba vigilando. —Enterré la cara en su cuello. Debía admitir que olía de maravilla. Usaba un perfume suave y femenino, en absoluto abrumador.

Y era cierto, por algún motivo que desconocía, mi mirada la seguía allí donde estuviera, y lo hacía en contra de mi voluntad.

Jenna se echó a reír.

—Se ve que no podéis quitaros las manos de encima.

Levanté la cabeza.

—¿Te parece raro? Después de pasar tanto tiempo ocultándolo, es estupendo poder demostrar mi afecto en público.

Mi comentario hizo que frunciera el ceño.

—Ha debido de ser difícil.

Asentí con la cabeza al tiempo que estrechaba a Katharine con más fuerza.

—No sabes cuánto.

—Bueno, pues detesto decírtelo, pero hay personas que quieren conocer a tu prometida.

No pude resistirme y pregunté:

—¿No quieren conocerme a mí?

Jenna negó con la cabeza.

—A ti ya te conocen, Richard. Y puedes acompañarnos si te apetece, pero esta noche la estrella es Katharine.

Tiró de la mano de Katharine y yo las seguí como era mi deber, pero en silencio. Mi irritación se había convertido en cabreo puro y duro. Jenna lo había resumido a la perfección.

Hice un gesto para que me sirvieran otro whisky, pasando por alto la mirada de advertencia de Katharine. Si ella era la estrella, yo la acompañaría.

El enamorado prometido… que no podía dejar de tocarla. Iba a odiar cada minuto.

—¡Richard! —exclamó Katharine a modo de advertencia al tiempo que me apartaba las manos de su culo otra vez—. ¡Nos están mirando!

Sonreí sobre la suave piel de su cuello. La verdad era que olía genial.

—Que miren.

Se volvió y me miró, furiosa. Se puso de puntillas y yo incliné la cabeza para escuchar lo que tenía que decirme. Quien nos estuviera mirando creería que estábamos intercambiando algún secreto, dos amantes cuchicheándose palabras de amor. Nada más lejos de la realidad.

—No me pagas lo suficiente como para tener que aguantar que te pases toda la noche metiéndome mano en público —masculló en voz baja.

Esbocé una sonrisa burlona mientras tiraba de ella para pegarla más a mí. Mi brazo era como una banda de hierro en torno a su cintura.

—Te pago para que actúes como una prometida enamorada. Así que haz el papel. Si quiero meterte mano, eso haré.

—Ya has conseguido el trabajo. ¿Por qué te empeñas en exagerar?

La obligué a acercarse aún más.

—Quiero mantener la farsa. Actúa como si estuvieras deseando irte a casa para echarme un buen polvo, y así podremos irnos antes.

Echó la cabeza hacia atrás con los ojos como platos. De cerca, me sorprendió descubrir el borde dorado que rodeaba sus iris, y las pequeñas motas doradas en el mar azul. Esa noche se había dejado otra vez el pelo suelto, de manera que enterré las manos en esa melena abundante.

—Tienes un pelo precioso —murmuré.

—¿Có… cómo dices?

Incliné más la cabeza. Percibía las miradas de todos los que nos rodeaban.

—Voy a besarte ahora mismo.

No le di opción a replicar. Me apoderé de sus labios y le inmovilicé la cabeza con las manos mientras la besaba con pasión. Puesto que estaba enfadado y ella era la causante, decidí besarla de verdad, así que le introduje la lengua en la boca y acaricié la suya.

Lo que no esperaba era la intensa llamarada de deseo que surgió de repente. Ni tampoco que sus manos se deslizaran por mis brazos hasta rodearme el cuello para estrecharme con la misma fuerza que estaba empleando yo. Nada me había preparado para ese despliegue de pasión, para ese deseo inmediato de estar solos y no rodeados por un grupo de gente mientras besaba a mi prometida. Me aparté de ella al instante y descubrí que Adrian y Jenna nos miraban con sorna. Me encogí de hombros, besé a Katharine en la nariz y me alejé de ella, liberándola de mi férreo abrazo. Ella trastabilló y jadeó, momento en el que extendí un brazo para ayudarla a mantener el equilibrio. Tras ayudarla, la miré con lo que esperaba que fuese una mirada preocupada.

—¿Cariño?

Alzó la vista. Tenía los labios rosados y húmedos por mi beso; las mejillas, sonrojadas; y los ojos, velados. Al ver que la miraba con expresión burlona, se zafó de mí y se pasó una mano por el pelo.

—Creo que tenemos que irnos.

Le guiñé un ojo.

—Estaba deseando que dijeras eso.

Me miró echando chispas por los ojos y sentí deseos de echarme a reír. Lo supiera o no, acababa de lograr que todos pensaran lo mismo.

Mi plan había funcionado.

—Ah, no. No os vais hasta dentro de una hora. —Jenna negó con la cabeza—. Ni siquiera son las nueve. Mamá y yo no hemos acabado de hablar con Katy sobre la boda. ¡No se ha comprometido a nada! ¡Juraría que está ocultando algo!

—Muy bien —claudiqué—. Tenéis una hora. Después, es toda mía. ¿Entendido?

Tras murmurar algo sobre un cabrón egoísta e impaciente, se marchó llevándose a Katharine. Las observé alejarse sintiéndome un poco confundido.

Adrian me miró y me guiñó un ojo. Le devolví el gesto con uno de mi propia cosecha y regresé a la barra.

El whisky era la respuesta.

No podía conducir. Lo reconocí sin problemas. Katharine había llegado en taxi, de manera que Graham insistió en que nos llevaran a casa en su coche y no puse objeciones. No estaba borracho, pero sí muy achispado.

Había bebido demasiado whisky. Aliviaba parte del escozor que sentía cada vez que oía la risa de Katharine. Cada vez que la veía reír. Cada vez que la veía hacer otra nueva amistad al instante.

No sabía por qué me importaba ni por qué me irritaba. Estaba conquistando a la gente. Si les caía bien, eso me daría una oportunidad, porque nadie creería que una persona tan buena y amable podría enamorarse del cabrón que mi reputación aseguraba que yo era.

Pero se equivocaban.

Se mantuvo en silencio durante todo el trayecto a casa, pero no me quitó la vista de encima. Se aseguró de que bajara del coche sin problemas y me rodeó la cintura con un brazo. Cuando entramos, me ayudó a quitarme la chaqueta con gesto preocupado.

—Richard, no has probado bocado en la fiesta. Voy a prepararte algo.

—No, estoy bien. Me he comido un par de galletas de las tuyas.

—Eso no es comer, ni siquiera se puede considerar un aperitivo. Voy a prepararte un sándwich y un café. Te sentirás mejor.

Agité una mano.

—Deja de actuar como si te preocupara cómo me siento o lo que necesito. —Eché a andar hacia el mueble bar y me serví otro whisky—. He dicho que estoy bien. Voy a beber otra copa.

—Es una mala idea.

—¿Por qué?

—Porque ya has bebido bastante. Necesitas comer algo. —Me quitó la botella de la mano y echó a andar hacia la cocina.

Sin pensar, la agarré del brazo y la obligué a darse media vuelta.

—No te permito que decidas por mí. Si quiero beber, beberé.

Ella resopló y soltó la botella que yo acababa de coger mientras negaba con la cabeza.

—¿Por qué estás bebiendo tanto, Richard? ¡Deberías estar encantado! ¡Has engañado a los Gavin, has conseguido el trabajo y se la has metido doblada a David! ¿Por qué actúas como si alguien te hubiera escupido en el vaso?

Y todo estalló. Todo lo que llevaba sintiendo a lo largo de la noche. La irritación por la facilidad con la que la habían aceptado en su «familia». La frustración por sentir que a mí me dejaban fuera. Mi extraña reacción a su proximidad... como si me gustara.

No debería gustarme. No me gustaba sentirla cerca. No me gustaba ella.

—Dime, Katharine, ¿qué consigues con todo esto? ¿Te gusta ser la mártir por retorcido que parezca?

Me miró sin hablar, con los ojos abiertos de par en par. El azul de sus iris brillaba a la tenue luz.

—¿Has llegado a pensar en algún momento de desvarío mental que eres mejor que yo? Has aguantado mis malos modales durante un año y sin parpadear siquiera, has accedido a participar en esta farsa. —Di un paso hacia ella, hirviendo de furia—. ¿Crees que tu sacrificio va a convertirme en un hombre mejor o alguna gilipollez del estilo? —le solté—. ¿Crees que voy a enamorarme de ti por arte de magia y que la vida será un maldito camino de rosas? —La agarré del brazo y la zarandeé con más fuerza de la que debía—. ¿Eso es lo que crees?

Negó con la cabeza, furiosa.

—Entonces, ¿por qué accediste? ¿Por qué estás haciendo esto por mí?

Se mantuvo en silencio mientras se mordía la parte interior del carrillo con tanta fuerza que creí que acabaría sangrando. La solté con un empujón y una palabrota.

—Vete de aquí ahora mismo.

Me serví un generoso vaso de whisky sin ver apenas lo que estaba haciendo. Me lo bebí de un trago y su ardor me calentó la garganta y el pecho. Me serví otro vaso y eché a andar hacia la ventana para contemplar la noche de Victoria, las luces de la ciudad que resplandecían entre la negra oscuridad.

Katharine seguía detrás de mí, sin moverse. Estaba a punto de decirle otra vez que se fuera cuando habló.

—Penny Johnson no es mi verdadera tía. La llamo así para no tener que explicar siempre cuál es nuestra verdadera relación. Cuando tenía doce años, mis padres murieron en un accidente de tráfico. Como no tenía más familia, acabé en manos de los servicios sociales.

Las noticias me sorprendieron, pero seguí callado. Sabía que sus padres habían muerto, pero hasta ese momento no había mencionado que ella hubiera acabado dependiendo de los servicios sociales.

—Las niñas de doce años no son precisamente las más deseadas para adoptar, ni tampoco para acoger, de manera que pasé por unos cuantos hogares. El último no fue muy… eh… agradable.

Algo en su voz hizo que me diera media vuelta. Estaba de pie en el mismo sitio que antes, con la cabeza gacha. El pelo le tapaba la cara, de manera que no podía ver su expresión.

—Me fugué. Estuve en las calles un tiempo, hasta que un día conocí a Penny Johnson. Era una mujer mayor, muy amable, y me llevó a su casa, me lavó y, por algún motivo que desconozco, decidió que iba a quedarme con ella. Solicitó a la administración convertirse en mi tutora de acogida. Lo fue todo para mí. Madre, padre, amiga, maestra… No tenía mucho, pero aprovechábamos al máximo ese poco que tenía. Encontré un trabajo repartiendo periódicos, recogíamos botellas y latas… cosas que nos ayudaban a estirar un poco más el dinero. Tenía la virtud de convertir todos los trabajos que encontrábamos en una especie de juego, así que la situación no parecía tan dura. Le encantaba pintar y nos pasábamos horas en la habitación que usaba para hacerlo. Ella pintaba y yo leía. Era una vida tranquila y, por primera vez desde la muerte de mis padres, me sentía segura… y querida. —Acarició con la yema de los dedos el respaldo del sofá que tenía delante. Arriba y abajo, con un gesto nervioso que al final detuvo—. Incluso fui a la universidad. Mis notas fueron casi perfectas en el instituto, de manera que conseguí una beca.

—Pero no acabaste tus estudios superiores. —Recordé el dato porque lo había leído en la lista que me dio.

Cuando habló, su voz era triste y apagada.

—Penny se puso enferma. Seguí viviendo con ella mientras estudiaba en la universidad, y empezó a actuar de forma extraña. Le diagnosticaron alzhéimer. Poco después se cayó y se fracturó la cadera, y las cosas se precipitaron. Necesitaba atención constante. La residencia de ancianos donde la aceptaron era espantosa; no recibía los cuidados que necesitaba y estaba muy triste. Luché hasta que conseguí que la trasladaran, pero la siguiente era igual de mala.

—Esto no explica nada.

Alzó la vista y me miró con los ojos entrecerrados.

—Richard, no seas impaciente. Estoy tratando de explicártelo.

Levanté las manos.

—Lo siento. Solo quería asegurarme de que esto va a llevarnos a algún lado.

—El asunto es que comprendí que necesitaba mejores cuidados. Un sitio decente. Supe que debía dejar la universidad, conseguir un trabajo y ganar dinero para ella. Una amiga me habló de un puesto temporal en Anderson como asistente personal. El sueldo era decente y, si no gastaba mucho y conseguía otro trabajo, podría trasladar a Penny a un sitio mejor. Así que acepté el trabajo y al poco tiempo me hicieron fija. Un día, el señor Anderson me llamó a su despacho y me ofreció un puesto como asistente personal tuya, que supondría un aumento de sueldo ya que todo el mundo sabía que era difícil trabajar para ti... por aquello de que tenías fama de capullo y tal.

—El dinero manda.

Katharine negó con la cabeza.

—En mi caso no suele ser así. Pero el aumento de sueldo suponía que podría trasladar a Penny a una habitación privada. El dinero significaba que cuando la visitara, estaría rodeada de los lienzos y de los cuadros que de alguna manera seguían resultándole conocidos. Estaría bien atendida y segura. Le ofrecí el mismo regalo que ella me ofreció tantos años antes. Daba igual lo espantosos que fueran mis días, normalmente por tu culpa, porque lo importante era que había conseguido que la mujer que me cuidó tan bien recibiera los mismos cuidados que ella me dio.

Parpadeé, atónito.

—No gastaba dinero ni en ropa ni en zapatos a la moda porque no tenía. Por alto que fuera, destinaba mi sueldo entero para pagar la habitación de Penny. Vivía en una habitación horrorosa y diminuta porque era lo único que podía permitirme. Compraba en tiendas de saldos y de segunda mano porque eso era lo que debía hacer. Me aseguré de ir limpia y presentable todos los días mientras trabajé para ti. Aceptaba todo lo que me decías y lo que hacías, y lo pasaba por alto, porque necesitaba mantener mi puesto de trabajo, porque de esa manera me aseguraba de que Penny estuviera segura. Accedí a ser tu prometida porque el dinero que me estás pagando garantiza que jamás pasará miedo, ni frío, ni estará desatendida hasta que muera. Me da igual lo que digas o lo que hagas, porque tu opinión no importa en absoluto. Para mí esto solo es un trabajo. Por más que lo deteste, tengo que aguantar tus idioteces porque, por desgracia, te necesito tanto como tú me necesitas a mí ahora mismo. —Se dio media vuelta para marcharse, pero se detuvo—. ¿Que si espero convertirte en un hombre mejor y fantaseo con la idea de que te enamores de mí? Richard, no se me ha pasado por la cabeza en ningún momento. Para amar a alguien se necesita tener alma… y hasta un espantapájaros escuálido como yo es capaz de ver que tú no la tienes. —Respiró hondo—. Cuando esta farsa acabe, me iré y empezaré de cero en algún sitio. Mi vida será mucho mejor cuando no me vea obligada a soportar tus burlas crueles y tu falta de sensibilidad.

Tras esas palabras, subió deprisa las escaleras, dejándome mudo por la impresión.

16

Richard

Me desperté, confundido. Tardé un rato en darme cuenta de que estaba en el sofá. Me senté, hice una mueca y me sujeté la dolorida cabeza. Me lo merecía, pero no dejaba de ser una mierda. Con cuidado, abrí los ojos y me sorprendí al ver la botella de agua y las pastillas de paracetamol en la mesita, delante de mí. Las cogí, me tragué dos pastillas y me bebí toda la botella. Cuando me levanté, la manta que me cubría el torso cayó al suelo. Me agaché para recogerla y, en ese momento, se hizo la luz en mi abotargado cerebro.

Después de que Katharine se marchara hecha una furia, bebí más whisky mientras mi mente repetía sus palabras una y otra vez. En algún momento dado, debí de perder el conocimiento, y era evidente que ella había vuelto para taparme y para dejar las pastillas y el agua, a sabiendas de que me despertaría con un dolor de cabeza espantoso.

A pesar de haberme comportado como un capullo con ella, incluso más que de costumbre, seguía cuidándome. Me temblaban las piernas cuando me senté tras recordar las palabras que me había escupido, el motivo de que accediera a ayudarme. El motivo de que ahorrase todo lo posible, para cuidar a una mujer que la había acogido y que le había brindado un lugar seguro y un hogar. Yo la miré por encima del hombro y la rebajé por ello, sin molestarme en pedirle detalles. Sin comprender lo buena persona que era en realidad.

Me entraron ganas de vomitar y corrí al piso de arriba, donde vacié mi estómago de la copiosa cantidad de whisky que todavía me quedaba dentro. Después, me duché y me tomé otro par de pastillas de paracetamol. Seguía recordando sus palabras y el dolor que estas transmitían. Mi comportamiento a lo largo de ese último año. Los comentarios crueles, las malas palabras y los comportamientos irresponsables. A pesar de cómo la había tratado, había antepuesto las necesidades de otra persona a las propias y había mantenido la cabeza alta. Había hecho su trabajo, y debía admitir que lo había hecho muy bien, orgullosa de hacerlo, sin que yo le ofreciera un solo comentario positivo.

Me miré en el espejo. La mano me temblaba demasiado como para afeitarme la barba incipiente que me cubría el mentón. Por primera vez en la vida, sentí que la vergüenza me corroía por dentro y agaché la mirada.

Tenía dos opciones.

Pasar de lo sucedido la noche anterior con la esperanza de que Katharine mantuviera nuestro acuerdo. Sabía que si no sacaba el tema, ella tampoco lo haría. Supondría que no recordaría lo que había pasado.

O comportarme como un adulto maduro, ir en su busca, disculparme e intentar pasar página. Para poder hacer eso último, tenía que esforzarme y, cuando menos, intentar comprenderla. No me cabía la menor duda de que la boda era del todo imposible a esas alturas, pero podríamos continuar como una pareja comprometida.

Me aparté del lavabo mientras me desentendía del dolor de cabeza.

Había llegado el momento de averiguar más cosas acerca de mi prometida.

—Richard, no esperaba verte hoy. Al menos, no esperaba verte tan temprano.

Levanté la vista de la pantalla del ordenador.

—Ah, Graham. —Me di un tirón del mechón que me caía sobre la frente y me pasé la mano por la nuca en un gesto nervioso—. Quería recoger algunas cosas y… esto… pasar a por mi coche.

Entró en mi despacho y se sentó delante del escritorio. Entrelacé los dedos sobre la madera oscura en un intento por controlar el nerviosismo.

—Quiero disculparme por lo de anoche. Bebí demasiado. Te aseguro que no es algo habitual en mí.

Graham se echó a reír y agitó una mano.

—Todos lo hemos hecho alguna vez, Richard. Después de todo lo que has pasado y de empezar con nosotros, y luego está, claro, tu gran día de hoy, creo que te mereces un poco de cuartelillo.

—Espero no haber hecho algo inapropiado.

Negó con la cabeza.

—No, tranquilo. Aunque creo que pusiste a la pobre Katy de los nervios. Fue muy gracioso.

Recordé la conversación que había tenido con ella e hice una mueca.

—No estaba muy contenta conmigo. —Después, fruncí el ceño al caer en lo que me acababa de decir—. Perdona, Graham, ¿qué has querido decir con eso de «mi gran día de hoy»?

Esbozó una sonrisa torcida.

—Se te escapó que os vais a casar hoy, Richard.

—Yo… ¿se me escapó?

—Pues sí. Katy intentó por todos los medios que guardaras silencio, pero tú parecías decidido a compartir el secreto.

—Con razón tenía ganas de matarme. Ni siquiera lo recuerdo.

—Creo que te perdonará. —Me guiñó un ojo—. Pero no estoy muy seguro de que mi mujer y Jenna lo hagan. Querían ayudar a Katy con la boda.

—¿Cómo dices? —pregunté.

—Tranquilo. Se han conformado con la cena a la que accediste después de la boda.

Tragué saliva. «Madre del amor hermoso», pensé. ¿Cómo era posible que recordara toda la conversación con Katy y que no me acordara de todo lo que les solté a los Gavin? ¿Qué narices había dicho además de eso?

—¿Cena?

—Katy explicó que queríais una ceremonia muy íntima. Y tú explicaste con tal lujo de detalles por qué querías que fuera algo solo entre vosotros dos que a Laura se le llenaron los ojos de lágrimas.

Lo miré, parpadeando. ¿Eso había hecho?

—Después de que accedieran a no participar en vuestro momento, a cambio tú accediste a que organizáramos una cena en vuestro honor esta noche. —Se pasó las manos por los muslos—. ¿Estás seguro de que no quieres tomarte la semana que viene de vacaciones para la luna de miel?

—Ah, no. Tenemos otros planes. Katharine quiere conseguir que mi casa… esto… que nuestra casa sea un poco más acogedora. La llevaré de viaje en cuanto nos hayamos acomodado.

Graham asintió con la cabeza, se puso en pie y me tendió la mano.

—Felicidades, Richard. Ojalá que el día de hoy sea como quieres que sea.

Le estreché con firmeza la mano.

—Gracias.

—Creo que hoy es el comienzo de una gran vida nueva para ti. —Me sonrió—. Es emocionante formar parte de este nuevo rumbo.

Salió del despacho mientras yo lo miraba fijamente.

Después de la noche anterior, no tenía muy claro que Katharine me dirigiese siquiera la palabra, por no hablar de que accediera a casarse conmigo. Se había marchado del apartamento antes que yo y no había contestado cuando la llamé al móvil.

Me concentré en el ordenador una vez más. Había reducido la búsqueda y estaba convencido de haber localizado la residencia en la que Penny Johnson estaba ingresada. Se encontraba cerca de mi casa, era una residencia privada y, según la información que había en la página web, cara. Cogí el teléfono y marqué el número de la residencia.

—Golden Oaks.

—Buenos días —saludé—. He pensado en llevarle unas flores a la tía de mi prometida cuando vaya a verla dentro de un rato y quería asegurarme de que no tiene alergias. Se me olvidó preguntarle a Katharine antes de que se fuera.

—¿El nombre de la residente?

—Penny Johnson.

—Disculpe... ¿Ha dicho que Katy es su prometida?

—Sí.

—No sabía que Katy estaba prometida.

Carraspeé.

—Es bastante reciente.

—En fin, tendré que felicitarla. Penny no es alérgica a ninguna flor, pero si quiere ganársela de verdad, asegúrese de traerle a Joey un regalo.

—¿Joey?

—Su loro.

—Ah, ¿y qué se le lleva a un loro si se puede saber?

—A Joey le pirra el mango, en realidad le encanta cualquier fruta fresca, y también las palomitas de maíz.

Tenía la sensación de estar en un episodio de *En los límites de la realidad*. Jamás me habría imaginado que me despertaría un sábado por la mañana con planes para casarme con la señorita Elliott después de comprarle fruta y palomitas de maíz a un pájaro a cuya dueña ni siquiera conocía.

—Mangos y palomitas de maíz. Entendido.

—A los cuidadores les gustan los bombones, señor... esto...

—VanRyan. Richard VanRyan. ¿Katharine ya ha estado ahí?

—Todavía no. Pero supongo que llegará pronto.

—De acuerdo. Gracias, señorita... esto...

—Tami. Me llamo Tami. Penny es una de nuestras residentes preferidas.

—Me alegra saberlo. Hasta dentro de un rato.

Colgué. Tenía que hacer unas compras.

Y pedir perdón de rodillas.

Me detuve en el vano de la habitación de Penny Johnson y la analicé. Era una mujer menuda, rechoncha, con el cabello blanquísimo, unos ojos diminutos y mejillas regordetas. Dichos ojos se alzaron cuando llamé a la puerta y me miraron con recelo.

—¿Puedo ayudarte?

Entré con el enorme ramo de flores en alto.

—Hola, Penny. Soy Richard VanRyan, un amigo de Katharine.

—¿De verdad? —Cogió las flores. El colorido loro que estaba en un rincón batió las alas y chilló—. Me llamo Penelope. Todavía no te he dado permiso para que me llames Penny.

—Le pido disculpas, Penelope. —Hice una mueca por todo el escándalo que estaba haciendo el loro y levanté la bolsa que llevaba—. Le he traído un regalo a Joey.

—¿Qué le has traído?

Metí la mano en la bolsa de la compra.

—Le he traído un mango. ¿Lo meto en su jaula?

Ella apretó los labios mientras me miraba.

—No tienes muchas luces, ¿verdad?

—¿Cómo dices?

—Que no se puede comer el mango entero, jovencito. Hay que cortárselo en trozos.

Miré el mango y luego al pájaro.

—Ah. —Saqué de la bolsa el paquete de palomitas para microondas que había cogido de un armario de la cocina. Katharine comía muchas palomitas de maíz—. Supongo que debería haberlas traído ya hechas.

La mujer empezó a reírse. Unas estridentes carcajadas que resonaron en la habitación.

—A Katy debes de gustarle por tu cara bonita, porque no puede ser por tu inteligencia.

Su afilado ingenio me arrancó una sonrisa. Me recordaba a alguien, a la mujer a la que llamé «Nana». Durante el breve período de tiempo que tuve contacto con Nana, fue la única persona que se preocupó por mí. Era franca, directa y no tenía pelos en la lengua.

Penny extendió el brazo hacia la izquierda y pulsó un botón situado en la pared para avisar a un cuidador.

—Tami pondrá las flores en agua y le cortará el mango al pobre Joey. Y si se lo pido con educación, nos traerá un poco de café.

Rebusqué en la bolsa una vez más y saqué una caja de bombones. Al menos, eso lo había hecho bien.

—Quizás esto ayude.

Me miró con una ceja enarcada.

—Puede que todavía haya esperanza para ti. Anda, siéntate y dime de qué conoces a mi Katy… y por qué la llamas Katharine. —Sonrió cuando saqué otra caja de bombones—. Si son para mí, te doy permiso para que me llames Penny.

Penny Johnson era lista e inteligente y, según descubrí, tenía un montón de anécdotas de la adolescencia de Katharine. Sin embargo, también descubrí que su memoria a corto plazo era titubeante en el mejor de los casos.

En más de una ocasión, me percaté de que algo velaba su mirada y de que se trababa con las palabras cuando le preguntaba por el presente. En esos momentos, yo redirigía la conversación hacia una época más fijada en su memoria preguntándole por el momento en el que conoció a Katharine. Penny me sonrió de oreja a oreja y me regaló una versión más larga de la historia que me contaron la noche anterior. Describió a la muchacha delgaducha y asustada que se encontró rebuscando comida en un contenedor. Me habló del dolor y de la necesidad que vio en los ojos azules de Katharine y de cómo supo que era su destino encontrarla aquel día. El amor que sentía por la joven Katharine era palpable y descubrí que me gustaba oír cosas acerca de su vida.

Los recuerdos de Penny se volvieron más erráticos tras ese punto y me pidió algo de beber. Una vez que di con Tami, me indicó dónde estaba la cocina y cuando regresé a la habitación, Penny se había quedado dormida en su silla de ruedas. El loro seguía en su rincón, aleteando dentro de la jaula, y la música que tenía puesta cuando yo llegué era un leve rumor de fondo.

Eché un vistazo a mi alrededor y comprendí por qué Katharine quería que estuviera allí y por qué trabajaba con tanto ahínco para que fuera algo permanente. La habitación de Penny era luminosa y espaciosa, gracias a los enormes ventanales; la tenía llena de caballetes, de cajas con carboncillos, lápices y acuarelas. Había libros y fotografías en los estantes, y muchas de sus pinturas decoraban las paredes.

Un inusual sentimiento de culpa se apoderó de mí al recordar el pequeño cuadro que Katharine llevaba en las manos aquel primer sábado. Como el capullo que era, le dije que no podía colgarlo en el piso. El sentimiento de culpa se convirtió en una ola imparable que anegó mi cerebro y me azotó la piel. Cambié de postura en la silla, ya que no estaba acostumbrado a ese tipo de emoción.

—¿Richard? —La sorprendida voz de Katharine me pilló desprevenido—. ¿Qué haces aquí?

Me levanté mientras el sentimiento de culpa se volvía más acuciante. Parecía exhausta y supe que era culpa mía.

—He venido a conocer a Penny.

—¿Por qué?

—He considerado que era importante.

—Me sorprende verte levantado.

Carraspeé, más incómodo si cabía.

—En cuanto a eso…

Levantó una mano.

—Aquí no.

Me acerqué a ella despacio.

—¿Me darás la oportunidad de hablar contigo? Te debo una disculpa. —Suspiré—. Muchas, en realidad.

—No quiero tu lástima.

—Y no la tienes. Solo te estoy pidiendo una oportunidad para hablar como personas civilizadas.

—¿Eres capaz de comportarte como una persona civilizada?

—Quiero intentarlo. Por favor, Katharine.

Apretó los labios.

—¿Tiene algo que ver con lo que se supone que va a pasar esta tarde?

—No espero que vayas a casarte conmigo hoy.

—¿No?

—Después de mi comportamiento de anoche, por supuesto que no. —Tomé una honda bocanada de aire y me froté la nuca—. Te agradecería que lo hicieras, pero no espero que lo hagas.

—Pues lo anunciaste anoche. Intenté evitarlo. —Agitó una mano—. Parecías decidido.

—Lo sé. Me pasé bebiendo y era como si mi boca tuviera mente propia. Yo me encargaré de todo. —Me pasé una mano por la sien, donde sentía un dolor palpitante—. A estas alturas, tengo suerte de que me dirijas la palabra.

Se mordió el interior del carrillo, como hacía siempre que estaba nerviosa. Antes de que pudiera replicar, Penny se despertó y alzó la vista.

—Hola, Katy, cariño mío.

Katharine pasó junto a mí para besar a Penny en la mejilla.

—¿Cómo estás hoy?

Penny levantó una mano y le pellizcó la nariz.

—Estoy bien. —Me señaló con la barbilla—. ¿Cómo es que no me has hablado de él?

Katharine sonrió y se sentó.

—Creo que sí te comenté algo.

—No es muy espabilado, pero es un regalo para la vista… y tiene buen gusto en bombones y flores.

Solté una risilla al ver la expresión sorprendida de Katharine. Fue un alivio ver que Penny seguía con nosotros, que estaba lúcida. Tami me había dicho que se dormía en cualquier momento y que luego se despertaba, a menudo confundida y perdida. Solo me faltaba que yo hubiera podido verla lúcida ese día y le hubiera robado a Katharine la oportunidad de hacerlo. No estaba seguro de poder soportar más culpa.

Recogí mi abrigo.

—Os dejaré solas. —Me incliné, levanté la mano de Penny y le besé el dorso de los dedos. Sus venas eran como una telaraña azulada que recorría la fina y arrugada piel—. Penny, ha sido un honor.

—Si me traes más bombones, puedes volver.

—Me aseguraré de hacerlo. —Le dejé la mano en el regazo

una vez más—. Katharine, ¿puedo hablar contigo un momento?

Salimos al pasillo.

—¿Has venido en coche? —le pregunté con la idea de esperarla si había ido andando.

—Sí.

Le miré la mano.

—¿Dónde está tu anillo?

—No me lo pongo cuando entro. Confundiría a Penny. Lo tengo guardado en el bolso.

Tenía sentido. Fue un alivio no oírle decir que se lo había quitado porque ya no había trato.

—Vale, de acuerdo. ¿Nos vemos en el apartamento?

Titubeó y guardó silencio.

—¿Qué?

—Si... si accedo a casarme hoy contigo, ¿me darás algo a cambio? Considéralo un regalo de bodas.

—¿Qué quieres?

—Quiero conocer tu historia. Tu infancia.

—No hablo de mi pasado. —La firmeza de mi voz dejó claro que no iba a discutir el tema.

Irguió la espalda y cuadró los hombros.

—Entonces cásate tú solito, VanRyan. Nos vemos en el apartamento.

La agarré del brazo antes de que pudiera alejarse.

—Katharine... —dije con un hilo de voz. Nuestras miradas se encontraron. Me percaté de su determinación—. De acuerdo. Si te casas conmigo hoy, te lo contaré.

—¿Me lo prometes?

—Sí.

—Quiero que lleves alianza.

—De acuerdo —mascullé—. Nada ostentoso.

—Puedes escogerla tú mismo.

—¿Algo más como regalo? —pregunté con un deje venenoso.

—No, tu historia y una alianza.

—Iré a comprar una ahora mismo.

—En ese caso, me casaré contigo hoy.

Me quedé de piedra un instante. Había esperado gritos, acusaciones y una discusión. A lo mejor incluso lágrimas y que me mandara a la mierda, esa vez en serio. Que accediera me sorprendió.

—Gracias. ¿A las tres en punto?

—Nos veremos en casa. —Se volvió y entró de nuevo en la habitación de Penny mientras yo la observaba, desconcertado.

¿Cuándo se había convertido la señorita Elliott en una fuerza imparable?

No tenía ni idea pero, por primera vez, agradecía que estuviera de mi parte.

17

Richard

Esperé en la cocina, paseándome de un lado para otro mientras me colocaba bien la corbata una y otra vez. El dichoso trapo no se aplastaba por más que lo intentara, como si se me hubiera olvidado cómo hacer un nudo Windsor en condiciones. No se debía a los nervios. No tenía motivos para estar nervioso; Katharine y yo simplemente íbamos a pronunciar unas palabras, a firmar un documento y a quitarnos de encima el requisito del matrimonio. Otra parte más de mi plan. Algo sencillo. Sin significado alguno.

Le di otro tirón a la corbata de seda. ¿Por qué no se quedaba en su sitio, joder?

—Richard, como le des más tirones, te vas a quedar sin ella. ¿Qué te ha hecho la pobre corbata?

Alcé la vista, sobresaltado. Katharine estaba en el vano de la puerta y parecía tan nerviosa como yo, aunque estaba mucho más guapa.

—¡Hala!

Llevaba un vestido sencillo de color blanco roto que le ceñía la estrecha cintura y quedaba ahuecado hasta las rodillas. La parte superior era de encaje y dejaba a la vista su cuello delgado y sus brazos. Llevaba el pelo apartado de la cara, y la melena ondulada le caía por encima de un hombro. El tono del vestido le sentaba de maravilla. Miré hacia abajo y sonreí al ver sus zapatos: pequeños y con un tacón diminuto. Eran perfectos. Me había acostumbrado a su altura cuando la llevaba del brazo y no quería que fuera más alta.

Me acerqué a ella y le cogí una mano para llevármela a los labios.

—Estás preciosa.

Katharine bajó la mirada y después enderezó los hombros.

—Gracias.

—No. Soy yo quien debe darte las gracias.

—¿Por qué?

—¿Por dónde quieres que empiece? En primer lugar, por haber aceptado este acuerdo. En segundo lugar, por ceñirte a tu palabra, aunque tengas todo el derecho del mundo a mandarme a la mierda. —Extendí un brazo y me enrosqué un mechón de pelo ondulado en torno a un dedo. Era suave y cuando lo solté, regresó de nuevo a su lugar, recuperando las ondas—. Y por último, por ser mejor persona que yo —añadí con total sinceridad.

Katharine tenía los ojos brillantes.

—Es lo más bonito que me has dicho desde que nos conocemos.

—Lo sé. No he hecho un gran esfuerzo por dejar de ser un gilipollas, ¿verdad? —Enfrenté su mirada y me negué a apartar la vista—. A partir de ahora lo intentaré con más ahínco.

La vi morderse el interior de un carrillo con fuerza.

—Oye. No hagas eso. —Reí entre dientes al tiempo que le acariciaba la cara con un dedo—. Nada de sangre el día de nuestra boda.

Esbozó una sonrisilla. Me incliné para coger el regalo que le había comprado y le ofrecí el ramillete de flores.

—Son para ti.

—¡Richard!

—He pensado que te gustarían —dije, un tanto avergonzado.

Katharine enterró la nariz en las flores.

—Me encantan. —Frunció el ceño—. ¿Y tú?

—Me niego a llevar ramo. —Sonreí de forma burlona con la intención de aligerar la seriedad del momento.

Ella movió la cabeza mientras sonreía y se acercó a un cajón para buscar algo. Tras mirar el ramo, eligió una rosa que procedió a cortar con cuidado y después me la colocó en el ojal de la solapa. Esos pequeños dedos obraron su magia y me colocaron la corbata en su lugar. Acto seguido, le dio unas palmaditas a la prenda de seda, satisfecha.

—Ya está. Listo.

—¿Tú estás lista? —le pregunté, con cierto miedo a su respuesta.

—Sí.

Le ofrecí el brazo.

—Pues vamos a casarnos.

Fue una ceremonia sencilla. Los dos solos, con testigos que ninguno conocíamos. Se leyó, se pronunciaron los votos y nos proclamaron marido y mujer. Le puse una delgada alianza, además del solitario, tal y como ella me había pedido, y permití que ella me pusiera una sencilla alianza de platino. Me miré la mano, flexioné los dedos y apreté el puño. El contacto del frío metal me resultaba extraño. Katharine me miró y le sonreí.

—Ya estoy pillado y marcado, así que supongo que es oficial.

El juez de paz se echó a reír entre dientes.

—En cuanto haya besado a la novia.

Incliné la cabeza y nuestras miradas se cruzaron. Le rocé los labios mientras le colocaba una mano en la nuca y la atraía hacia mí para besarla con ganas. Al fin y al cabo, estaba en mi derecho. Era mi mujer. Cuando me aparté, ella abrió los ojos, y me sorprendió ver la sincera ternura de su mirada. Su sonrisa también era genuina, y se la devolví de corazón al tiempo que la besaba de nuevo en los labios.

—Estamos casados, Richard.

No supe por qué me satisfacían esas palabras, pero así era.

—Lo estamos. Y ahora tenemos una cena pendiente con la familia Gavin. ¿Qué probabilidad hay de que sea un evento tranquilo?

—Casi ninguna. Pero fuiste tú quien accedió.

—Lo sé. No me lo recuerdes. Vamos a firmar los documentos y después afrontaremos las consecuencias.

—De acuerdo.

Y

Aparcamos frente a la casa. Apagué el motor y miré alrededor.

—No hay más coches.

—Menos mal.

Miré a la señorita Elliott.

A Katharine.

A la señora VanRyan.

A mi mujer.

Joder. Me había casado.

—¿Richard? ¿Qué te pasa? Tienes mala cara.

Negué con la cabeza.

—Gracias. Lo digo en serio, Katharine. De verdad.

—Lo sé.

—Supongo que no...

—No.

—No sabes lo que iba a decir.

—Vas a intentar que me olvide de mi deseo de escuchar la historia de tu infancia.

—Son las típicas gilipolleces paternas, Katharine. ¿Por qué sacarlas a la luz?

—Creo que es importante.

Enterré la cabeza en las manos con un suspiro al oír que me devolvía mis propias palabras.

—Richard, por favor.

—De acuerdo —dije, con un resoplido—. Más tarde.

—Esperaré.

—De acuerdo. Así nos quitaremos esta mierda de encima.

Ella puso los ojos en blanco sin disimular la impaciencia.

—En fin, el esfuerzo te ha durado tres segundos.

Le coloqué una mano en la nuca.

—No es un tema fácil para mí.

—Lo entiendo, pero ahora mismo no estamos hablando de eso. Ahora mismo, tu nuevo jefe y su familia están esperándonos para celebrar nuestra boda con una cena. Deja de hacer el gilipollas, sonríe y compórtate como si me adorases, joder —insistió, devolviéndome de nuevo mis propias palabras. Dicho lo cual, salió del coche y, una vez fuera, se inclinó para mirarme y decirme—: ¿Vienes?

Alucinado, solo atiné a asentir en silencio.

La cena fue tranquila según la definición de los Gavin. En la terraza trasera habían instalado una mesa con mantelería de tul, flores y velas cuyas llamas se agitaban debido a la suave brisa, además de los farolillos diseminados por los alrededores. En un rincón se había dispuesto otra mesa con una tarta nupcial. Katharine me miró con los ojos como platos.

—¿Cómo lo han hecho en un solo día?

—Las ventajas del dinero y de los contactos —murmuré. Tuve que admitir que estaba impresionado.

Nuestra anfitriona sonrió al vernos llegar y abrazó con fuerza a Katharine. Graham me dio unas palmadas en un hombro, a modo de felicitación, y después me vi obligado a sufrir los abrazos y los apretones de mano del resto de la familia. Les gustaba demostrar su afecto de esa manera. Me alejé un poco de ellos y cogí de la mano a Katharine a modo de talismán. A lo mejor si la tocaba, dejaban de abrazarme.

La cena consistió en una serie de platos extravagantes y el champán corrió de forma generosa, pero en esa ocasión no dejé que se me fuera la mano. Solo bebí unos sorbos de vino y me pasé casi toda la noche bebiendo agua. Aunque no habíamos hecho fotos durante la ceremonia, Laura y Jenna se resarcieron usando sus teléfonos móviles, con los que no dejaron de hacer fotos mientras insistían en que nos besáramos. Por suerte, en esa ocasión Katharine sí había bebido lo suficiente como para que no le importara. De hecho, ladeaba la cabeza gustosa mientras sonreía y aceptaba mis caricias. Al igual que el resto de las parejas sentadas a la mesa, la rodeé con un brazo casi en todo momento mientras le acariciaba la piel que quedaba expuesta. De vez en cuando, me volvía para besar su suave hombro o su cuello, y susurrarle algún comentario ridículo al oído que le arrancaba una sonrisa o una carcajada. Éramos la viva estampa de una pareja feliz y enamorada.

Jenna le dijo en un momento dado:

—¡Ah, Katy! Casi se me olvida. Soy monitora de yoga y la semana que viene empieza un grupo nuevo. Por favor, ven. Te encantará.

Julia asintió con la cabeza.

—Adam se queda con los niños. Yo asisto a todas las clases, incluso a las de principiantes, porque me encanta. Jenna es una monitora increíble.

Katharine las miraba con interés.

—¡Oh, me encantaría! Siempre he querido probar. ¿Cuándo?

—Los martes por la tarde, es un curso de ocho semanas para principiantes. Después, habrá una pausa antes de continuar con el siguiente nivel.

El brillo que relucía en sus ojos se apagó.

—No puedo. Los martes es la tarde musical en la residencia de ancianos. Los ancianos se entretienen escuchando tocar en directo a muchos grupos locales. Siempre acompaño a Penny, le gusta mucho. Y no quiero dejarla sola, sin mí seguro que no va.

Me había percatado de la lista que Penny tenía en su tablero de anuncios. Esa semana tocaba *jazz*. A mí me encantaba el *jazz*. El hecho de que Katharine quisiera ir a clases de yoga despertó en mí el deseo de hacerlo posible para ella, así que dije:

—Yo la acompañaré.

—¿Cómo?

—Tú ve a yoga. Hace mucho que quieres probar. Yo cenaré con Penny y la acompañaré al concierto. —Le di un empujoncito cariñoso—. Ya sabes que el *jazz* me encanta. —Guiñé un ojo a modo de broma—. A lo mejor te ayuda a mantener mejor el equilibrio.

—¡El yoga es genial para eso! —exclamó Jenna, entusiasmada.

—Pero será todos los martes —señaló Katharine.

—No pasa nada. —Me gustaban todos los tipos de música, menos el *heavy metal*, pero dudaba mucho de que ese género estuviera incluido en el repertorio—. Supongo que Penny y yo tendremos una cita todos los martes durante una temporada.

Katharine se inclinó hacia mí para susurrarme:

—¿Estás seguro?

—Sí —contesté, también en voz baja—. Me gustaría pasar más tiempo con Penny. —La miré a los ojos—. En serio.

Me besó en la mejilla.

—Gracias —me dijo al oído.

Me volví y la besé en la boca.

—De nada.

Me enderecé con un suspiro. Me alegraba poder hacer algo por ella. Vi que Graham me miraba y asentía con la cabeza en señal de aprobación. Bajé la vista, casi avergonzado por su silencioso apoyo.

Qué día más raro y emotivo.

Después de la cena, Laura nos dijo que apartáramos la mesa para dejar espacio, insistiendo en que debíamos bailar. Agradecido por el hecho de haber practicado, extendí una mano hacia Katharine con una sonrisa.

—¿Lista para bailar con tu marido?

Ella esbozó una sonrisa tímida pero sincera, mientras aceptaba mi mano.

—Lista, corazón. Pero no vayas a usar toda tu energía en la pista de baile…

Le guiñé un ojo.

—Puedes estar tranquila, cariño.

La insté a girar entre las carcajadas de los demás. Ella se pegó a mí mientras nos movíamos al compás de la música. De nuevo, me sorprendió lo bien que encajaban nuestros cuerpos. Su altura era perfecta porque podía apoyar la barbilla en su cabeza. Podía oler su delicado perfume mientras disfrutaba de la suavidad de su pelo. Sonreí mientras hacíamos un giro en sincronía.

Había elegido a la esposa farsante perfecta.

Nos marchamos entre abrazos, felicitaciones y silbidos. En el coche ambos guardamos silencio. Yo no dejaba de mirarla de reojo.

—¿Te pasa algo?

—Mmm…

—¿Estás bien?

Se apoyó en el reposacabezas y asintió.

—Sí. Ha sido un día agradable.

—¿No ha estado mal para haber sido una boda apresurada con un gilipollas?

—Está entre mis diez bodas preferidas.

Reí entre dientes. Su lado gracioso era cada vez más evidente. Me gustaba.

—¿Cuántos años le lleva Adam a Jenna?

—Creo que diez. Me dijo que llegó por sorpresa.

—La niña de la familia.

—Más bien creo que es la fiera de la familia. Adam es más tranquilo.

—Como Graham —replicó—. Me gustan todos. Son un grupo maravilloso.

—Tú también les gustas.

—Intento no sentirme culpable —admitió—. Se están portando de maravilla.

—Katharine, nadie va a salir herido. Voy a esforzarme al máximo por Graham. Va a contar con una persona tan motivada como los miembros de su familia a la hora de lograr que su empresa prospere.

—Pero después…

—Ya nos preocuparemos de eso más tarde. Faltan meses. No le des más vueltas.

Guardó silencio un rato.

—Gracias por ofrecerte a acompañar a Penny.

Me encogí de hombros. Le agradecí que cambiara de tema.

—Ya te he dicho que me cae bien. Tengo que conocerla mejor. Es mi deber como tu marido. Es algo natural.

Murmuró algo en señal de asentimiento.

—Creo que los has convencido. Incluso a Graham —añadió—. No nos quitaba ojo y creo que le ha gustado lo que ha visto.

—Estoy de acuerdo. Gracias. Otro trabajo excelente, señorita Elliott.

—Soy la señora VanRyan, que no se te olvide.

Una extraña sensación me recorrió el pecho al escucharla.

—Tomo nota de mi error, señora VanRyan.

Ella volvió la cara para mirar por la ventanilla.

—Y no ha sido solo un trabajo —añadió en voz tan baja que apenas la oí.

No supe qué replicar. Sin embargo y por algún motivo, busqué su mano en la oscuridad y le di un apretón.

Hicimos el resto del trayecto a casa con las manos entrelazadas.

Se quedó dormida antes de que llegáramos a casa. Sabía que estaba agotada después de la noche anterior y de los acontecimientos del día, de modo que decidí dejarla dormir. Abrí la puerta, la saqué del coche en brazos y la llevé al apartamento. Parecía muy pequeña entre mis brazos, con la cabeza apoyada en mi hombro. Descubrí que era incapaz de apartar la mirada de ella mientras el ascensor subía. Una vez en su dormitorio, la dejé en la cama, sin saber qué hacer con el vestido. Al ver que se movía un poco, le dije que era mejor que se quitara el vestido y conseguí quitárselo por la cabeza. Acto seguido, volvió a quedarse dormida.

Me agaché al lado de la cama y la miré de arriba abajo. Un conjunto de lencería de encaje similar al vestido le cubría los pechos y un triángulo de seda ocultaba su sexo a mis ojos. Aunque siempre había creído que no era mi tipo, descubrí no sin sorprenderme que sus delicadas curvas me resultaban muy atractivas. Le pasé un dedo por la clavícula con mucho cuidado y desde allí descendí por su pecho hasta su abdomen. Su piel era suave como el satén. Se estremeció sin llegar a despertarse y se volvió hasta colocarse de costado mientras murmuraba algo incoherente. Acto seguido se acurrucó y siguió durmiendo.

Le aparté los mechones oscuros de la cara para examinarla a placer. Era una cara que yo había descrito como «corriente». Pero no había nada de corriente en ella. Tenía los pómulos muy afilados y todavía estaba demasiado delgada; sin embargo, sabía que al sentirse segura y poder comer de forma adecuada, sin que las preocupaciones la torturasen, ganaría peso. Las ojeras oscuras desaparecerían y esa belleza serena y sencilla que otros veían, y que yo por fin había descubierto, acabaría resplandeciendo.

Moví la cabeza por el extraño rumbo de mis pensamientos con respecto a Katharine. Había sido un día lleno de emociones que pocas veces había experimentado, si acaso lo había hecho alguna vez. Sabía, sin lugar a dudas, que se debía a la mujer que tenía delante. Aunque no entendía el porqué.

Mi cuerpo reaccionó a lo que veía y la vergüenza me abrumó. No debería estar comiéndomela con los ojos mientras ella dormía, por más apetecible que me pareciera su estado de semidesnudez. Me apresuré a taparla con el edredón hasta la barbilla y apagué la luz. Dejé su puerta abierta y me fui a mi dormitorio, listo para enfrentarme a una noche de sueño inquieto. Que hubiera cedido al cansancio que la invadió en el coche había sido solo un respiro. Sabía que por la mañana me pediría que le contara mi historia. Y también sabía que se la contaría porque, en resumidas cuentas, se lo debía.

Después de ducharme, me miré en el espejo. Miré ese caparazón externo que tantos envidiaban. Ese caparazón que cubría a la persona vacía y perdida que llevaba dentro. Una persona a la que yo había desterrado y escondido hacía muchos años y que Katharine estaba a punto de sacar a la superficie.

Me estremecí y solté la toalla, que cayó al suelo. Me aterraba esa conversación.

Atravesé el dormitorio y abrí la puerta de par en par, aunque sabía que esa noche no habría resoplidos reconfortantes.

Me metí en la cama, víctima de un extraño anhelo.

Porque deseaba que ella estuviera allí acostada, esperándome.

18

Richard

Estaba sentado en un taburete de la encimera, dando buena cuenta de mi tercera taza de café, cuando ella bajó la escalera el domingo por la mañana. Se preparó una taza. Yo todavía no había intentado usar la cafetera desde que apareció un día, la semana anterior, de modo que se las tuvo que apañar sola. Me percataba de sus miraditas de reojo mientras esperaba a que la Keurig obrara su magia.

—¿Qué pasa? —suspiré.

—Me quedé dormida.

—Estabas agotada.

—Me he despertado en mi cama. Sin el vestido.

La miré con una ceja enarcada.

—Tengo entendido que es costumbre que el novio lleve a la novia en brazos al cruzar el umbral de su casa y que le quite el vestido de novia cuando se casan.

Un intenso rubor le cubrió las mejillas, resaltando sus delicados pómulos.

Sonreí y meneé la cabeza.

—Me ayudaste, Katharine. Luego te volviste a quedar dormida, te arropé y salí del dormitorio. Creí que estarías incómoda de otra forma.

—Oh.

Se sentó a mi lado y bebió un sorbo de café antes de fijarse en el paquete envuelto que había en la encimera.

—¿Qué es?

Deslicé el paquete hacia ella.

—Un regalo.

—¿Para mí?

—Sí.

Descubrí que era una ansiosa, nada de despegar la cinta adhesiva y quitar con cuidado el envoltorio. Agarró una esquina y le dio un tirón con la alegría de un niño la mañana de Navidad. Me arrancó una sonrisa. Miró la caja.

—¿Qué? —Sonreí con sorna al ver su confusión.

—Es una sartén para gofres.

—Dijiste que querías una y te he comprado una. Como regalo de bodas. —Solté una risilla—. No conseguí meter una mesa en una bolsa de regalo, así que supongo que vas a tener que escogerla tú.

Me miró a los ojos.

—El regalo que quería solo cuesta una mínima parte de tu tiempo.

En eso se equivocaba. Sabía lo que quería, lo que yo había prometido para conseguir que se casara conmigo.

—No vas a dejar pasar el tema, ¿verdad?

—No. Tú conoces mi historia. Yo quiero conocer la tuya. —Levantó el mentón con gesto terco, resaltando el hoyuelo de la barbilla—. Me lo prometiste.

Dejé la taza de café en la encimera con más fuerza de la necesaria.

—De acuerdo.

Me levanté del taburete, tenso y agitado. Me acerqué a la ventana y observé la ciudad, miré las siluetas, pequeñas y distantes… tal como quería que fueran esos recuerdos.

Sin embargo, Katharine quería sacarlos a relucir.

—Mi padre era un mujeriego. Rico, malcriado, un cabronazo. —Solté una carcajada y me volví para fulminarla con la mirada—. De tal palo, tal astilla.

Katharine se trasladó al sofá, se sentó y guardó silencio. Me volví de nuevo hacia la ventana, ya que no quería tener contacto visual.

—Apostaba fuerte, viajaba mucho y básicamente hacía lo que le daba la gana, hasta que mi abuelo se lo echó en cara. Le dijo que madurase y amenazó con cortarle el grifo del dinero.

—Ay, Dios —murmuró ella.

—Mi madre y él se casaron poco después.

—En fin, tu abuelo debió de alegrarse mucho.

—No demasiado. Porque poco cambió. Pasaron a ir de fiesta juntos, seguían viajando y seguían gastando el dinero a espuertas. —Me alejé de la ventana y me senté en el diván, delante de ella—. Estaba furioso y les planteó un ultimátum: si al cabo de un año no tenía un nieto al que acunar en el regazo, no les daría más dinero. También amenazó con cambiar su testamento, con desheredar a mi padre por completo.

—Tu abuelo parece un poco tirano.

—A mí me viene de casta.

Puso los ojos en blanco y me hizo un gesto para que continuase.

—Así que nací yo.

—Evidentemente.

La miré a los ojos.

—No fui fruto del amor, Katharine. Fui fruto de la avaricia. No me querían. Nunca me quisieron.

—¿Tus padres no te querían?

—No.

—Richard…

Levanté una mano.

—Me pasé toda la infancia, toda mi vida, oyendo que era un estorbo… para los dos. Que solo me habían tenido para asegurarse el flujo de dinero. Me criaron niñeras y tutores, y en cuanto tuve la edad suficiente, me mandaron a un internado.

Empezó a morderse el interior del carrillo, pero no dijo una sola palabra.

—Me enseñaron que en la vida solo puedes contar contigo mismo. Ni siquiera cuando estaba en casa durante las vacaciones era bien recibido. —Me incliné hacia delante y me aferré las rodillas—. Lo intenté. Intenté con todas mis fuerzas que me quisieran. Era obediente. Sacaba notas excelentes. Hice todo lo que pude para que se fijaran en mí. No conseguí nada. Los regalos que hacía para el Día de la Madre o el Día del Padre acabaron todos en la basura. Al igual que mis dibujos. No recuerdo besos de buenas noches ni abrazos, ni que alguno de ellos me leyera un cuento antes de dormir. No hubo compasión cuando me lastimaba las rodillas o tenía un mal día. Mi cumpleaños se celebraba con un sobre lleno de dinero. La Navidad, tres cuartos de lo mismo. —Una lágrima resbaló por la mejilla de Katharine, y verla me sorprendió—. Aprendí pronto que el amor no era un sentimiento que me interesase. Me debilitaba. Así que dejé de intentarlo.

—¿No hubo nadie? —susurró.

—Una sola persona. Una cuidadora cuando tenía unos seis años. Se llamaba Nancy, pero yo la llamaba Nana. Era mayor, amable y distinta conmigo. Me leía, hablaba y jugaba conmigo, prestaba atención a mis tonterías infantiles. Me dijo que me quería. Se enfrentó a mis padres e intentó que me prestasen más atención. Duró más que la mayoría, razón por la cual su recuerdo es más nítido que el de las demás. Pero se marchó. Todos lo hacían. —Solté el aire—. Creo que mis padres creyeron que me estaba malcriando, así que la despidieron. La oí discutir con mi madre acerca de lo aislado que me tenían y de que merecía algo mejor. Desperté un par de días después con la cara de una niñera nueva.

—¿Es la persona a la que te recuerda Penny?

—Sí.

—¿Y desde entonces?

—Nadie.

—¿Tampoco tenías una estrecha relación con tu abuelo? Parecía que él te quería más que nadie.

Negué con la cabeza.

—Quería que continuase el linaje de los VanRyan. Lo veía de tarde en tarde.

Katharine frunció el ceño, pero guardó silencio.

Me levanté y empecé a pasear de un lado para otro de la habitación, con un nudo enorme en el estómago, mientras me permitía recordar.

—Llegó un momento en el que mis padres ni siquiera se soportaban, y no hablemos ya de soportarme a mí. Mi abuelo murió y se separaron. Estuve yendo del uno al otro durante años. —Me agarré la nuca cuando el dolor que sentía en el pecho amenazó con tragarme entero—. Ninguno me quería. Iba de una casa a la otra solo para que pasaran de mí. Mi madre deambulaba de un sitio a otro, viajando, dedicada a sus relaciones sociales. En muchas ocasiones me desperté y me encontré con una desconocida que había ido para hacerse cargo de mí mientras mi madre continuaba con sus fiestas. Mi padre cambiaba de mujer como quien cambia de camisa, nunca sabía con quién me iba a encontrar en el pasillo o en la cocina. —Hice una mueca—. Fue un alivio que me mandaran al internado. Al menos, allí podía olvidar.

—¿Y podías hacerlo?

Asentí con la cabeza.

—No tardé en aprender a separar los hechos de mi vida en compartimentos aislados. No significaba nada para ellos. Me lo habían dicho en numerosas ocasiones, me lo demostraban con su abandono. —Solté el aire, casi un jadeo—. Yo tampoco sentía nada por ellos. Eran las personas que pagaban las cosas que yo necesitaba. Nuestro contacto casi siempre se limitaba a cuestiones de dinero.

—Qué espanto.

—Así era, así fue durante toda mi vida.

—¿Ninguno volvió a casarse? —preguntó ella tras unos segundos en silencio.

Me eché a reír, unas carcajadas secas y amargas.

—Mi abuelo dejó estipulado en su testamento que si se separaban, mi padre se quedaría con una asignación. Mi madre no podría tocar el dinero, de modo que permanecieron casados legalmente. A mi padre le daba igual, tenía un montón de recursos. Se había tirado a un montón de mujeres mientras estaban casados y siguió haciéndolo una vez separados. Acordaron una mensualidad y ella hizo con su vida lo que quiso, lo mismo que él. Todos ganaban.

—Y tú te perdiste mientras ellos barajaban las cartas.

—Katharine, nunca estuve en la baraja. Era el comodín que descartaban. Sin embargo, al final, tampoco importó mucho.

—¿Por qué?

—Cuando tenía casi dieciocho años, mis padres asistieron a un evento juntos. Ya ni recuerdo qué era, una reunión social. Les encantaban. Por algún motivo, se fueron juntos al final de la noche. Supongo que mi padre la iba a llevar a casa. Un conductor borracho los embistió de lleno. Ambos murieron en el acto.

—¿Te entristeció?

—No.

—Seguro que sentiste algo…

—Solo sentí alivio. Ya no tenía que ir a sitios donde no me querían, pero a los que tenía que ir para guardar las apariencias. Y lo más importante de todo era que ya no tendría que fingir que me importaban dos personas a quienes yo les importaba una mierda.

Katharine emitió un sonido ronco y agachó la cabeza un momento. Su reacción me descolocó. Parecía muy alterada.

—Como todavía estaban casados legalmente y no habían cambiado sus testamentos, yo lo heredé todo —seguí—. Hasta el último centavo, menuda ironía, ya que lo único bueno que hicieron por mí fue morir.

—¿Por eso te puedes permitir este estilo de vida?

—La verdad es que no. Rara vez toco mi capital. Lo he usado para cosas importantes, como comprar este sitio o pagarme la educación. Nunca quise la vida que llevaron mis padres: frívola e inútil. Disfruto trabajando, sabiendo que puedo sobrevivir por mis propios medios. No le debo nada a nadie.

—¿Es lo que estás usando para pagarme?

Me froté la nuca y sentí una ligera capa de sudor provocada por el estrés.

—Te considero importante, sí.

Una vez más, agachó la cabeza y el pelo le cubrió la cara. Me senté a su lado y la miré fijamente.

—Mírame.

Ella levantó la cara. Tenía las mejillas húmedas por las lágrimas, los ojos abiertos de par en par y aferraba el cojín del sofá con tanta fuerza que se le habían puesto los nudillos blancos.

—¿Por qué estás tan alterada?

—¿Esperas que me quede tranquila después de oír cómo te han desatendido toda la vida?

Me encogí de hombros.

—Es agua pasada, Katharine. Ya te dije que no era una historia agradable. Pero no influye en el aquí y en el ahora.

—No estoy de acuerdo. Creo que sí influye, Richard.

Negué con la cabeza.

—No va a cambiar nada porque te haya contado mi historia.

—Tal vez no cambie para ti.

—No lo entiendo.

—No, no me sorprende.

—¿Qué narices quiere decir eso?

—Por fin entiendo muchas cosas. El motivo de que te comportes de cierta manera al relacionarte con los demás. El motivo de que nunca hayas entablado una relación cercana con nadie. Y el motivo de que no dejes que la gente se te acerque.

La fulminé con la mirada.

—No te atrevas a analizarme.

—No lo hago. Solo digo lo que me parece, nada más.

—No quiero tus lágrimas ni tu compasión.

—Pues lo siento, Richard…, porque te has ganado ambas cosas. Tus padres eran unas personas horribles y ni tú ni ningún otro niño se merece que lo maltraten o lo abandonen. —Esbozó una sonrisa triste—. Pero tú eliges cómo vivir el ahora. Crees que te has deshecho del pasado, pero no es verdad. Ves el mundo y tratas a las personas tal cual te trataron a ti. —Se puso en pie y se secó la cara—. Si te lo permitieras, creo que descubrirías que las personas no son siempre tan espantosas como crees que son. Algunas hasta merecemos la pena.

Sus palabras me dejaron helado.

—No creo que seas espantosa, Katharine… Todo lo contrario, de hecho. Soy yo quien es detestable.

—No, Richard, no eres detestable. Creo que estás perdido. No te has permitido sentir. En cuanto lo hagas, en cuanto te permitas conectar con alguien, creo que descubrirás que el mundo es un lugar mucho mejor para vivir. El amor no te debilita. El amor verdadero, el sincero, te fortalece.

Tras pronunciar esas palabras, se inclinó y me besó en la mejilla. Sentí la prueba de su tristeza en mi piel, la humedad de sus lágrimas.

—Gracias por contármelo. Y, para que conste, no creo que te parezcas en nada a tu padre. Solo crees que eres igual que él porque no sabes cómo comportarte de otra manera. Creo que, si lo intentaras, serías un hombre maravilloso.

Se dio media vuelta y abandonó la estancia, dejándome con muchas cosas en las que pensar.

19
Richard

Después de la conversación con Katharine, no sabía muy bien qué hacer. Sus palabras se repetían sin cesar en mi mente y hacían que me cuestionara las verdades a las que me había aferrado durante todos esos años. Me sentía exhausto y debía ponerle fin al torbellino de mis pensamientos, de modo que me cambié y me fui al gimnasio. Tras una rutina agotadora y exigente, me duché y subí directo al despacho. Pensaba que Katharine me buscaría con la intención de continuar con la conversación, algo que quería evitar, pero estaba ocupada en la cocina y ni siquiera me miró cuando pasé por delante.

En mi mesa me esperaban un plato con sándwiches y un termo con café. Miré ambas cosas un instante y después, tras encogerme de hombros, me zambullí en los documentos que había llevado a casa. No volví a verla hasta primera hora de la noche.

—La cena está lista si tienes hambre.

Alcé la vista y entrecerré los ojos.

—Richard, necesitas luz. —Atravesó la estancia y encendió el flexo de mi mesa mientras meneaba la cabeza—. Y quizás unas gafas. Me he dado cuenta de que te acercas mucho las cosas para poder leer.

Bajé la vista, consciente de que lo que decía era cierto.

—Te pediré cita —se ofreció al tiempo que sonreía—. Dudo mucho que ese deber recaiga en los hombros de tu asistente personal.

Me vi obligado a reír entre dientes mientras ponía los ojos

en blanco. El viernes, cuando le presenté la lista a Amy de sus obligaciones, ella me sorprendió con otra lista de su propia cosecha. Las asistentes personales de Gavin Group eran una especie totalmente distinta de la que habitaba las oficinas de Anderson Inc. Su deber era el de ofrecerme apoyo, organización y, en alguna ocasión, llevarme el almuerzo, pero no estaba allí para hacerme café, para tostarme un *bagel* ni para recoger mi ropa de la tintorería. Decir que me puso en mi sitio sería quedarse corto. Tuvo la amabilidad de indicarme dónde se encontraba la enorme sala de descanso del personal, de enseñarme a usar la máquina del café, y de señalarme dónde estaban los *bagels* y el resto de la comida que Graham se encargaba de que siempre estuviera disponible para sus empleados.

Katharine se fue muerta de risa cuando le conté la historia.

—¡No tiene gracia! —le grité en aquel momento.

—Desde luego que la tiene —replicó con sequedad desde el otro extremo del pasillo.

Debía admitir que estaba en lo cierto. No iba a morirme si tenía que levantarme para ir en busca de un café. Era una buena manera de estirar las piernas. De todas formas, tenía la impresión de que Amy me prepararía un café con poca espuma y el queso de untar brillaría por su ausencia en el *bagel*. Katharine siempre me preparaba ambas cosas bien cargadas, como a mí me gustaban.

—Por Dios, me estoy haciendo viejo —refunfuñé—. Gafas para leer.

Ella se echó a reír.

—Sí, estás muy mayor a tus treinta y dos años. No te pasará nada. Estoy segura de que conseguirás que te sienten bien.

Enarqué las cejas mientras la miraba.

—¿Ah, sí? ¿Me estás diciendo que estaré todavía más bueno con gafas?

—Yo no he dicho nada. Es mejor no alimentar tu ego. La cena está en la cocina, si te apetece.

Resoplé mientras apagaba la luz y la seguí hasta la cocina, un poco receloso. Algunos de los recuerdos más nítidos de mi infancia eran las constantes desavenencias entre mis padres. Mi madre era como un perro con un hueso, incapaz de ceder un ápice. Insistía en repetirle siempre lo mismo a mi padre, hasta que al final acababa estallando. Me preocupaba que Katharine intentara retomar la conversación anterior, pero no lo hizo. En cambio, me enseñó una muestra de color mientras comíamos.

—¿Qué te parece?

Examiné el color verdoso.

—Un poco femenino para mi gusto.

—Es para mi dormitorio.

—Si te gusta, adelante.

Me acercó otra muestra y la cogí. Era un intenso tono vino tinto. Me gustaba.

—¿Para?

—He pensado que quedaría bien en la pared de la chimenea. Para resaltarla.

¿Para resaltarla? ¿Qué sentido tenía eso?

—¿Solo una pared?

—En las otras me gustaría un beis oscuro.

Podría soportarlo.

—De acuerdo.

A continuación me enseñó una muestra de tela. Era un trozo de *tweed* con el mismo color vino tinto que la muestra de pintura y también con el tono marrón de los sofás.

—¿Para que es?

—Para un par de sillones que añadiremos al salón.

—Me gustan mis muebles.

—A mí también. Son muy cómodos. Pero he pensado que podíamos añadir algo más, cambiarlo un poco. Quedarán estupendos al lado de la chimenea.

—¿Qué más?

—Unos cuantos cojines, y un par de toques más. Nada importante.

—Nada de volantes ni de chorradas femeninas. En tu dormitorio, haz lo que quieras.

Ella sonrió.

—Nada de chorradas femeninas. Te lo prometo.

—¿Quién va a pintar?

—¿Cómo?

—Que a quién has contratado.

—Voy a hacerlo yo.

—No.

—¿Por qué?

Me volví sin levantarme del taburete y señalé el amplio espacio.

—Estas paredes tienen tres metros y medio de alto, Katharine. No quiero verte subida en una escalera.

—Mi dormitorio no es tan alto. Me gusta pintar. Penny y yo lo hacíamos juntas y se me da muy bien.

Golpeé la encimera con una de las muestras de pintura. ¿Cómo podía conseguir que entendiera que ya no era necesario que hiciera esas cosas? Mi voz conservó el tono paciente mientras volvía a intentarlo.

—No tienes por qué pintar. Yo correré con los gastos.

—Pero me gusta hacerlo. Tendré cuidado.

—Vamos a hacer un trato. Pinta tu dormitorio y ya hablaremos del salón a su debido tiempo.

—De acuerdo.

Otra muestra de tela me llamó la atención. Me incliné para cogerla y acaricié la gruesa tela. Era de cuadros en tonos azul marino y verde oscuro. La sostuve en alto para examinarla. No parecía apropiada para ninguna de las dos estancias.

—¿Te gusta?

—Sí. Es llamativa. ¿Para qué es?

Clavó la mirada en la mesa y se puso colorada.

—¿Qué pasa?

—He pensado que a lo mejor te gustaría redecorar tu dormitorio cuando haya acabado con lo demás. Vi esa tela y me recordó a ti.

—¿Parezco un cuadro?

—No —contestó con una carcajada—. Los colores. Son como tus ojos. El verde y el azul juntos... una mezcla increíble.

No supe qué decir, pero por algún motivo sentí que era yo el que debía ruborizarse. Dejé la muestra de tela junto a ella y me puse de pie.

—Ya veremos qué pasa con el resto. ¿Algo más?

—Bueno... eh... necesito cambiar de sitio la ropa de mi armario. No quiero mancharla de pintura.

—Mi armario es enorme. No uso ni la mitad. Guárdalo todo allí. Algunas barras están muy altas, podrás colgar los vestidos.

—¿No te importa?

—No.

—Gracias.

Incliné la cabeza y regresé al despacho. Repasé la conversación y chasqueé la lengua al caer en la cuenta de lo hogareña que parecía la escena. Una discusión sobre pintura y telas durante la cena con mi mujer. Debería haberla detestado.

Sin embargo, no era así.

Se oyó un trueno. Unos nubarrones grises cubrían el cielo. Hice girar el sillón para mirar el cielo encapotado por la ventana. Me froté la nuca con una mano al tiempo que hacía una mueca al reconocer el inicio de una migraña. No las sufría muy a menudo, pero sabía bien cómo empezaban: el germen siempre eran las tormentas.

La oficina estaba tranquila esa tarde, sin el murmullo habitual que acompañaba a la actividad. Adrian se había marchado debido a un viaje de negocios de última hora. Adam estaba con unos clientes y Jenna no se encontraba en la oficina. Graham se había marchado con Laura para pasar fuera el fin de semana, una sorpresa para ella, y el resto del personal estaba ocupado cada uno en sus propios despachos.

Durante el tiempo que llevaba en Gavin Group había descubierto una atmósfera totalmente distinta en el mundo laboral. La energía era muy alta y el ajetreo de voces, reuniones y estrategias era constante. Pero de algún modo se trataba de una energía distinta de la que reinaba en Anderson Inc. En este caso era positiva, casi alentadora. Tal como Graham me había dicho, trabajaban en equipo: administradores, asistentes, diseñadores... todos se involucraban y eran tratados como iguales. Amy era un activo tan valioso como yo. Había tardado un tiempo en acostumbrarme, pero empezaba a aclimatarme.

Suspiré al caer en la cuenta de que también me estaba aclimatando en otros sentidos. Antes de Katharine, trabajaba hasta tarde, asistía a muchas cenas de trabajo y salía con muchas mujeres. Cuando estaba en el apartamento, hacía ejercicio en el gimnasio, veía algún programa de televisión y entraba en la cocina solo para hacerme un café o para llenar un plato con la comida preparada que hubiera pedido. Salvo por eso, pasaba todo el tiempo en el despacho, trabajando o leyendo. Pocas veces tenía compañía. Rara vez llevaba a mis conquistas a casa. Mi apartamento era mi espacio personal. En todo caso, íbamos a casa de la mujer de turno o a un hotel. Si alguna relación duraba más de lo normal, unas cuantas citas, la invitaba a cenar, pero se iba después de comer y no subía a la planta alta.

En ese momento, si asistía a alguna cena de trabajo, lo hacía acompañado por Katharine y la mesa estaba ocupada con mis compañeros, sus mujeres y, por supuesto, por los Gavin.

Durante una de esas cenas, alcé la vista y me encontré con la gélida mirada de David, que se encontraba en el extremo opuesto de la estancia.

Sabía que David estaba al tanto de mi matrimonio y también sabía que estaba prohibido pronunciar mi nombre entre las sagradas paredes de Anderson Inc. Su furia me resultaba graciosa. Le di un apretón a Katharine en un hombro, y ella me miró.

—¿Qué? —susurró.

—David —respondí, también en voz baja.

Ella miró de reojo en la dirección que yo le indiqué y después me miró de nuevo.

—Creo que necesito un beso ahora mismo.

—Me has leído el pensamiento.

Esbocé una sonrisa traviesa e incliné la cabeza. Ella me enterró los dedos en el pelo mientras me acercaba para presionar sus labios contra los míos. Fue un beso apasionado, brusco y demasiado breve. Lo suficiente como para enfurecer aún más a David, pero no para avergonzar a Graham. Cuando nos separamos, Jenna estaba riendo entre dientes y David iba camino de la puerta. Besé de nuevo a Katharine en los labios.

—Bien hecho.

Casi todas las noches cenaba con Katharine y me descubría hablándole de mi día, compartiendo mis proyectos con ella, ansiando escuchar sus ideas. Ella me conocía mejor que cualquier persona de la oficina, y a menudo me ofrecía una palabra o un concepto que a mí no se me habían ocurrido. En vez de sentarme en el despacho, bajaba el portátil al salón y trabajaba mientras ella veía la televisión o leía. Descubrí que me gustaba su silenciosa compañía.

En dos ocasiones invitamos a cenar a Adrian y a Jenna, y le dimos buen uso a la nueva mesa que llenaba el que antes fue un espacio vacío. Katharine me aseguró que eso era lo que hacían las parejas normales: relacionarse con otras parejas. Descubrí que tenía una vena competitiva cuando Jenna anunció que había llevado varios juegos de mesa para después de la cena. La idea de pasar una noche jugando me hizo poner los ojos en blanco, pero al final acabé disfrutando con la camaradería que generó. Adrian y yo ganamos al Trivial Pursuit, pero ellas nos dieron sendas palizas al Pictionary y al Scrabble. Con dos copas de vino, Katharine se desmelenó y se le soltó la lengua, lo que me resultó muy gracioso. Me recordó a Penny.

Ya había ido en cuatro ocasiones a ver a Penny mientras Katharine asistía a las clases de yoga. El primer martes se sorprendió al verme aparecer, pero una vez que le enseñé las cerezas bañadas de chocolate que Katharine me había dicho que le encantaban, me recibió con los brazos abiertos. El trío de *jazz* tocaba muy bien, y ambos disfrutamos de la música antes de regresar a su habitación para tomar un té y hablar un poco. Me gustaba charlar con ella y escuchar los recuerdos que quería compartir conmigo. De vez en cuando, soltaba detalles sobre Katharine y ella que yo guardaba para futuras referencias. Al siguiente martes, me pasé a verla a la hora del almuerzo y le llevé una hamburguesa con queso a escondidas, porque me había dicho que deseaba comerse una.

Las dos veladas posteriores estuvieron amenizadas por dos coros locales, y abandonamos pronto el salón para tomarnos un té, compartir más historias sobre Katharine y disfrutar de la exquisitez que yo le hubiera llevado.

El último martes le tocó el turno a una orquesta de música

clásica, pero Penny estaba inquieta y nerviosa, y sufría de episodios frecuentes de pérdida de memoria. A mitad de la velada, la llevé de vuelta a su habitación con la esperanza de que el entorno familiar la reconfortara. Se tranquilizó hasta cierto punto, pero seguía nerviosa. Más tarde busqué a Tami para hablar con ella, y me dijo que de un tiempo a esa parte le sucedía con más frecuencia y que normalmente era Katharine quien lograba calmarla. La llamé y vino a la residencia tras abandonar la clase de yoga. Cuando llegó, Penny estaba dormida en su sillón y se despertó al oír su voz.

—¡Oh, Katy! ¡Te estaba buscando!

—Estoy aquí mismo, Penny. Richard me ha llamado.

—¿Quién?

—Richard.

La miré, asomando la cabeza por detrás de Katharine.

Penny frunció el ceño.

—¿Nos conocemos?

Sentí que se me desgarraba el corazón, pero le tendí una mano.

—Soy un amigo de Katharine.

—Ah. Encantada de conocerte. Si nos disculpas, me gustaría pasar un rato a solas con mi hija.

Accedí.

—Por supuesto.

Katharine me sonrió con tristeza.

—Hasta dentro de un rato.

Aunque sabía que esos episodios formaban parte del proceso de la enfermedad, me preocupé hasta el punto de visitarla al día siguiente. Le llevé un ramo de sus flores preferidas, margaritas, con un lazo y todo. Sus ojos oscuros relucieron sobre esas mejillas regordetas y me permitió besar esa piel arrugada.

—Ahora entiendo por qué mi Katy está coladita por ti, Richard.

—¿Ah, sí? Bueno, es que soy un seductor. —La miré con una sonrisa, aliviado.

Ella frunció los labios.

—Creo que hay algo más.

Decidí no ahondar en el tema y me quedé hasta que se durmió. Me marché un poco más tranquilo. Si a mí me afectaba que Penny no me reconociera, no quería ni imaginarme lo mucho que debía de dolerle a Katharine.

Me resultó extraño descubrir que el asunto me preocupaba. Porque así era. Decidí que necesitaba acompañar a Katharine durante sus visitas y también visitarla yo solo más a menudo.

Regresé al presente y me concentré en el documento que tenía delante. La campaña de Kenner Footwear que había ideado para Graham había sido acogida con gran entusiasmo por parte del cliente y todavía estaba elaborando los distintos conceptos. Me froté una sien, deseando poder concentrarme mejor. Poco antes había hablado por teléfono con Graham y me había dicho que no trabajara hasta tarde, de manera que cerré el archivo y apagué el portátil. A lo mejor podía seguir su consejo. Podía irme a casa y ver qué cambios se habían producido ese día. Ver qué estaba tramando mi mujer.

Mi mujer.

Katharine.

De alguna manera, el intercambio de votos había llevado consigo una tregua implícita. Las cosas que normalmente me resultaban molestas ya no me irritaban. Quizás era porque comprendía su origen. Quizá yo era más paciente porque ella me comprendía.

Entre nuestras conversaciones, Penny, las clases de yoga, las muestras de pintura, las cenas y los juegos, nos habíamos convertido en… aliados. Tal vez incluso en amigos. Compartíamos el mismo objetivo y, en vez de discutir y tirar cada uno en una dirección, nos habíamos acomodado a una vida en común. Era consciente de que mi forma de hablar ya no resultaba tan agresiva. Lo que antes era un insulto en ese momento era una broma. Me gustaba oírla reír. Estaba deseando compartir mi día con ella. Quería alegrarla cuando estaba triste porque Penny había tenido un mal día. Habíamos salido a cenar varias veces, solo con tal de verla arreglada y de que disfrutara.

Descubrí que deseaba ser cariñoso con ella. Me resultaba natural cogerle la mano, besarla en la frente o darle un beso fugaz en los labios, y no siempre cuando estábamos en público. Ella solía darme un beso en la cabeza antes de irse a la cama y, a veces, yo la abrazaba o la besaba en la mejilla para darle las gracias por la cena o para darle las buenas noches. Eran actos instintivos, que formaban parte de mi vida con ella.

Podría sorprenderla esa noche. Invitarla a salir si le apetecía. Podríamos ir a visitar a Penny y llevarle algunos bombones de los que tanto le gustaban, o podíamos pedir la cena para que nos la llevaran a casa. Después, me relajaría, ella vería alguna de las series de televisión que le gustaban, o tal vez podríamos ver una película juntos. Tal vez una noche tranquila me ayudara a despejarme.

Le preguntaría qué le apetecía hacer.

Aún me gustaba ver la sorpresa y la confusión que aparecían en su cara cuando le daba la opción de elegir.

Abrí la puerta y oí voces. Sonreí al reconocerlas. Jenna estaba de visita... otra vez.

—¡Katharine, cariño!

Oí unos pasos apresurados por el pasillo y enseguida apareció por la esquina. Parecía alterada, algo poco habitual. Estaba acostumbrado a verla tranquila y me sorprendió ver que me echaba los brazos al cuello y me estrechaba con fuerza.

—¿Estás bien? —le susurré al oído.

—Jenna le tiene miedo a las tormentas, y Adrian está de viaje. Me ha preguntado si puede quedarse aquí hasta que pase la tormenta.

La advertencia implícita en sus palabras me golpeó de repente.

—¿En tu dormitorio? —le pregunté, preocupado.

—Sí.

Me alejé de ella.

—¿Está...?

—Todo preparado, sí.

—De acuerdo.

—Yo no... —balbució.

—No pasa nada.

Eché a andar por el pasillo y ella me siguió.

—Hola, Jenna.

La mujer que siempre había visto llena de energía, entusiasmo y alegría se encontraba acurrucada en un rincón de mi sofá y no parecía alegre en absoluto. Estaba muy pálida y parecía asustadísima.

—Richard, lo siento. Las tormentas me dan pavor. Mis padres no están y Adrian tampoco. No sabía qué otra cosa hacer. La casa me parece enorme cuando él no está.

Me senté a su lado y le di unas torpes palmaditas en una pierna.

—No pasa nada. Me alegro de que hayas venido.

—Katy me ha dicho que no he interrumpido nada porque no teníais planes.

—No. De hecho, tengo un poco de migraña. Estaba deseando pasar una noche tranquila en casa. La pasaremos juntos, ¿de acuerdo?

Me aferró la mano con la suya, que estaba temblorosa.

—Gracias.

Me levanté.

—De nada. Voy a darme una ducha y a cambiarme.

—Te llevaré una pastilla de paracetamol —dijo Katharine—. Tienes mala cara, Richard. ¿Seguro que estás bien?

—Se me pasará. Voy a acostarme un rato.

—Te llevaré una compresa fría también.

Pasé a su lado y me incliné para darle las gracias con un beso en la cabeza.

—Gracias, eso me ayudará.

Una vez arriba, eché un vistazo a su dormitorio, ya que no lo había visto desde que empezó a redecorarlo. Los muebles que había encargado se habían retrasado, de manera que el proyecto se había demorado más de lo que ella había planeado, y lo había acabado esa misma semana. En el suelo había una bolsa de viaje, que supuse que era de Jenna. El dormitorio estaba acabado, y Jenna lo tomaría por la habitación de invitados. Vacía. No había ningún objeto de Katharine por ningún lado. Había puesto unas estanterías en las que descansaban los adornos y los libros que había llevado en las cajas. En un rincón se emplazaba un nuevo diván, junto con una mesita y una lámpara. Algunas de las acuarelas de Penny adornaban las paredes.

Abrí los cajones de la cómoda y después abrí el armario, para comprobar que ambos estaban vacíos, salvo por un par de cajas que seguían allí. Las sábanas de la cama eran nuevas. La escena era perfecta.

Entré en mi dormitorio y me detuve un instante. Katharine estaba en todos los rincones. Su bata descansaba a los pies de la cama; la seda roja brillaba a la tenue luz. Había unas cuantas fotos de Penny con nosotros. La mesilla de noche, que antes estaba vacía, tenía libros y un vaso medio lleno. En la cómoda había varios frascos, botes y también estaba su perfume preferido. Sin mirar, supe que había guardado su ropa en los cajones inferiores de la cómoda y que en el armario seguía todavía todo lo que había planeado trasladar esa misma semana. Su cepillo de dientes estaba al lado del mío en el cuarto de baño. Sus cosméticos estaban en la encimera del lavabo. Debía de haberse movido a la velocidad de un tornado para hacer que esa también pareciera su habitación.

Me estaba esperando cuando salí de la ducha, con la compresa fría en una mano y las pastillas en la otra. Había cerrado la puerta en aras de la intimidad.

—¿Cuánto tiempo has tenido? —le pregunté en voz baja.

—Unos tres cuartos de hora. Todavía hay algunas cosas sin sacar en las cajas. Cuando me llamó llorando para preguntarme si podía pasar la noche con nosotros, empecé a cambiar las cosas de sitio todo lo rápido que pude. Me llamó al móvil y le dije que estaba fuera, que volvería a casa en una hora. No supe decirle que no.

—Te entiendo —repliqué.

—¿Te parece bien?

Suspiré y extendí una mano para que me diera las pastillas.

—No pasa nada. Menos mal que la cama es grande. Tú te quedarás en tu mitad y yo, en la mía. —Sonreí—. Esta noche vas a escuchar mis resoplidos de cerca.

La vi poner los ojos como platos, un gesto que me arrancó una risilla. Había estado tan nerviosa colocándolo todo que no había pensado en lo que sucedería después. Después de tragarme las pastillas, extendí el brazo para que me diera la botella de agua que llevaba en la mano.

—A menos, por supuesto, que quieras renegociar el tema del «follar o no follar». Has logrado resistirte a mis encantos durante todo un mes. —Me miró con el ceño fruncido y no pude evitar inclinarme para besarla en los labios—. Piénsalo, cariño —murmuré contra su suave boca.

Ya me estaba cansando de mi mano.

Katharine puso los brazos en jarras.

—Dudo mucho que estés en condiciones de demostrar tu habitual maestría en este momento. Sobre todo porque estás desentrenado... y porque te duele la cabeza.

Sonreí y me dejé caer sobre el colchón. Solté un gemido aliviado cuando ella me colocó la compresa fría en la frente.

—Podría hacer un esfuerzo.

Me sorprendió sentir sus labios de nuevo sobre los míos.

—Que te follen, VanRyan.

Sus palabras carecían de veneno y mi oferta era una broma. Ambos lo sabíamos, y nos echamos a reír. Nuestras carcajadas resonaron en la habitación.

—Descansa y te avisaré cuando la cena esté lista.

Le cogí la mano y se la besé.

—Te estás ablandando —dijo al tiempo que pasaba la otra mano por mi dolorida cabeza.

Cerré los ojos y me rendí a sus tiernas caricias.

—Tú tienes la culpa —murmuré.

—Lo sé —replicó mientras cerraba la puerta.

20

Richard

Pasar la noche con dos mujeres tensas y muy nerviosas acabó siendo muy interesante.

Jenna mantenía una calma antinatural, algo de por sí desconcertante, pero Katharine fue la mayor sorpresa. Me había acostumbrado a su actitud callada; sin embargo, esa noche no dejaba de parlotear.

Sin parar.

Le explicó a Jenna los planes que tenía para el salón y para «nuestro dormitorio»; le hizo interminables preguntas acerca de la historia del yoga y preguntas generales acerca de todos los miembros de la familia Gavin y del personal de la oficina; y después siguió con cualquier tema que se le pasara por la cabeza. Habló por los codos. Además, no se sentó en ningún momento. Se movía de un lado para otro, gesticulando para enfatizar sus ideas. Cogió, cambió de sitio y recolocó todos los objetos de la estancia en al menos dos ocasiones. No dejaba de darle palmaditas a Jenna en el hombro para asegurarse de que estaba bien, y me cambió la compresa fría que tenía en el cuello cada veinte minutos. No creo que llegara a la temperatura ambiente en ningún momento. Mientras la tenía a mi espalda, parloteando, tuve que admitir que me gustaba bastante la forma en la que sus dedos me masajeaban la nuca o cómo me apoyaba la cabeza en su abdomen mientras me acariciaba el pelo. Esas caricias me relajaron tanto que el dolor de cabeza empezó a remitir pronto pese a la cháchara.

De todas formas, su comportamiento me resultaba desconcertante. Incluso Jenna me miró con una ceja enarcada en más de una ocasión. Tras asegurarme de que Katharine no podía oírnos, me encogí de hombros y le di la única excusa que tenía sentido para mí.

—A ella tampoco le gustan las tormentas.

Mi explicación pareció satisfacer su curiosidad.

A eso de las diez, la tormenta amainó un poco y los truenos se espaciaron bastante, alejándose, aunque la lluvia seguía golpeando los cristales.

Jenna se puso en pie.

—Voy a ponerme los auriculares, a subir el volumen de la música y a cubrirme los ojos con un antifaz. A lo mejor consigo quedarme dormida antes de que la tormenta arrecie de nuevo.

Katharine también se levantó.

—¿Seguro que vas a estar bien? Puedo dormir en el diván para que no estés sola.

Jenna negó con la cabeza y la besó en la mejilla.

—Estaré bien. Saber que estáis al otro lado del pasillo me calmará. No puedo estar sola, nada más. Normalmente, mis padres se quedan conmigo si Adrian no está. Adam y Julia están tan liados con los niños que detesto molestarlos. Habéis sido mi salvación esta noche. —Se inclinó y me besó en la mejilla—. Gracias, Richard. Sé que ya estás harto de verme en el trabajo. Te lo agradezco de verdad.

—Sin problemas.

—Si me necesitas, solo tienes que venir a buscarme —se ofreció Katharine.

—Intentaré no hacerlo.

Subió las escaleras, dejándonos a solas a Katharine y a mí. Analicé su lenguaje corporal. Decir que estaba tensa era quedarme muy corto. Si se tensaba un poco más, sería ella quien acabase con dolor de cabeza.

—Oye…

Se sobresaltó y me miró con los ojos como platos.

—¿Qué pasa?

—Nada. ¿Por qué lo preguntas?

Resoplé.

—No has parado en toda la noche.

Siguió revoloteando por la habitación, ordenando unos documentos que ya estaban más que ordenados, apilando los periódicos que yo intentaba leer y recogiendo los vasos para llevarlos a la cocina.

—No sé a qué te refieres. ¿Tienes hambre?

—No.

—Puedo prepararte un sándwich.

—No.

—¿Quieres café? He comprado descafeinado. ¿O mejor una tostada o algo así? No has cenado mucho.

—Katharine —le advertí, con un deje impaciente en la voz.

Soltó los vasos que tenía en las manos.

—Me voy a la cama.

Salió corriendo escaleras arriba, dejándome más confundido si cabía.

La seguí poco después, aunque dejé un par de luces encendidas por si Jenna necesitaba levantarse y moverse por el piso. Lo único que me faltaba era tener que llamar a Adrian para decirle que su mujer se había caído por las escaleras de noche y que había tenido que llevarla al hospital. A Graham y a Laura tampoco les haría mucha gracia.

La lluvia estaba arreciando y la tormenta cogía fuerza de nuevo. Me pregunté si alguno de los tres conseguiría dormir durante esa extraña noche.

Una vez arriba, entré en mi dormitorio y cerré la puerta. El bultito que vi debajo de la ropa de cama me recordó que no dormiría solo esa noche. Katharine estaba acurrucada bajo el edredón, pegada al borde del colchón todo lo que le era posible sin caerse al suelo. De repente, entendí su extraño comportamiento. Íbamos a compartir cama esa noche y estaba nerviosa. Una extraña sensación, ternura, me abrumó.

Mientras la observaba esa noche, me había dado cuenta del alma tan bondadosa que debía de tener. Había perdido a sus padres, había sobrevivido a lo que no me cabía la menor duda de que fue una época espantosa después de su muerte, aunque no me había contado muchos detalles. Nunca hablaba de la época en la que vivió en las calles, un tiempo que debió de ser espantoso. Me soportaba, cuidaba a Penny y no dudaba a la hora de ayudar a un amigo, aunque tuviera que alterar toda su vida para hacerlo… y todo lo hacía con una sonrisa cariñosa. Era increíble.

Encontré unos pantalones de pijama y una camiseta. Prefería dormir en bóxers, pero no quería incomodar más todavía a Katharine. Después de cambiarme, me metí en la cama a su lado y esperé a que dijera algo. Me recibió el silencio.

Me incorporé sobre un codo y miré por encima de su hombro al tiempo que le apartaba el pelo de la cara. No habló ni se movió, y mantuvo los ojos cerrados con fuerza. Sin embargo, su pecho se agitaba demasiado deprisa para estar dormida. Me incliné sobre ella y le hablé al oído.

—Estás fingiendo —susurré.

Se estremeció y ocultó la cara en la almohada todavía más. Le besé el hombro desnudo y se lo cubrí con el cobertor.

—Tranquila, Katharine. Me comportaré como un perfecto caballero.

Rodé hasta el otro lado de la cama, apagué la luz y me quedé tumbado, oyendo sus jadeos, cortos y nerviosos. Debería haberme sentido raro por tenerla en mi cama; pero, por algún motivo, no me resultaba desagradable. Sentía su calidez y captaba su dulce perfume.

Eso sí, parecía que a la cama le pasaba algo. Tardé un momento en darme cuenta del motivo. Había una vibración constante, lo justo para que el colchón se moviera. Volví la cabeza y miré el bultito acurrucado que formaba. Estaba temblando.

¿Tanto miedo me tenía?

Me tumbé de costado y la rodeé con un brazo, pegándola a mi cuerpo. Katharine soltó un chillido sorprendido y se tensó. No paraba de temblar, y tenía las manos heladas cuando me aferró el brazo.

—Katharine, ya vale —susurré—. No voy a hacer nada.

—No es eso. Bueno, no solo eso.

—¿Es por la tormenta?

—Es… es el viento —confesó—. Detesto ese aullido.

La pegué todavía más a mi cuerpo y sentí que un escalofrío la recorría por entero.

—¿Por qué?

—La noche que murieron mis padres hubo una tormenta. Como la de hoy. Muy fuerte. El viento zarandeaba el coche como si fuera una pluma. Mi padre perdió el control y el coche volcó.

El corazón empezó a latirme muy deprisa.

—¿Estabas con tus padres aquella noche?

—Estaba en el asiento trasero. Cuando pasó, las ventanillas reventaron y el viento sonaba muy fuerte, y yo tenía mucho miedo. Perdía la consciencia a ratos, pero tenía mucho frío y oía cómo el viento aullaba... No paraba nunca. —Continuó en voz más baja—. Sabía que estaban muertos, y yo estaba sola, atrapada.

Se me formó un nudo en la garganta al percatarme del dolor de su voz. Nunca me lo había contado hasta ese momento.

—¿Estabas herida?

En silencio, me cogió la mano y se la llevó al muslo. Bajo la fina tela del camisón, sentí la larga e irregular cicatriz que le recorría la cara externa del muslo.

—Acabé con una conmoción cerebral y la pierna aplastada cuando el coche volcó. Necesité dos operaciones, pero sobreviví. —Carraspeó—. Por eso a veces tropiezo o pierdo el equilibrio. La pierna me falla.

Recordé todas las veces que me había burlado de ella, que había puesto los ojos en blanco mientras la veía levantarse con mucho trabajo. La vergüenza, furiosa y lacerante, hizo que la abrazara con más fuerza y que le enterrase la cara en el cuello.

—Lo siento, cariño.

—No es culpa tuya.

—No. Siento que hayas tenido que pasar por todo eso, pero no me disculpaba por ese motivo.

—Ah —profirió ella, que entendió por qué me disculpaba—. En fin, no lo sabías.

—Pero tampoco me molesté en preguntar, ¿verdad?

—Supongo que no.

Las palabras que salieron de mi boca a continuación me sorprendieron.

—Te pido que me perdones.

—Ya lo he hecho.

La insté a ponerse boca arriba y, desde arriba, la miré a la cara en la oscuridad. Los relámpagos iluminaban su rostro, blanco como el papel, y las lágrimas que brillaban en sus ojos.

—Perdóname por todo, Katharine.

—Ya lo he hecho.

—¿Cómo? —susurré—. ¿Cómo es posible que puedas perdonar con tanta facilidad? ¿Cómo soportas estar conmigo siquiera?

—Porque te estás esforzando.

—¿Tan sencillo es para ti? ¿Me esfuerzo un poquito y tú me perdonas?

—Tenía que perdonarte para poder hacer esto contigo.

—Para asegurarte de que Penny recibe los cuidados que necesita.

Con gesto titubeante, levantó una mano, me la colocó en la cara y me acarició la mejilla con los dedos.

—Era uno de los motivos.

—¿Y cuál era el otro?

—Vi algo… el día que me hablaste de la reunión con Graham. Vi otra faceta de ti. Creía que…

—¿Qué creíste? —pregunté al ver que dejaba la frase en el aire.

—Creía que si te ayudaba a alejarte del ponzoñoso ambiente de Anderson, a lo mejor podrías encontrar al verdadero Richard.

—¿Al verdadero Richard?

—Creo… creo que eres más de lo que permites que la gente vea. Más de lo que te permites ver a ti mismo. Con el paso del tiempo, veo cómo el verdadero Richard va saliendo a la luz.

Me incliné hacia ella para disfrutar de la caricia mientras asimilaba sus palabras. Enrosqué un mechón de su pelo en mis dedos y me deleité con su tacto sedoso.

—¿Cómo es mi verdadero yo? —pregunté en voz baja, casi suplicante. Quería conocer sus sentimientos… lo que pensaba de mí.

—Fuerte, cariñoso. Competente. Con talento. —Hizo una pausa y suspiró—. Amable.

—Ves cosas que no existen.

—No, sí que existen. Pero todavía no estás preparado para verlas. Ya las verás —me aseguró.

La miré fijamente, maravillado. «Bondadosa» se quedaba corto para describir su alma. Cortísimo. No estaba seguro de conocer una palabra que sirviera. ¿Tal vez angelical? Fuera lo que fuese, fuera lo que fuese ella, no me merecía su perdón ni la buena opinión que tenía de mí... y mucho menos la merecía a ella.

Una fuerte racha de viento sacudió los ventanales y la lluvia, furiosa, azotó con sus gotas los cristales. Katharine se tensó y desvió la mirada hacia el ruido.

Me incliné y la besé. Fue un beso tierno, apenas un roce de nuestros labios. Los suyos se estremecieron, sumisos, bajo mi postrada e indigna boca. La besé con la delicadeza con la que debería haberle hablado en todo momento.

Cambié de postura y la acuné contra mi pecho.

—Duérmete, cariño. Estás a salvo. Nada te hará daño, te lo prometo.

—Nunca he dormido con alguien así, Richard.

La besé de nuevo en el cuello y quise que comprendiera, que supiera algo de mí que me hiciera merecedor de la fe que me tenía.

—Yo tampoco, Katharine. Eres la primera mujer que he tenido conmigo en esta cama.

—Ah... ah...

Sonreí contra su piel.

—Nunca he dejado que nadie se quede aquí. Es mi santuario. Solo mío. —La abracé con más fuerza—. Y ahora puede ser el tuyo. Duerme. Yo te protejo.

Cerré los ojos y me relajé contra su calidez. Nuestros cuerpos estaban pegados desde el pecho a las caderas, y nuestras pieles buscaron, y encontraron, algo en el otro.

Consuelo.

Susurros. Oía susurros al despertarme, calentito... casi demasiado calentito. Estaba rodeado por el calor y por algo que olía de maravilla. La almohada me hizo cosquillas en la nariz y la fruncí en un intento por contener el picor antes de acurrucarme todavía más en su suavidad. Mi almohada se echó a reír y los susurros empezaron de nuevo. Me obligué a abrir los ojos. La luz era tenue y el cielo seguía encapotado en el exterior. Levanté la cabeza y me topé con la mirada risueña de Jenna, que estaba sentada en el suelo junto a la cama, con una taza de café en la mano.

—Buenos días —me saludó con una mueca burlona.

—¿Tan fuerte ha sido la tormenta que has tenido que esconderte aquí?

—Vine en busca de Katharine, pero no ha podido escapar de tus garras, así que nos estamos tomando el café aquí mismo —se burló.

Bajé la vista y me di cuenta de que tenía razón. Envolvía a Katharine tanto como me era posible. Cada centímetro de mi cuerpo tocaba el suyo. Tenía una mano enredada en su pelo y la otra la pegaba a mí como un barrote de acero. Teníamos las piernas entrelazadas y se la estaba clavando en el culo de lo empalmado que estaba. Un culo duro y cómodo, que parecía el paraíso para mi dolorosa erección. Le enterré la cara en el cuello y me maravillé de lo natural que me parecía despertarme así con ella.

—Largo, Jenna —mascullé.

Katharine intentó apartarme el brazo.

—Suéltame.

La besé en el cuello y me encantó el estremecimiento que le provoqué. A diferencia de los temblores aterrados de la noche anterior, esa mañana se estremecía de placer. Le recorrí la espalda e hice que arqueara el torso y que su culo se pegara más a mí.

—Cinco minutos, Jenna. Dame cinco minutos —añadí con voz ronca.

Me bastaría con dos.

La aludida se levantó entre carcajadas.

—Hombres —resopló—. Os veo abajo.

En cuanto la puerta se cerró, le di la vuelta a Katharine y pegué la boca a la suya. La besé con brusquedad, con la necesidad de sentir sus labios contra los míos. Le acaricié la lengua y recorrí el contorno de sus labios, atormentándola, aunque estaba desesperado. Me aparté, jadeando.

—Me estás matando.

—Estaba dormida —protestó—. ¡Dormida!

—Me encanta estar así. —Me froté contra su cadera—. Dios, Katharine.

Puso los ojos como platos. El atisbo de miedo que vi perforó la burbuja de lujuria que me abrumaba.

«¿Qué narices estoy haciendo?», pensé.

Me aparté de ella con el pecho jadeante. Me cubrí la cara con un brazo.

—Baja, anda. Necesito una ducha. Una ducha muy fría y larga.

—Lo siento.

—Tranquila —gemí, pero la sujeté del brazo—. Espera. No te vayas todavía. Quédate… quédate un poco más. No quiero que Jenna crea que me… esto… que me falta resistencia.

Abrió la boca, pero no emitió sonido alguno.

Levanté un brazo y abrí y cerré la mano mientras la fulminaba con la mirada.

—Te juro que empiezo a padecer el síndrome del túnel carpiano. Al final tendré que pasar por el quirófano.

Katharine se echó a reír. Sus hombros se sacudían mientras enterraba la cara en la almohada y las risas se convertían en carcajadas. La cama se estremeció con la fuerza de sus sacudidas.

Contuve la sonrisa que mis labios amenazaban con esbozar.

—No es para tomárselo a risa.

No dejó de reír y yo empecé a hacerlo. Me tumbé sobre ella adrede y dejé que mi erección le rozara el cuerpo. Le levanté la cabeza de la almohada. Tenía las mejillas coloradas y los ojos, brillantes. La volví a besar.

—Tenemos que hablar sobre la idea de expandir nuestros límites. Antes de que explote.

La dejé allí tendida, sin habla.

Pero estaba sonriendo.

Y no había dicho que no.

21

Richard

Mientras desayunábamos, Jenna recibió una llamada de Adrian que le dijo que no regresaría hasta el domingo. Dado que las tormentas continuaban, le aseguramos que podía quedarse ese día en casa hasta que él la recogiera al día siguiente. No había alternativa. Además, lograba hacer reír a Katharine, y me gustaba oír el sonido de su risa. Quería oírla con más frecuencia.

Los tres fuimos a ver a Penny acompañados por los truenos lejanos de la tormenta. Insistí en que el menú consistiera en hamburguesas de queso, y solté que acostumbraba a llevarle una a Penny a escondidas. Katharine se sorprendió al descubrir todas las visitas que yo había hecho sin que ella se enterara. En sus ojos brilló el agradecimiento mientras se ponía de puntillas para besarme, un gesto que me pilló por sorpresa. Tiré de ella para estrecharla contra mí, aprovechándome del hecho de tener a Jenna de audiencia, y la besé hasta que estuvo colorada y avergonzada. Jenna me miró y me guiñó un ojo mientras yo aceptaba la pesada bolsa de las hamburguesas con una enorme sonrisa.

Penny estaba silenciosa pero lúcida cuando llegamos. Se echó a reír cuando le dije que llevaba uvas para Joey. Al pájaro le gustaba picotearlas y yo no tenía que cortar nada, ni tenía que sobornar a Tami a fin de que lo hiciera por mí. La tienda de bombones donde compraba seguramente habría tenido un aumento en las ventas durante las últimas semanas, y el personal de la residencia estaba deseando que apareciera por la puerta para ver qué llevaba en cada ocasión. Nunca los decepcionaba.

Jenna estaba casi recuperada, volvía a ser una mujer alegre y habladora, y entretuvo a Penny con las historias de su familia. Eso me ofreció la oportunidad de sentarme y observar a Katharine con Penny. Estaba a su lado y le había cogido la mano. De vez en cuando, le acariciaba una mejilla o le pasaba la mano por la frente para apartarle algún mechón suelto mientras hablaba o se reía. Bromeaba con Penny y la animaba a comer. También le puso una servilleta al cuello mientras la reñía por mancharse. Penny le pellizcó la nariz a modo de respuesta.

—Deja de ser tan marimandona, Katy.

—Sí que lo es —murmuré—. Se pasa todo el día dándome órdenes.

—Es mi venganza —susurró ella.

—¡Para eso están las esposas! —exclamó Jenna con una carcajada.

Katharine y yo nos quedamos helados. No le habíamos dicho a Penny que nos habíamos casado. Nuestras miradas se encontraron por encima de la cabeza de la anciana, sin saber muy bien qué hacer.

Penny se enderezó en la silla y dejó de comer. Nos miró a uno y a otro.

—¿Os habéis casado? —Se volvió hacia Katharine—. ¿Os habéis casado sin decírmelo? ¿Katy, estás embarazada?

Katharine negó con la cabeza.

—No, Penny, no estoy embarazada.

—Pero os habéis casado.

—Sí.

Penny me miró y apartó la bandeja del almuerzo.

—Me gustaría hablar con mi hija en privado.

Caminé de un lado a otro del pasillo sin dejar de mirar la puerta cerrada. Gemí al tiempo que me dejaba caer contra la pared y apoyaba la cabeza en la dura superficie.

—Richard, lo siento mucho —se disculpó Jenna—. No

imaginaba que Penny no lo sabía. Ni siquiera se me ocurrió la posibilidad de que no se lo hubierais dicho.

—Por supuesto que no.

—¿No lo sabía? ¿No es una cuestión de que lo haya olvidado?

Quise mentirle y responderle que se lo habíamos dicho a Penny. Que la culpable era la enfermedad, no nosotros. Pero me estaba cansando de tantas mentiras. Me alejé de la pared y me froté la nuca.

—Katharine tuvo una adolescencia muy dura. Su historia es complicada, pero debería ser ella quien te la contara. Penny lo es todo para ella y solo trataba de protegerla.

Jenna asintió con la cabeza y esperó a que yo continuara.

—Fui yo el instigador. Yo la perseguí. He sido yo el que ha forzado la relación desde el primer momento. Al principio, ella no quería que conociera a Penny, hasta estar segura. —Me di un tirón del mechón de la frente—. Yo forcé la situación y vine a ver a Penny sin su permiso. Quería saber más sobre la mujer que había ayudado a Katharine. Yo forcé la situación. Me casé con ella a la carrera, para que no cambiara de opinión. A Katharine la preocupaba la idea de que Penny pensara que era todo muy precipitado, así que decidimos no decirle nada durante un tiempo y dejar que Penny se acostumbrara a mí.

—Y yo he metido la pata.

Me encogí de hombros.

—Deberíamos haberle echado valor y habérselo dicho nosotros. La culpa es nuestra.

La puerta se abrió y salió Katharine.

—Richard, ¿puedes entrar?

—Mierda —murmuré—. Si no salgo de una pieza, cuida a Katharine por mí.

Jenna esbozó una sonrisa compasiva y me dio unas palmaditas en el hombro.

Katharine me puso una mano en un brazo.

—Lo siento.

Le di un apretón en los dedos.

—Tranquila.

Entré en la habitación con Katharine detrás.

Me había enfrentado a clientes furiosos en el trabajo. Había aguantado el tipo en salas de conferencias llenas de rostros poco amigables que esperaban que mi presentación fuera un fracaso. Había afrontado esas situaciones sin despeinarme. Sin embargo, me descubrí sudando delante de esa anciana de gesto adusto y tomando a mi mujer de la mano, como si fuera un talismán.

Penny me miraba fijamente.

—Te has casado con mi Katy.

—Sí.

—Sin mi permiso.

—Sí.

—¿Por qué?

—Nunca lo había hecho. No sabía que debía preguntar antes…

Penny agitó una mano.

—A veces eres un poco lento, ¿verdad, jovencito?

Tragué saliva.

—¿Cómo dices?

—¿Por qué te has casado con ella?

—Porque no podía vivir sin ella.

—¿Y por qué no me lo has dicho nunca?

No sabía qué le habría dicho Katharine, pero intuí que no debía alejarme mucho de la verdad.

Me agaché para quedar a la altura de sus ojos.

—Me casé con ella a la carrera porque no quería perderla. La necesitaba en mi vida. Nos preocupaba que no aprobases nuestra unión, pero esperaba que si llegabas a conocerme bien, tal vez aceptaras la idea de que se casara conmigo.

—Es demasiado buena para ti.

Me eché a reír porque era cierto.

—Lo sé muy bien.

—Deberías haberme preguntado antes.

—Tienes razón, debería haberlo hecho. Lo siento.

—Dice que es feliz.

—Yo también lo soy. —Miré de reojo a Katharine, sorprendido porque era verdad—. No deja de asombrarme.

Penny sorbió por la nariz.

—Espera y verás. Todavía no has visto nada.

—Me lo imagino.

La anciana frunció los labios.

—No pienso quitarte el ojo de encima.

—Lo tendré en cuenta.

—Muy bien. Me debes una tarta.

—¿Una tarta?

Katharine se acercó y colocó una mano en mi hombro. Me percaté de que se había puesto los anillos y verlos me arrancó una sonrisa, aunque no supe por qué. Yo nunca me había quitado la alianza y Penny nunca me había preguntado por ella. Sin pensar, le besé la mano y el gesto hizo que la anciana sonriera de oreja a oreja.

—Siempre celebramos las cosas buenas con una tarta.

—Así que ¿esto es bueno? ¿Yo soy algo bueno?

Penny me dio unas palmaditas en una mejilla.

—Dependo de ti para que la cuides.

—Lo haré.

—Bueno, ¿qué pasa con esa tarta?

Había una pastelería en la misma calle.

—Ahora mismo.

—De chocolate —añadió Penny.

Le di un beso en su arrugada mejilla.

—Ni que hubiera de otra clase…

Katharine entró con una taza de café en la mano que acepté, agradecido. Le hice un gesto para que se sentara.

—¿Dónde está Jenna?

—Durmiendo. Creo que está aprovechando ahora que ha pasado la tormenta. Me da que anoche no pegó ojo.

—Yo dormí como un bebé.

Puso los ojos en blanco.

—Como un bebé pulpo.

Sonreí.

—Yo no tengo la culpa de que seas perfecta para abrazar. Hueles muy bien.

—Tus... mmm... resoplidos son más fuertes de cerca.

La miré con los ojos entrecerrados.

—Muy bonito.

Ella sonrió.

—Lo siento. —Su expresión se tornó seria—. Siento mucho lo de esta mañana.

Me rasqué la nuca.

—Supongo que era lo que tenía que pasar.

—Es muy posible que lo olvide. Tal vez incluso tengamos otra vez la misma conversación.

—Al menos podremos alegar que ya se lo hemos dicho y tal vez no se moleste tanto.

—Supongo.

Bebí un sorbo de café.

—¿Qué te dijo?

—La preocupaba que estuviera embarazada.

—No debe preocuparse por eso. Nunca. —No pude evitar bromear sobre el tema—. Aunque expandamos nuestros límites.

—¿No puedes tener niños?

—No lo sé. Nunca he intentado procrear y no tengo intención de hacerlo. Siempre uso protección y me aseguro de que mis parejas también la usen.

Katharine ladeó la cabeza, confundida.

—¿No quieres tener hijos?

—Katharine, carezco de la capacidad para mantener una relación real. No tengo el menor interés en ser padre y en traer al mundo a otra persona emocionalmente atrofiada. No sería capaz de conectar con un niño, de ahí que no tenga deseos de engendrarlos. Jamás.

—Creo que te equivocas.

—¿Que me equivoco?

—Creo que sí tienes la capacidad. Creo que podrías conectar, querer a un niño. Si quieres a la madre.

Solté una carcajada.

—Puesto que eso no va a suceder, me remito a lo que ya te he dicho.

—¿Por qué estás tan seguro de que nunca vas a enamorarte?

Empezaba a impacientarme.

—Ya te lo he dicho. El amor te debilita. Te obliga a necesitar a los demás. A depender de ellos. No voy a permitir que eso me suceda.

—A veces suceden cosas que se escapan a nuestro control.

Agité una mano.

—No en este caso. En mi futuro no hay ni amor ni niños.

—Parece muy solitario.

—Tengo mi trabajo y eso me satisface. Con eso me sobra.

Me observó un instante con el ceño fruncido.

—¿Ah, sí?

—Deja de analizarme, Katharine.

—No te estoy analizando. Solo trato de entenderte.

—No lo hagas.

—¿Por qué?

Me incliné hacia delante y apreté los puños sobre la mesa.

—No te pago para que me entiendas. Te pago para que interpretes un papel.

—Un papel que cada día se complica más.

—¿De qué estás hablando?

—¿No te cansas, Richard? ¿De las mentiras? Nos pasamos el día añadiendo más y más. Es como una bola de nieve que crece a medida que desciende por una ladera. —Suspiró—. Se suponía que iba a ser algo sencillo. Yo fingiría ser tu prometida. Ahora la cosa ha ido a mayores y ha llegado a un punto en el que ni siquiera me reconozco. ¡Detesto mentir y le estoy mintiendo a todo el mundo! A Penny, a la familia Gavin, al personal de la residencia de ancianos… ¡Es una montaña enorme de mentiras!

—Es un medio para conseguir un fin. Nadie está sufriendo.

—¿Ah, no? Creo que te equivocas.

—¿Qué sabes tú si la gente sufre? —Agité una mano y abarqué la estancia—. Graham no está sufriendo. Penny está bien cuidada. Tú vives en un sitio mejor y no tienes que trabajar. ¿Quién sufre?

Su voz se redujo a un mero susurro.

—Me siento culpable… cada día más.

—¿Por qué?

—Porque me caen bien estas personas. Me gusta Jenna. Nos hemos hecho amigas. Saber que le estoy mintiendo me molesta. Graham y Laura se han portado muy bien con nosotros. Es como si los estuviera traicionando con esta farsa. La gente de la residencia de ancianos cree que estamos casados.

—Y lo estamos —insistí—. No es una farsa. Nuestro matrimonio es legal.

—Ellos creen que es real. Creen que estamos enamorados. Y Penny... nunca tuve la intención de que Penny se enterara. A ella sí que no quería mentirle. Y eso es lo que más detesto, haber tenido que mentirle a ella.

—Sabes que seguramente lo olvidará.

Katharine puso los ojos en blanco.

—Sigue siendo una mentira. Tami y los demás se lo recordarán constantemente para que no se le olvide. Y además están Adrian, Adam, Julia... —Resopló, exasperada—. La lista sigue.

Me encogí de hombros al tiempo que tamborileaba con los dedos sobre la mesa.

—Es más complicado de lo que pensaba, lo admito. Hasta Brian cree que he cambiado. El otro día me felicitó por haber encontrado por fin mi «lado humano» mientras jugábamos al golf.

—¿No te molesta? ¿No te molesta la cantidad de personas que se están viendo afectadas por esta mentira? ¿La gente que se verá afectada cuando acabe?

—Katharine, deja de exagerar. Los divorcios están a la orden del día. El mundo sigue. Ya nos encargaremos de los detalles cuando creamos que ha llegado el momento.

—Y, mientras tanto, seguimos mintiendo.

Ya estaba harto de esa conversación absurda. Me froté la cabeza y fruncí el ceño.

—Sí. Seguimos mintiendo. Todavía te estoy pagando, así que sigue siendo un trabajo. Serás mi mujer hasta nuevo aviso. Así que tendrás que seguir interpretando el papel. Tendrás que fingir que te gusto. Profundiza un poco más e imagina que me quieres. Haz lo que sea necesario para mantener la «farsa», tal y como tú la llamas.

Se puso en pie, meneando la cabeza.

—Ese es el problema, Richard. Que no siempre tengo que fingir que me gustas. Cuando dejas de comportarte como un gilipollas, eres un hombre decente. Respondes a la gente. Eres amable y generoso con Penny. Por algún motivo, cuando estás con ella, se te olvida que eres ese gilipollas que demuestras ser con el resto del mundo. A veces, hasta se te olvida cuando estás conmigo. —Su expresión era triste y su voz, abatida—. A veces se me olvida que te caigo mal y creo que somos amigos de verdad. —Echó a andar hacia la puerta, se detuvo y miró hacia atrás—. Me gustan esas ocasiones. Hacen que el resto del día sea más fácil de sobrellevar.

Y después salió, dejándome pasmado.

22

Richard

Katharine estuvo callada el resto de la noche. Empezó a llover de nuevo a intervalos hasta que escampó a eso de medianoche. Jenna se percató del tenso ambiente e intentó ser discreta. En un momento dado, me preguntó si Katharine estaba bien.

—Hemos... esto... hemos discutido —admití. Las parejas discutían, de modo que mi respuesta... parecía plausible.

—¿Por lo de antes?

—Sí. —No le aclaré por qué había sido exactamente. Dejé que pensara que era por lo sucedido con Penny.

—¿Quieres que me vaya?

—No, tranquila.

—No os acostéis enfadados. Habladlo —me animó—. Me iré pronto a la cama y respetaré vuestra intimidad.

Como no sabía qué responder, asentí con la cabeza. No tenía la menor idea de qué decirle a Katharine, pero en cuanto Jenna subió las escaleras, ella la siguió. Esperé un rato, apagué la tele y me reuní con ella en mi dormitorio. Ya estaba acostada, acurrucada, pegada al borde del colchón. Me preparé para acostarme y me tumbé junto a su pequeño y cálido cuerpo. Titubeé antes de extender un brazo para pegarla a mi torso.

—No te enfades conmigo.

—No estoy enfadada, estoy triste. —Suspiró.

—No puedo cambiar mi forma de ser.

Se dio la vuelta en la oscuridad para mirarme a la cara.

—Creo que, en ciertos aspectos, ya has cambiado.

—Es posible —admití—. Aun así, lo que siento por ciertas cosas no ha cambiado, y los hijos y el amor son algunas de ellas.

—Todo es blanco o negro contigo.

—Tiene que serlo. Así es como me enfrento a la vida.

—Te pierdes muchas cosas.

Le acaricié una mejilla con un dedo, recorriendo su suave piel en la oscuridad. Sentí la humedad y supe que había estado llorando. Me inquietó pensar que hubiera estado allí tumbada, alterada.

—Katharine… —empecé.

—¿Qué? —susurró.

—Sé que esto se ha complicado, que ha crecido. Sé que eres mejor persona que yo y eso te preocupa. No esperaba que los Gavin formasen parte de nuestra vida más allá del trabajo. No había planeado conocer a Penny y encariñarme con ella. Ya no podemos hacer nada más que seguir la corriente. No puedo cambiar mi forma de ver las cosas porque son mis creencias. Pero hay algo en lo que te equivocas.

—¿El qué?

Apoyé la mano en su cara y la acerqué más a la mía.

—No me caes mal. Todo lo contrario. Me arrepiento de todas las palabras crueles, de todos los malditos recados inútiles y de todos los trabajos sucios que te ordené hacer. Creo que eres muy valiente por acceder a hacer esto conmigo y los motivos que te impulsaron a hacerlo me sorprenden. Eres desinteresada y amable, y el hecho de que te hayas convertido en alguien tan importante para mí demuestra lo especial que eres.

Las lágrimas comenzaron a resbalar por sus mejillas. Gruñí, incapaz de soportar más emociones por ese día.

—Joder, mujer —mascullé con tono juguetón—, intento ser amable y te echas a llorar. Me rindo. Seguiré siendo un capullo.

Me dio unas palmaditas en la mano.

—No, tranquilo. Ya paro. —Sorbió por la nariz—. No me lo esperaba. Eso es todo.

—Estoy intentando disculparme.

Levantó la cara y me rozó los labios con los suyos.

—Disculpas aceptadas.

Enterré las manos en su pelo y la abracé con fuerza. Pegué nuestras bocas, ansioso por saborearla de nuevo. Respondió con un largo suspiro, y su cálido aliento se derramó por mi cara. Pasó un buen rato mientras nos besábamos, mientras nuestras lenguas se atormentaban. El deseo creció entre nosotros, lento y poderoso, y mi cuerpo palpitaba por la necesidad. Me aparté con un gemido para mirarla. Tenía los labios hinchados y respiraba con dificultad. Le acaricié el labio inferior con un dedo.

—Katharine —susurré con voz ronca mientras le acariciaba una pierna desnuda con la mano.

Levantó la cabeza y, justo cuando nuestras bocas volvían a encontrarse, lo oímos. Un trueno inesperado seguido por un estruendo en la habitación de invitados y un chillido.

Gemí y apoyé la cabeza en su hombro.

—Mierda con Jenna, ¡otra vez!

Soltó un buen suspiro.

—Joder, vaya… Creo que ha roto mi dichosa lámpara. Con lo que me gustaba esa lámpara.

Me eché a reír por el inusual exabrupto. Me aparté de ella y me cubrí la cara con un brazo.

—Anda, ve a ver qué ha hecho tu amiga ahora.

Se bajó de la cama y titubeó. La tenue luz de la luna resaltaba su figura a través del delicado camisón. Había ganado algo de peso y su cuerpo empezaba a tener curvas. Con el pelo alborotado por encima de un hombro y los ojos dilatados por el deseo, parecía muy sexi. Sexi de narices, la verdad.

—Vete —gruñí—. Si no te vas, no me hago responsable de lo que pase.

Se dio media vuelta y echó a andar hacia la puerta a toda prisa.

—Katharine —la llamé.

Se volvió con la mano aún en el pomo de la puerta.

Seguí hablando con voz más dulce.

—Si ha roto la lámpara, te compraré una nueva.

Esbozó una sonrisa deslumbrante.

—De acuerdo.

Me dejé caer en el colchón.

¿Qué narices estaba haciendo? Era la segunda vez ese día que había deseado tirármela con desesperación… a la mujer de la que en otro tiempo quise deshacerme. En ese momento, estaba por todas partes. En todos los aspectos de mi vida. En mi cama.

¿Lo más raro de todo? Que no me importaba en absoluto.

—Katharine, el sirope es un aderezo. No un grupo alimenticio propio.

Levantó la vista de su plato, pero ya negaba con la cabeza.

—Hay que llenar cada agujerito de sirope, Richard. Es una regla.

Resoplé mientras me llevaba la taza a los labios.

—Estás ahogando el gofre. Hay más sirope que comida en tu plato.

—Así está mejor.

Gemí.

—¿Y también le echas beicon?

Ronroneó con la boca llena.

—Perfecto.

Jenna se echó a reír mientras atacaba su desayuno.

—¿No te gusta el sirope, Richard?

—Le he echado una cantidad razonable. También quiero saborear el gofre.

Katharine me ofreció un trocito del suyo.

—Pruébalo.

—No.

—¿Por favor?

Pinché con el tenedor un trocito de mi gofre, que estaba demasiado seco.

—Solo si tú pruebas el mío.

Nos dimos de comer el uno al otro. Su trocito estaba chorreando de sirope y mantequilla, demasiado dulce para lo que yo estaba acostumbrado. Hice una mueca.

—Está asqueroso.

Ella sonrió.

—Mejor que el tuyo. —Bajó la vista y soltó un taco—. Mierda, me he manchado la camisa de sirope. Perdonadme.

Salió a toda prisa de la cocina. Esperé a que se hubiera ido para coger el bote del sirope y echarle más a mi gofre.

Jenna se echó a reír de nuevo.

—Sois una monada. ¿Nunca habíais comido gofres juntos?

Tuve que improvisar.

—No, Katharine siempre hace tortitas. Le compré la sartén para gofres como regalo de bodas.

Jenna me miró boquiabierta.

—¿Le compraste una sartén para gofres como regalo de bodas?

—¡Quería una!

—Por el amor de Dios, Richard, te queda mucho que aprender sobre el romanticismo.

—Ella me entiende.

Jenna cogió su taza de café.

—Mmm. A lo mejor la sartén para gofres fue el mejor regalo.

La fulminé con la mirada.

—¿Cuándo vuelves a casa?

Ella sonrió con sorna.

—Adrian volverá pronto.

—Bien.

Me dio una palmadita en el brazo y me guiñó el ojo con expresión traviesa.

—Anoche interrumpí vuestra reconciliación. Lo siento. El trueno me pilló desprevenida.

—No tengo ni idea de lo que hablas.

—Claro que no. Katharine siempre tiene ese aspecto… desaliñado.

Esbocé una sonrisa ladina. Sí que tenía aspecto desaliñado cuando salió del dormitorio la noche anterior.

Le guiñé un ojo a Jenna.

—Nos queda el resto del día para retomar la reconciliación. O repetirla.

Puso los ojos en blanco y mascculló algo acerca de los hombres y su piñón fijo.

Yo seguí devorando mi gofre, que estaba cubierto de sirope.

Y

Salí del despacho en busca de Katharine. Jenna se había marchado a media tarde y luego había estado ocupado con el trabajo, tras lo cual tuve que llamar a Graham. Oí ruidos al final del pasillo y fui a investigar. La puerta del dormitorio más pequeño estaba abierta. Yo usaba esa estancia como almacén en ese momento. En otro tiempo, hubo una cama que usaba para mis invitadas y las actividades posteriores a la cena, dado que nunca las llevaba a la planta alta. Me había deshecho de la cama cuando Katharine se mudó... solo quedaban cajas y archivadores.

Me apoyé en el marco de la puerta y la observé unos minutos con una sonrisa indulgente en los labios.

—¿Qué haces?

Señaló unas cuantas fotos enmarcadas.

—Tienes algunas fotografías muy bonitas.

—No sabía dónde ponerlas.

—Quedarían geniales en el salón. —Sacó unas fotos de la caja que había estado registrando—. Estas son preciosas... es una pena tenerlas guardadas.

Le tendí la mano y me pasó el montón de fotos.

Las revisé con cierta vergüenza.

—Las hice yo.

—¿En serio?

—Sí. Tuve una fase en la que intenté ser fotógrafo. No me duró mucho. —Se las devolví—. Era malísimo.

—Pues yo creo que son estupendas.

—Quédatelas.

—¿Tienes los negativos?

Negué con la cabeza.

—Todas digitales. En una de esas cajas está mi cámara y todas las tarjetas de memoria.

—Vale.

—Oye, Graham ha llamado. Quiere que lo acompañe en un viaje fuera de la ciudad para ver a un cliente. Creo que se siente culpable porque Adrian ha ido las dos últimas veces.

—¿Cuándo te vas?

—Mañana.

—¿Cuánto tiempo estarás fuera?

—Ese es el problema. Estaré fuera hasta el jueves, lo que quiere decir que me perderé el martes con Penny.

Esbozó una sonrisa traviesa.

—Sin problemas… puedo saltarme la clase de yoga. No se me da nada bien.

—Dile que iré a verla el viernes, para comer. Le llevaré su hamburguesa de queso preferida.

—Le encantará.

—¿Qué vas a hacer mientras no estoy?

—Trabajar en el salón.

—Van a venir pintores, ¿verdad? Nada de escaleras, ¿no? —Había hecho maravillas en su dormitorio, pero el salón era demasiado grande para que lo hiciera ella sola. La idea de que Katharine se subiera a una escalera tan alta me ponía nervioso… sobre todo si iba a estar fuera de la ciudad.

—Van a venir unos profesionales, Richard. Estará todo listo en dos días. Te vas a perder toda la diversión.

—Qué pena…

Se levantó y se sacudió los pantalones.

—Te ayudaré a hacer el equipaje. Tengo que cambiar la ropa de cama y trasladarme al otro dormitorio.

La negativa se me escapó antes de poder evitarlo.

—No lo hagas.

—¿Cómo?

—Duerme en mi dormitorio mientras no estoy. No te preocupes por la colada. Ya tienes mucho de lo que ocuparte.

Se mordió el interior del carrillo.

—¿Y esta noche?

—Compartiremos la cama de nuevo.

—Yo…

La cogí de la mano.

—Tiene sentido. Así te ahorras trabajo.

Sus labios esbozaron una sonrisa traviesa.

—Eres un pulpo. ¡Lo que te gusta dormir acurrucado!

Resoplé.

—Solo estoy siendo práctico.

—Admítelo y me acostaré contigo.

Enarqué una ceja.

—¿Te importaría explicar esa frase?

—Yo... esto...

Allí estaba, ese rubor que tanta gracia me hacía. Le subió por el pecho hasta florecer en sus mejillas. Me dio un empujoncito con gesto juguetón.

—Admítelo y dormiré en tu cama mientras no estás.

—¿Y esta noche?

El rubor se intensificó.

—Sí.

Me incliné y le acaricié la mejilla con los labios antes de llegar a su oreja.

—Me gusta acurrucarme contigo. Estás calentita y hueles bien.

Era la verdad. Esa mañana, me había vuelto a despertar abrazado a ella. Me sentía descansado y relajado, aunque tuviera que lidiar con los efectos que me provocaba la cercanía de su suave cuerpo.

Pasó a mi lado.

—Está bien. Si es lo que quieres.

Sonreí. De hecho, era justo lo que quería.

—¿Por qué sonríes? —preguntó Graham. El viaje estaba saliendo muy bien y el cliente se había mostrado entusiasmado ese día. Me había pasado la tarde añadiendo detalles a mis esbozos y a mis ideas, preparando una reunión programada para la mañana siguiente. Graham había insistido en que fuéramos a cenar para celebrarlo.

Levanté la vista del teléfono y se lo ofrecí.

—Ah, es que le he mandado a Penny una tarta enorme de queso con cobertura de caramelo y chocolate para compensarla por no estar allí esta noche. Katharine me ha mandado una foto de las dos mientras se la comen.

Se echó a reír y me devolvió el teléfono.

—Te has encariñado de Penny.

—Me recuerda a alguien de mi infancia.

—¿Un familiar?

Cambié de postura en la silla.

—No.

Me miró con expresión astuta por encima de su copa.

—No te gusta hablar de ti mismo. En especial, de tu pasado.

—No, no me gusta.

—¿Hablas con alguien de ese tema?

—Con Katharine.

—Tu catalizador. La mujer que te ha cambiado la vida... que te ha cambiado a ti.

Ladeé la cabeza para darle la razón con la esperanza de que captara la indirecta y dejase el tema. Se quedó callado un momento antes de llevarse la mano al bolsillo y sacar un sobre, que deslizó por la mesa.

—¿Qué es?

Le dio unos golpecitos al abultado sobre de color crema.

—Has demostrado tu valía desde que empezaste a trabajar, Richard. Has sobrepasado mis expectativas. Las expectativas de todos. Tu trabajo en la campaña de Kenner Footwear, la forma en la que has participado y has arrimado el hombro en el equipo. Venir a este viaje de última hora. Todo.

Me encogí de hombros en un inusual gesto de humildad al oír sus elogios. Sus palabras me reconfortaron. Me pregunté si así se sentiría un niño al recibir los halagos de un padre orgulloso... algo que yo nunca había experimentado. Graham era muy dado a los elogios y casi nunca criticaba. Sus comentarios iban más dirigidos a enseñar que a condenar. Era increíble lo rápido que me había adaptado a mi puesto en Gavin Group. Disfrutaba de la energía positiva y de esa actitud de «trabajar con los demás y no contra los demás» que tenían. Sus palabras, de todas formas, significaban mucho para mí. Se me formó un nudo en la garganta y bebí un sorbo de agua para librarme de él antes de hablar.

—Gracias. También ha sido increíble para mí.

Me acercó un poco más el sobre.

—Para ti.

En su interior había un cheque por una cantidad muy generosa, que me hizo poner los ojos como platos, junto con una copia de mi contrato. Sin embargo, lo que me llamó la atención fue que la cláusula seis estaba tachada y confirmada con unas iniciales. Lo miré a la cara con expresión interrogante.

—No lo entiendo.

Sonrió.

—El cheque es tu comisión por un trabajo excepcional. Kenner ha firmado un contrato por varios años con nosotros por tu idea. Te quieren en todas sus campañas.

Levanté el contrato.

—Has tachado mi período de prueba.

—Así es. Solo lo incluí para asegurarme de que mi intuición había acertado al creer que encajarías con nosotros. Has demostrado con creces que eres lo que decías ser: un hombre cambiado. Es evidente que tu Katy ha conseguido sacar a la luz al verdadero Richard. —Me tendió la mano—. Tienes un lugar en mi empresa todo el tiempo que quieras, Richard. Ojalá disfrutemos de muchos años juntos.

Alucinado, le estreché la mano. Lo había logrado. ¡Lo había conseguido!

Debería sentirme ufano, eufórico. Todos mis planes, todos los movimientos que me habían llevado hasta allí… Me había asegurado el puesto en Gavin Group y se la había jugado a David.

Misión cumplida.

Sin embargo, aunque estaba emocionado, no era por los motivos que había creído en un principio. Me di cuenta de que me daba exactamente igual lo que David pensara o sintiera. Podría aparecer en ese momento, ofrecerme ser socio y darme más dinero del que hubiera soñado, y no me sentiría tentado en absoluto. De hecho, solo quería deleitarme con la aprobación de Graham. Quería que se sintiera orgulloso. Quería seguir trabajando para él y oír sus elogios y sus comentarios amables. Junto con esos pensamientos, apareció una emoción a la que no estaba acostumbrado: el sentimiento de culpa. Me sentía culpable por cómo había empezado todo y por el motivo por el que estaba sentado en ese lugar. Me sentía culpable por los engaños que había empleado para llegar hasta allí.

Mientras miraba los documentos, me pregunté hasta qué punto había influido que Jenna se quedase con nosotros para tomar esa decisión. Desde luego, nos había visto comportarnos como una pareja normal, de sobra para convencer a cualquiera de que íbamos en serio. Jenna creía que no podía apartar las manos de Katharine, que teníamos una vida sexual estupenda, que discutíamos y que hacíamos las paces... Lo que hacían todas las parejas. Tal vez la tormenta no solo hubiera conseguido que Katharine y yo nos uniéramos más, sino que también había eliminado cualquier rastro de duda que le quedara a Graham.

Me desentendí de esos pensamientos. Daba igual. Lo único que importaba era que seguiría trabajando con ahínco y que seguiría demostrando mi valía ante Graham y ante toda la empresa. Daba igual cómo hubiera comenzado, me ganaría el puesto... y lo conservaría.

—Gracias.

Me dio un apretón en el hombro.

—Seguro que Katy se alegrará mucho.

Otra emoción brotó en mi pecho: la emoción por contárselo, por compartir la victoria con ella. Sonreí, a sabiendas de lo bien que iba a reaccionar.

—Me muero por decírselo, pero creo que esperaré a llegar a casa. —Miré el cheque de la comisión—. Creo que tengo que comprarle algo para celebrarlo. La semana pasada decidí comprarle un regalo. Es la excusa perfecta.

Graham asintió con la cabeza.

—Una idea estupenda. Conozco una joyería increíble en esta misma calle.

Enarqué las cejas. Joyas. No se me había pasado por la cabeza, pero era...

—Perfecto.

23
Richard

Introduje la llave en la cerradura y entré en el piso sin hacer ruido. Me impactó darme cuenta de lo mucho que había añorado estar en casa. De lo mucho que había echado de menos a Katharine.

Me había sorprendido mi afán por enviarle mensajes de texto para comprobar que estaba bien, que Penny estaba bien o si recordaba haber cerrado con llave el piso. Sus respuestas me hacían sonreír, ya que siempre eran un poco descaradas y tiernas a la vez. Le había encantado la tarta de queso y me dijo que al personal también, ya que las habían ayudado a Penny y a ella a comérsela. Le parecía gracioso que también hubiera enviado una cesta de fruta para Joey. Cuando mencionó que Penny parecía más cansada de lo normal, llamé a la residencia dos veces para interesarme por su estado, haciendo que Tami se riera de mi preocupación.

De manera que yo también me reí de mí mismo. Al parecer y sin pretenderlo, la presencia de Katharine en mi vida hacía aflorar emociones en todo momento.

Debería detestarlo, pero por algún motivo no lo hacía.

Estaba ansioso por regresar a casa, por verla, por visitar a Penny y por volver a la oficina. Cuando el cliente accedió a nuestra idea antes de lo que pensábamos, Graham y yo decidimos adelantar el regreso y coger el último avión. El taxi me dejó en la puerta del edificio y Graham se rio de mi entusiasmo cuando me vio coger la maleta.

—Richard, no hace falta que vayas a la oficina a primera

hora. Disfruta de la mañana con Katy. Nos vemos después del almuerzo.

Asentí con la cabeza.

—Gracias.

Solté la maleta, encendí la luz y me quedé petrificado.

No estaba en el mismo salón que había dejado días antes. El intenso tono vino tinto que Katharine había elegido se extendía por la pared de la chimenea, resaltando el color claro de la repisa. El tono beis del resto de las paredes resultaba atractivo. Había añadido algunos cojines y los dos sillones que me enseñó. El resultado de la transformación era un salón cálido y acogedor. Hogareño.

La mayor sorpresa de todas fueron los cuadros. Katharine había usado algunas de las fotos que encontró, pero en la pared de la chimenea había colgado algunas de mis fotografías, que había imprimido y enmarcado con paspartú. Ver lo bien que quedaban me asombró, al igual que lo hizo que hubiera elegido mis preferidas. El salón estaba espectacular.

Pasé una mano por el respaldo curvado de los sillones que había añadido. Eran piezas macizas. El efecto seguía siendo masculino, pero suavizado por lo que había creado. Sobre la repisa descansaba una foto en la que estábamos los dos y que había hecho Jenna el día de nuestra boda. La cogí para analizarla. Era una foto tomada por sorpresa. Katharine miraba a la cámara con una sonrisa y una expresión casi radiante. Yo había apoyado la frente en la suya y estaba sonriendo. Ambos parecíamos felices. Como una pareja enamorada. Pasé los dedos sobre la imagen de Katharine, sin reconocer la extraña emoción que sentía en el pecho.

Tras dejarla en la repisa de nuevo, cogí la bolsa de viaje y subí las escaleras. Me detuve al llegar a la puerta de mi dormitorio, sorprendido al ver a Katharine dormida en mi cama. Creía que a esas alturas ya se habría mudado a su habitación. Estaba abrazada a mi almohada, aferrada a la funda mientras dormía, y su larga melena oscura se asemejaba al chocolate, extendida sobre las prístinas sábanas blancas. La analicé mientras dormía. Parecía joven y vulnerable. Recordé que en el pasado pensaba que era débil. Era cualquier cosa menos eso. Conociéndola como era consciente en ese momento, sabía que tenía agallas, sin ellas se habría rendido pronto, pero a la vez no las tenía.

Habría sobrevivido a la muerte de sus padres, a la vida en la calle, al dolor de ver cómo Penny enfermaba y a mí... en toda mi gloria egoísta, corta de miras y narcisista.

Se movió, desarropándose en el proceso, y sonreí al ver que se había puesto la camiseta de manga corta que yo llevaba el día anterior a mi partida.

Mi mujer estaba en mi cama y se había puesto mi ropa.

Descubrí que no podía ponerle pegas a ninguna de las dos afirmaciones.

Solté un quedo suspiro, dejé la bolsa en el suelo y tras coger unos pantalones de pijama, me preparé para acostarme, con cuidado de no hacer ruido. Con delicadeza, me coloqué a su espalda y la pegué a mi torso. Ella se despertó, sobresaltada, y se tensó entre mis brazos.

—Relájate, cariño. Soy yo.

—¿Por qué estás en casa?

—La reunión ha ido bien. Muy bien. Hemos llegado a un acuerdo antes de lo previsto.

Trató de incorporarse.

—Me iré a mi dormitorio.

Tiré de ella para que se tumbara otra vez.

—Quédate. No pasa nada. —Sonreí al tiempo que la besaba en el cuello—. Me gusta dormir abrazado a algo como un pulpo, ¿ya no te acuerdas?

Se acurrucó de nuevo con un suspiro de felicidad.

—Tu cama es cómoda.

No pude evitar tomarle el pelo.

—¿Y mi camiseta? —le pregunté, al tiempo que acariciaba el desgastado algodón—. ¿También es cómoda?

Me apartó de un manotazo.

—He estado ocupada. No me ha dado tiempo de hacer la colada. La he visto ahí tirada y me la he puesto.

—Ya he visto lo ocupada que has estado.

—¿Te gusta? —me preguntó con un deje tímido e inseguro.

La besé en la frente.

—Buen trabajo, señora VanRyan.

Se echó a reír contra la almohada.

—Me alegro de que le guste, señor VanRyan.

La pegué aún más a mí.

—Me gusta. Duérmete. Mañana por la mañana te contaré todo lo que ha pasado en el viaje.

—De acuerdo —replicó con voz soñolienta—. Buenas noches.

—Buenas noches.

Katharine me miró mientras desayunábamos y cogió de nuevo el contrato.

—¿Así sin más? ¿Ha cancelado tu período de prueba?

Asentí con la cabeza porque tenía la boca llena de huevos revueltos. Mastiqué, tragué y sonreí.

—Tengo la impresión de que la visita de Jenna ha podido influir en su decisión.

Se mordió una uña, de manera que extendí una mano para darle un guantazo.

—No hagas eso.

—¿Por qué crees que la estancia de Jenna ha tenido algo que ver?

—Piénsalo, Katharine. Piensa en lo que ha visto. Nos ha visto acostados en la misma cama y a mí en plan pulpo. Nos llevamos bien. Incluso fue testigo de una discusión y de cómo hicimos las paces después. Estoy seguro de que le ha dicho a Graham que sus dudas eran infundadas.

—Supongo que tiene sentido.

—Además, me ha dicho que he hecho un trabajo excelente, que he superado sus expectativas. Esta ha sido su forma de recompensarme. —Bebí un sorbo de café—. El fin del período de prueba y una generosa comisión.

Esbozó una sonrisa cariñosa.

—Sabía que los dejarías alucinados con tu trabajo. No me sorprende. Tus ideas siempre han sido espectaculares.

Sus halagos me provocaron una sensación extraña. Me

froté el pecho, como si de esa manera pudiera extender la calidez que suscitaban sus palabras y le sonreí mientras decía con sinceridad:

—Siempre me has apoyado. Gracias.

Me regaló una sonrisa radiante. Bajé la vista al plato al tiempo que me percataba de la naturalidad de la escena. ¿En eso consistía el matrimonio? ¿Los matrimonios reales? ¿En momentos compartidos que te hacían sentir entero y unido a tu pareja?

Introduje una mano en un bolsillo y le ofrecí la cajita.

—Para ti —dije con voz gruñona al tiempo que cogía la taza.

Ella no hizo ademán de tocarla siquiera. Jamás había conocido a una mujer como Katharine. Mi fortuna siempre había sido un imán para las mujeres con las que salía. Les encantaba recibir regalos, los esperaban, me soltaban indirectas, me enseñaban imágenes de Internet. Prácticamente me arrancaban el regalo de las manos si decidía comprarles algo. Sin embargo, Katharine no era así.

—Tu comisión —insistí, al tiempo que le acercaba más la cajita—. Ábrela. No muerde.

Le tembló la mano mientras extendía el brazo. Titubeó una vez que tuvo la cajita entre los dedos, como si no pudiera con la emoción de abrir la tapa. Como si estuviera disfrutando de la intriga. Me gustaba ver las expresiones que pasaban por su rostro.

Abrió los ojos de par en par cuando vio el anillo que descansaba en el interior de la cajita. Tan pronto como lo vi, supe que le encantaría. Era pequeño y delicado, con diamantes de distintos cortes. Cuadrados, ovalados, circulares y rectangulares. Los diamantes conformaban un anillo tan único y diferente como lo era ella. No era el anillo más caro de la joyería, ni el más grande, pero era el idóneo para Katharine. Hasta Graham había asentido con la cabeza para dar su aprobación en cuanto lo señalé con un dedo a través del cristal del expositor.

—Ese, por favor. Me gustaría ver ese —le había dicho a la dependienta.

Katharine me miró.

—No lo entiendo.

—Es un regalo, Katharine.

—¿Por qué?

Me encogí de hombros.

—Porque te lo mereces. —Acaricié el sobre que contenía el contrato—. Nada de esto habría sucedido sin ti. Es mi forma de agradecértelo —añadí con sinceridad. Era importante que me creyera, que supiera que yo era consciente de todo lo que había hecho por mí.

—Es precioso.

—Póntelo.

Se puso el anillo en la mano derecha y giró la muñeca tal como acostumbran a hacer las mujeres cuando admiran un anillo.

—¡Me queda bien!

Extendí un brazo para cogerle la mano y miré el anillo. Le quedaba bien y encajaba con ella. Dejé su mano sobre la encimera y le di unas palmaditas sin saber muy bien qué hacer.

—¿Te gusta?

—Es... —Tenía la voz ronca—. Es una preciosidad.

—Pensé en comprarte unos pendientes, pero me he dado cuenta de que Jenna y Laura también llevan un anillo en la mano derecha, así que pensé que te gustaría. Si prefieres los pendientes, podemos cambiarlo.

Negó con la cabeza.

—No. Es perfecto.

El aire que nos rodeaba vibraba por la emoción. Katharine tenía la vista clavada en la mano y no dejaba de parpadear. Dios, ¿iba a llorar? ¿Por un regalo? No sabía si sería capaz de soportarlo en caso de que se pusiera a llorar. Este tipo de emociones me ponía de los nervios.

Di una palmada.

—En ese caso, he acertado. Dejaremos los pendientes para otra ocasión. Tal vez para la celebración de los seis meses de nuestro matrimonio o algo así. Estoy seguro de que los Gavin celebran ese tipo de cosas. Tendré que estar a la altura.

Katharine carraspeó y se puso en pie.

—Supongo.

Me dejó pasmado cuando se detuvo junto a mi taburete después de haber vaciado su taza de café en el fregadero y me besó en la mejilla con suma delicadeza.

—Gracias, Richard —murmuró, tras lo cual siguió andando.

Me volví para verla subir por las escaleras. En ese momento, me percaté de que me había llevado una mano a la mejilla que sus labios habían rozado, como si estuviera reteniendo su beso contra la piel.

Qué raro.

24
Richard

Miré a Penny de reojo con el ceño fruncido. Me emocioné al ver que el mismo trío de *jazz* que ya habíamos visto actuaba de nuevo, pero ella había estado rara toda la noche. En más de una ocasión, había levantado una mano para secarse una lágrima que resbalaba por su mejilla. Cuando le pregunté, preocupado, si se encontraba bien, se desentendió de la pregunta con un gesto impaciente.

—Estoy bien.

Sin embargo, no parecía estar bien en absoluto.

Empujé la silla de ruedas para llevarla de vuelta a su habitación con la esperanza de que la sorpresa que le tenía preparada la animase.

Katharine había mencionado que Penny llevaba un par de días que no comía bien y que parecía cansada. Esa noche, su cuidadora me dijo que apenas había tocado la cena y que solo había almorzado porque Katharine le había dado de comer.

Sabía que Katharine estaba preocupada. Había pensado en cancelar la clase de yoga, pero yo la animé a que fuera. Le recordé que solo le quedaban dos clases y que después podría reunirse con nosotros los martes. Echaría de menos el tiempo que pasaba a solas con Penny, pero las clases comenzarían de nuevo un mes más tarde, de modo que volveríamos a estar solos. Mi momento preferido de la noche era cuando Penny me contaba historias de Katharine. Solían estar plagadas de anécdotas graciosas y bochornosas que me arrancaban una carcajada.

Me senté junto a Penny y abrí la caja de la *pizza* con una sonrisa.

—*Voilà!*

Cuando descubrí que, además de las hamburguesas de queso, las *pizzas* eran su perdición, empecé a llevarle *pizzas*. Al personal de la residencia no le importaba, y me aseguraba de que ellos también recibieran algunas. Un día, llevé tantas *pizzas* que todos los residentes pudieron comer si así lo deseaban. Aquel día me convertí en un héroe.

Ese día, sin embargo, era solo para Penny.

Cogió una porción, pero no hizo ademán de comérsela. Con un suspiro, se la quité de la mano y la devolví a la caja. Le rodeé la frágil muñeca con los dedos y froté la delicada piel de la palma de la mano.

—Penny, ¿qué pasa? ¿Qué te preocupa?

Soltó un suspiro profundo, que pareció agotado y resignado.

—Estoy cansada.

—¿Quieres que vaya en busca de Connie? Puede ayudarte a acostarte. —Tami tenía la noche libre, pero Connie le caía bien.

—No, no quiero acostarme.

—No lo entiendo.

Se zafó de mi mano y se frotó la cara con gesto frustrado.

—Estoy cansada de todo esto.

—¿De tu habitación? —Si quería otra, se la conseguiría.

—De estar aquí. En esta… vida, si se puede llamar así.

Nunca la había oído hablar de esa forma.

—Penny…

Extendió el brazo y me sujetó la mano.

—Se me olvidan las cosas, Richard. El tiempo pasa y no recuerdo si estoy en el mismo día que hace un momento. Katy viene a verme y no recuerdo si ha estado hace unas horas, hace unos días o hace un minuto. A veces, no reconozco nada y me da miedo. Sé que hay días en los que no la reconozco a ella. —Le temblaba la voz y tenía los ojos llenos de lágrimas—. No me conozco a mí misma la mayoría de los días.

—Ella viene. Todos los días, viene a verte, y aunque tú la

olvides, ella te recuerda. Se queda contigo y te hace compañía.

—Soy una carga para ella.

—No —insistí—. No eres una carga para ella. Te quiere.

—Seguro que me odias.

—¿Cómo? No, no, en absoluto. Me encanta pasar el tiempo contigo. Ahora formas parte de mi familia, Penny. Te convertiste en mi familia cuando me casé con Katharine. —Nada más pronunciar esas palabras, me di cuenta de que estaba diciendo la verdad.

—Ella debería estar haciendo otras cosas, como viajar, tener niños y hacer amigos, no cuidando de una anciana.

—¿Por qué dices estas cosas? Sabes que Katharine haría cualquier cosa por ti. Lo mismo que yo. —Le levanté la mano y besé la fina piel—. Por favor, Penny, si llega a oírte...

—Echo de menos a Burt.

—Lo sé —la consolé—. Estuvisteis casados mucho tiempo. Claro que lo echas de menos.

—Cuarenta años. No éramos ricos, pero nos queríamos. —Esbozó una sonrisa tierna—. Me encantaba verlo cocinar. Era chef... ¿lo sabías?

—Sí, me lo has dicho.

—Yo era profesora. Teníamos una buena vida. Cuando murió, no sabía cómo iba a poder seguir viviendo. Pero luego encontré a Katy. Ella se convirtió en mi razón de ser.

—Te necesitaba.

—Ya no me necesita.

—Te equivocas, te necesita.

—¿Cuidarás de ella?

—No... no te rindas todavía, Penny. Katharine... se quedará desolada.

Cerró los ojos y dejó caer los hombros.

—Es que estoy muy cansada.

Me entró el pánico al darme cuenta de que no se estaba refiriendo a que quería acostarse. Estaba cansada de la vida, de estar atrapada en un cuerpo que ya no funcionaba, con una mente que la dejaba confundida y sumida en el olvido.

Me incliné hacia ella y bajé la voz.

—Cuidaré de ella, te lo prometo. No le faltará de nada.

—Podía prometérselo. Me aseguraría de que Katharine estuviera bien—. No te rindas. Te necesita, de verdad.

Abrió los ojos y miró un punto a mi espalda.

—¿Puedes darme esa fotografía?

Me volví y le di la foto que me había señalado. Después de confesar que nos habíamos casado, Katharine le había llevado una foto de nuestra boda, y otra que Tami había hecho cuando estábamos de visita. En ella, Katharine le sujetaba la mano, Penny le pellizcaba la nariz mientras se reía y yo estaba sentado junto a ellas, sonriendo. Parecíamos una familia.

Recorrió nuestras caras con los dedos.

—Se convirtió en mi vida desde que perdí a Burt.

—Lo sé.

—Es todo lo que sabía que sería: lista, cariñosa, fuerte.

—Es verdad. También es guapa. Más dura que el acero. Tú has tenido mucho que ver a ese respecto, Penny.

El comentario le arrancó una sonrisa. La primera que había visto esa noche.

Extendió un brazo y me dio unas palmaditas en la mejilla.

—Eres un buen chico.

Las palabras me hicieron reír. Nadie me había dicho eso en la vida.

—Cuando te haces mayor, Richard, te das cuenta de que la vida se compone de momentos. De toda clase de momentos. Momentos tristes, momentos buenos y momentos geniales. Componen el tapiz de tu vida. Aférrate a todos ellos, sobre todo a los geniales. Hacen que los otros sean más llevaderos.

Le cubrí la mano con la mía.

—Quédate —le supliqué—. Por ella. Dale más momentos geniales, Penny.

Con un suspiro, asintió con la cabeza.

—Quiero acostarme ya.

Volví la cara y le besé la palma de la mano.

—Voy a buscar a Connie.

Me miró a los ojos con una expresión feroz que atrapó mi mirada.

—Amor, Richard. Asegúrate de rodearla de amor.

Solo fui capaz de asentir con la cabeza.

Me pellizcó la nariz. Era lo mismo que le hacía a Katharine, su manera de decir «Te quiero».

Sentí el escozor de las lágrimas mientras me dirigía al mostrador donde estaba Connie.

El móvil vibró sobre la mesa de madera y lo cogí, aunque tuve que contener la sonrisa al ver el número. Golden Oaks. Me pregunté qué le estaría pidiendo Penny a Tami en ese momento. Desde la inquietante conversación de la semana anterior, había pedido algo a diario y yo me aseguraba de proporcionárselo. No le había hablado a Katharine de nuestra conversación. Ya estaba preocupadísima. Era evidente que Penny estaba empeorando y que su mente divagaba más a menudo. Estuvo más animada la noche anterior, pero se quedó dormida en cuanto la llevé de vuelta a su habitación. La dejé en las manos competentes de su cuidadora tras besar su mejilla arrugada.

Rechacé la llamada con la idea de devolverla cuando terminase la reunión. Me concentré de nuevo en Graham, que estaba citando los deseos de un cliente para la siguiente campaña, pero el móvil empezó a vibrar de nuevo. Lo miré y vi que era de Golden Oaks. Se me formó un pequeño nudo en el estómago por la preocupación. Tami sabía que le devolvería la llamada. ¿Por qué insistía?

Miré a Graham, que había dejado de hablar.

—¿Necesitas contestar, Richard?

—Creo que puede ser importante.

Asintió con la cabeza.

—Cinco minutos de descanso para todos.

Acepté la llamada.

—¿Tami?

—Señor VanRyan, siento interrumpirlo. —Su voz me provocó un escalofrío nervioso en la espalda—. Tengo que darle una noticia pésima.

No me di cuenta de que me levantaba, pero de repente estaba de pie.

—¿Qué ha pasado?

—Penny Johnson ha muerto hace una hora.

Cerré los ojos al sentir el repentino escozor. Aferré el móvil con más fuerza y dije con dificultad:

—¿Mi esposa lo sabe?

—Sí. Estuvo aquí esta mañana y acababa de marcharse cuando fui a ver a Penny. La llamé para que volviera enseguida.

—¿Está ahí ahora?

—Sí. He intentado hablar con ella sobre el funeral, pero no consigo que hable. No sabía qué hacer, así que lo he llamado.

—Tranquila, has hecho lo correcto. Voy de camino. No dejes que se vaya, Tami. Yo me encargo de los detalles.

Colgué y dejé caer el teléfono. El sonido que hizo al golpear en la mesa, un ruido sordo, se abrió paso en el rugido que oía en mi cabeza. Sentí una mano en el hombro y, al levantar la cabeza, vi la expresión preocupada de Graham.

—Lo siento, Richard.

—Tengo que… —Dejé la frase en el aire.

—Yo te llevo.

Me sentía raro. Desequilibrado. Mi mente era un torbellino, tenía un nudo enorme en el estómago y me escocían los ojos. Una palabra cristalizó en mi mente, su nombre apareció como grabado a fuego en mi cabeza.

—Katharine.

—Te necesita. Te llevaré con ella.

Asentí con la cabeza.

—Sí.

Una vez en la residencia, no titubeé, sino que corrí por los pasillos. Vi a Tami en la puerta de la habitación de Penny, que estaba cerrada.

—¿Está dentro?

—Sí.

—¿Qué necesitas?

—Necesito saber si tenía algo pensado, qué quería hacer una vez que muriese.

—Sé que quería ser incinerada. No creo que Katharine tuviera nada organizado de antemano. —Me froté la nuca con una mano—. No tengo experiencia en estos temas, Tami.

La voz de Graham sonó a mi espalda.

—Deja que te ayude, Richard.

Me volví, sorprendido. Creía que me había dejado en la puerta y se había marchado.

Le tendió la mano a Tami para presentarse. Ella sonrió a modo de saludo. Graham me habló de nuevo.

—Ve con tu esposa. Un buen amigo mío tiene una cadena de funerarias. Lo llamaré y pondré en marcha las cosas… Tami puede ayudarme.

La aludida asintió con la cabeza.

—Por supuesto. —Tami me puso una mano en el brazo—. Cuando esté listo, entraré para llevarme a Joey a la sala común. Se va a quedar con nosotros.

—De acuerdo.

—Ayudaré al señor Gavin cuanto pueda.

—Te lo agradezco… y seguro que Katy también.

Graham sonrió.

—Pocas veces la llamas así. Entra… te necesita.

Entré en la habitación y cerré a mi espalda sin hacer ruido. La estancia no estaba nada bien. No había música, Penny no estaba sentada delante de su caballete mientras tarareaba. Incluso Joey guardaba silencio, acurrucado en su jaula con la cabeza debajo de un ala. Las cortinas estaba corridas y la habitación estaba envuelta por la tristeza.

Katharine estaba encorvada en una silla junto a la cama de Penny, cogiéndole la mano. Me acerqué a ella y me permití un momento para mirar a la mujer que me había cambiado la vida. Penny parecía dormida y tenía una expresión plácida en el rostro. Ya no volvería a confundirse ni a inquietarse, ya no intentaría encontrar algo que no recordaba.

Ya no podría contarme más anécdotas de la mujer que en ese instante lloraba su pérdida.

Me agaché junto a mi esposa y cubrí con mi mano la que agarraba la de Penny.

—Katharine —susurré.

No se movió. Permaneció paralizada con expresión vacía, sin hablar.

Rodeé sus tensos hombros con un brazo y la pegué a mí.

—Lo siento, cariño, sé cuánto la querías.

—Me marché sin más —musitó—. Estaba a medio camino de casa cuando me llamaron. No debería haberme ido.

—No lo sabías.

—Dijo que estaba cansada y que quería descansar. No quería pintar. Me pidió que apagase la música. Debería haber sabido que algo andaba mal —insistió.

—No te hagas esto.

—Debería haber estado con ella cuando…

—Pero estabas con ella. Ya sabes lo que sentía al respecto, cariño. Lo decía a todas horas: cuando llegara el momento, se iría. Estabas aquí, la persona a quien más quería del mundo, la última persona que quería ver al dejar este mundo, y estaba lista. —Le acaricié el pelo con una mano—. Llevaba lista un tiempo, cielo. Creo que estaba esperando a asegurarse de que estarías bien.

—No me despedí de ella.

La insté a apoyar la cabeza en mi hombro.

—¿La besaste?

—Sí.

—¿Te pellizcó la nariz?

—Sí.

—En ese caso, os despedisteis. Eso es lo que hacíais. No hacían falta palabras, de la misma manera que no tenías que decirle que la querías. Lo sabía, cariño. Siempre lo ha sabido.

—No… no sé qué hacer ahora.

Todo su cuerpo se estremeció y yo, que no soportaba ver cómo empeoraba su dolor, me puse en pie, la cogí en brazos y volví a sentarme antes de que pudiera protestar. Seguía aferrada a la mano de Penny y yo podía sentir cómo se estremecía.

—Deja que te ayude, cariño. Graham también está aquí. Ya decidiremos qué tenemos que hacer.

Apoyó la cabeza en mi pecho y sentí sus cálidas lágrimas. La besé en la coronilla y la abracé hasta que sentí que su cuerpo se relajaba y que soltaba la mano de Penny, con mucho cuidado, para dejarla sobre la colcha. Nos quedamos sentados en silencio mientras le acariciaba la espalda con una mano.

Alguien llamó a la puerta y le di permiso para entrar. Graham apareció y se acuclilló a nuestro lado.

—Katy, preciosa, lo siento muchísimo.

Ella contestó con un susurro apenas audible:

—Gracias.

—Ha venido Laura. Nos gustaría ayudaros a Richard y a ti con los detalles, si os parece bien.

Ella asintió con la cabeza al tiempo que otro estremecimiento la sacudía.

—Creo que es mejor que la lleve a casa.

Graham se puso en pie.

—Claro.

Agaché la cabeza.

—¿Estás lista, cariño? ¿O quieres quedarte un poco más?

Miró a Graham. Le temblaban los labios.

—¿Qué va a pasar?

—Mi amigo, Conrad, vendrá para llevársela. Según me ha dicho Richard, quería ser incinerada, ¿es así?

—Sí.

—Él se encargará de todo, y ya después podemos hablar del servicio que te gustaría darle.

—Quiero celebrar su vida.

—Podemos hacerlo.

—¿Qué pasa...? —preguntó y tuvo que tragar saliva antes de continuar—. ¿Qué pasa con sus cosas?

—Me encargaré de que lo empaqueten todo y lo lleven al apartamento, cariño —le aseguré—. Tami me ha dicho que Joey se va a quedar aquí.

—A los otros residentes les gusta... cuidarán de él. Me gustaría donar algunas de sus cosas a aquellos que no tienen tanto como tenía ella. Ropa, la silla de ruedas y cosas así.

—De acuerdo, me encargaré de todo. Cuando estés lista, puedes revisarlo todo y yo me aseguraré de que se haga.

Katharine se quedó en silencio con la vista clavada en Penny. Luego asintió con la cabeza.

—Está bien.

Me levanté con ella en brazos. No me gustaban los estremecimientos que sacudían su cuerpo ni el temblor de su voz. Me sentía mejor si la llevaba en brazos y ella no protestó.

Miré a Penny y le comuniqué mi agradecimiento y mi despedida en silencio. Al sentir el escozor de las lágrimas en los ojos, parpadeé. Tenía que ser fuerte por Katharine.

—Iré a buscar el coche —se ofreció Graham, que salió de la habitación.

Busqué los ojos de Katharine, enormes por el dolor y la tristeza. Me asaltó una abrumadora ternura, y la necesidad de calmar su dolor me consumió por completo.

La besé en la frente y murmuré contra su piel:

—Estoy aquí. Lo superaremos juntos. Te lo prometo.

Katharine se relajó con mi caricia y esa necesidad silenciosa me conmovió.

—¿Estás lista?

Asintió con la cabeza y enterró la frente en mi pecho, al tiempo que se aferraba con más fuerza a mi chaqueta.

Salí de la habitación con la certeza de que nuestras vidas estaban a punto de cambiar.

Y, una vez más, tampoco sabía cómo enfrentarme a esa situación.

25

Richard

El piso estaba tranquilo. Katharine se había acostado, después de otra noche de silencio. Ni siquiera había cenado, se había limitado a beber varios sorbos de vino y a responder a mis preguntas con murmullos o movimientos de cabeza. La oí moverse en la planta alta, estaba abriendo y cerrando cajones, y supe que seguramente estuviera ordenando o reorganizando cosas. Solía hacerlo cuando estaba inquieta.

La preocupación me tenía de los nervios. Era una situación con la que nunca había tenido que lidiar. No estaba acostumbrado a cuidar de otra persona. Me pregunté qué podría hacer para que se sintiera mejor, cómo podría ayudarla a hablar. Porque necesitaba hablar.

El funeral había sido íntimo y especial. Puesto que Laura y Graham habían sido los encargados de organizarlo, no era de extrañar. Laura se sentó con Katharine y la ayudó a elegir algunas fotos, que repartieron por la estancia donde se celebró. Su foto preferida de Penny se colocó al lado de la urna, que estaba decorada con flores silvestres. La gente había mandado ramos de flores, pero el más grande era el nuestro. Las flores preferidas de Penny descansaban en el jarrón colocado junto a su foto. Casi todas eran margaritas.

Casi todo el personal de Gavin Group asistió para dar el pésame. Me mantuve al lado de Katharine, abrazándola por la cintura y manteniendo su tenso cuerpo junto al mío como muestra de apoyo silencioso. Estreché manos y acepté las condolencias, consciente de cómo su cuerpo se estremecía en ocasiones. También asistieron algunos de los trabajadores de Golden Oaks, y Katharine aceptó sus abrazos y sus palabras de recuerdo, aunque después siempre regresaba a mi lado, como si buscara el refugio de mi abrazo. Quedaban pocos amigos de Penny que pudieran asistir al funeral. Aquellos que lo hicieron recibieron un trato preferente por parte de Katharine. Se agachó frente a ellos y habló en voz baja con quienes iban en sillas de ruedas, se aseguró de que los que necesitaban andadores para moverse encontraran a alguien que los acompañara rápidamente a una silla, y después de la breve ceremonia, compartió unos instantes con todos ellos.

No dejé de mirarla en ningún momento, preocupado por la ausencia de lágrimas y por el constante temblor de sus manos. Nunca había experimentado el dolor hasta ese día. Cuando mis padres murieron, no sentí nada salvo alivio por todo lo que me habían hecho sufrir. Me entristecí cuando Nana se marchó, pero fue la tristeza de la infancia. El dolor que experimentaba por Penny era una sensación abrasadora en el pecho. Algo que crecía y se extendía de una forma muy extraña. Descubría que tenía los ojos llenos de lágrimas cuando menos lo esperaba. Cuando llegaron las cajas con sus pertenencias, tuve que quedarme un rato en el almacén, abrumado por una emoción que no era capaz de explicar. Me descubrí recordando nuestras charlas, el brillo que aparecía en sus ojos cuando mencionaba el nombre de Katharine. Las graciosas y tiernas anécdotas que contaba de su vida en común. En mi calendario, los martes seguían apareciendo ocupados con el nombre de Penny. De alguna manera, no podía quitarlo todavía. Y, por encima de todas las extrañas emociones que experimentaba, estaba la preocupación por mi esposa.

Creí que lo estaba manejando todo bien. Sabía que estaba sufriendo por la pérdida de una mujer a la que había querido como a una madre, pero no había perdido la compostura. La serenidad. Había llorado una vez, pero no la había visto llorar desde el día que Penny murió. Esa mañana, durante el funeral, se había encerrado en sí misma. Después había salido a pasear y había negado en silencio con la cabeza cuando me ofrecí a acompañarla. Al regresar, subió directa a su dormitorio hasta que fui a buscarla para decirle que bajara a cenar.

Me sentía perdido, dada mi escasa experiencia a la hora de consolar a los demás. No podía llamar a Jenna ni a Graham para preguntarles qué debía hacer a fin de ayudar a mi esposa. Pensaban que estábamos unidos y supondrían que yo sabía exactamente qué debía hacer. Cuando se marcharon del tanatorio esa mañana, Jenna me abrazó y me dijo:

—Cuídala.

Quería hacerlo, pero no sabía cómo. No tenía experiencia con esas emociones tan intensas.

Paseé de un lado para otro por el salón y la cocina, moviéndome inquieto mientras bebía vino. Sabía que podía subir al gimnasio y hacer un poco de ejercicio para liberar tensión, pero no estaba de humor. De alguna manera, el gimnasio parecía estar muy lejos de Katharine y quería estar cerca, por si me necesitaba.

Me senté en el sofá y el mullido cojín que vi a mi lado me arrancó una sonrisa. Otro de los toques de Katharine. Mantas de seda, cojines de plumas, colores cálidos en las paredes y los cuadros que había añadido. Todo hacía que el piso pareciera un hogar. Me detuve con la copa a medio camino de los labios. ¿Había llegado a decirle que me gustaba lo que había hecho?

Gemí y apuré el vino, tras lo cual dejé la copa en la mesa. Me incliné hacia delante y enterré las manos en el pelo, del que tiré hasta hacerme daño. Había mejorado durante las últimas semanas, de eso estaba seguro, pero ¿había cambiado lo suficiente? Sabía que mi lengua ya no era tan afilada. Sabía que había sido mejor persona. De todas formas, no estaba seguro de que bastara. Si Katharine estaba pasándolo mal, ¿confiaría en mí lo suficiente como para que la consolara?

Me sorprendió darme cuenta de lo mucho que deseaba que eso sucediera. Quería ser su ancla. Ser la persona de la que ella dependiera. Sabía que yo había llegado a depender de ella... para muchas cosas.

Me di por vencido, apagué las luces y subí a mi dormitorio. Me puse el pantalón del pijama y me acerqué a la cama con paso titubeante, si bien acabé saliendo al pasillo. Eché a andar hasta la puerta de Katharine, y no me sorprendió verla entreabierta. No entendía cómo era posible que mis «ruidos nocturnos», tal como ella los llamaba, la reconfortaran, pero desde el día que confesó que necesitaba oírlos, nunca cerraba mi puerta por la noche.

Por un instante, me sentí raro allí plantado delante de su puerta, sin saber qué hacía allí. Hasta que lo oí. Sollozos entrecortados. Sin pensarlo dos veces, entré en su dormitorio. Tenía el estor levantado, de manera que entraba la luz de la luna. Estaba acurrucada, llorando. Su cuerpo se estremecía con tanta fuerza que incluso movía el colchón. Tras apartar la manta, la rodeé con los brazos, la estreché contra mi cuerpo y la llevé a mi dormitorio. Sin soltarla, me metí en la cama y tiré de las mantas para arroparnos. Ella se tensó, pero la estreché con más fuerza.

—Desahógate, Katharine. Te sentirás mejor, cariño.

Se derrumbó entre mis brazos y se pegó por completo a mí. Sus manos me aferraron los hombros desnudos y sus lágrimas me quemaron la piel mientras lloraba de forma inconsolable. Le acaricié la espalda, le pasé los dedos por el pelo e hice lo que esperaba que fuesen sonidos reconfortantes. Pese al motivo, me gustaba tenerla cerca. Echaba de menos su suavidad contra mi dureza. Su cuerpo encajaba a la perfección contra el mío.

A la postre, sus sollozos remitieron y los terribles estremecimientos cesaron. Me incliné hacia la mesilla de noche y cogí unos cuantos pañuelos de papel para ponérselos en una mano.

—Lo... lo... sie... siento —tartamudeó en voz baja.

—No tienes por qué sentirlo, cariño.

—Te he molestado.

—No, no lo has hecho. Quería ayudarte. Te lo vuelvo a repetir: si necesitas algo, solo tienes que pedírmelo. —Titubeé—. Soy tu marido. Mi trabajo consiste en ayudarte.

—Has sido muy bueno. Incluso amable.

El asombro que transmitía su voz me escoció un poco. Sabía que me lo merecía, pero de todas formas no me hizo gracia.

—Estoy tratando de ser mejor persona.

Ella se movió un poco y ladeó la cabeza para mirarme a la cara.

—¿Por qué?

—Porque te lo mereces y porque acabas de perder a un ser querido. Estás pasándolo mal. Quiero ayudarte. Pero no sé cómo hacerlo. Todo esto es una novedad para mí, Katy. —Usé el pulgar para limpiarle con delicadeza las lágrimas que brotaban de nuevo de sus ojos.

—Me has llamado Katy.

—Supongo que se me ha pegado. Penny te llamaba siempre así. Igual que lo hacen todos.

—Le caías bien.

Sentí un extraño nudo en la garganta mientras contemplaba su rostro a la luz de la luna que se filtraba por la ventana.

—Y a mí me caía bien ella —repliqué en voz baja con sinceridad—. Era una mujer maravillosa.

—Lo sé.

—Sé que la echarás de menos, cariño, pero... —No quería decir las mismas frases hechas que había oído pronunciar durante los últimos días—. Penny habría detestado ser una carga para ti.

—¡No lo era!

—Ella te lo habría discutido. Te esforzaste para que se sintiera segura. Hiciste muchos sacrificios.

—Ella hizo lo mismo por mí. Yo era su prioridad. —Se estremeció—. No... no sé dónde estaría hoy si ella no me hubiera encontrado y no me hubiera acogido en su casa.

Yo tampoco quería pensarlo. Los actos de Penny nos habían afectado a ambos... para mejor.

—Lo hizo porque te quería.

—Yo también la quería.

—Lo sé. —Tomé su cara entre las manos y miré esos ojos rebosantes de dolor—. La querías tanto que te casaste con un gilipollas que te trataba fatal con tal de asegurarte de que la cuidaban como se merecía.

—Dejaste de ser un gilipollas hace unas semanas.

Negué con la cabeza.

—Nunca debí comportarme como un gilipollas contigo. —Para mi asombro, sentí que se me llenaban los ojos de lágrimas—. Lo siento, cariño.

—Tú también la echas de menos.

Incapaz de hablar, asentí con la cabeza en silencio.

Ella me rodeó el cuello con los brazos y me colocó la cabeza bajo su barbilla. Era incapaz de recordar la última vez que había llorado, seguramente siendo un niño, pero me eché a llorar en ese momento. Lloré por la muerte de una mujer que había conocido durante un breve período de tiempo, pero que había llegado a ser muy importante para mí. Una mujer que con sus anécdotas y sus quebrados recuerdos le había dado vida a la mujer con la que yo me había casado. Sus palabras me mostraron la bondad y la generosidad de Katy.

Katy y ella me habían enseñado que era bueno sentir, confiar y... amar.

Porque, en ese preciso momento, descubrí que estaba enamorado de mi mujer.

Estreché a Kathy con fuerza entre mis brazos. Cuando dejé de llorar, levanté la cabeza y miré esos ojos bondadosos. El aire que nos rodeaba crepitó y cobró vida, una vez abandonadas la relajación y el consuelo.

El deseo y el anhelo que había estado reprimiendo estallaron. Mi cuerpo ardía por la mujer a la que abrazaba y Katy puso los ojos como platos, con los iris azules iluminados por el mismo deseo que me consumía a mí.

Para darle la oportunidad de negarse, incliné despacio la cabeza y me detuve antes de rozarle los temblorosos labios.

—¿Por favor? —susurré, sin saber muy bien qué le estaba preguntando.

Su suave gemido fue la única respuesta que necesité y mi boca devoró la suya con un ansia que jamás había experimentado.

No solo eran lujuria y deseo. Había anhelo y necesidad. Redención y perdón. Todo ello envuelto en una mujer diminuta.

Fue como renacer en mitad de una violenta hoguera cuyas llamas me lamían la espina dorsal. Todos los nervios de mi cuerpo cobraron vida. Sentía cada centímetro del cuerpo de Katy pegado al mío. Cada curva se amoldaba a mi cuerpo como si hubiera sido creada única y exclusivamente para mí. Su lengua era como terciopelo contra la mía; su aliento, soplos de vida que llenaban mis pulmones. Necesitaba sentirla más cerca. Necesitaba besarla con más ansia. Su ridículo camisón desapareció bajo mis puños, que desgarraron la tela con facilidad. Tenía que tocar su piel. Necesitaba sentirla por entero. Usó los pies para bajarme los pantalones, liberando mi erección que quedó atrapada entre ambos. Gemimos al unísono cuando quedamos piel contra piel. La suya, suave y sedosa, contra el roce más duro de mis músculos.

Katharine era como el helado: exquisita y dulce mientras me rodeaba con sus miembros. Usé las manos y la lengua para explorarla. Sus curvas y sus recovecos que siempre habían estado ocultos al mundo eran míos para acariciar. Me di un festín de sabores. Cada descubrimiento era nuevo y exótico. Tenía unos pechos voluptuosos y turgentes, con los pezones duros y sensibles. Gimió cuando se los lamí para endurecerlos aún más, mordisqueándolos con suavidad. Se retorció y gimió cuando descendí por su cuerpo y le lamí el abdomen, el ombligo y más abajo, donde descubrí que estaba húmeda y lista para mí.

—Richard —dijo entre jadeos, con una nota asombrada y frenética en la voz mientras la acariciaba con la lengua y con los labios, degustando su sabor. Arqueó la espalda y se estremeció mientras yo la acariciaba, mientras usaba la lengua para penetrarla y torturarla. Me enterró las manos en el pelo y me obligó a acercarme más, alejándome una vez que encontré el ritmo adecuado. Sus gemidos y jadeos eran música para mis oídos. La penetré con un dedo y después con dos para acariciarla en profundidad.

—Dios, cariño, eres tan estrecha... —susurré sin alejarme de ella.

—Yo... nunca he estado con un hombre.

Me detuve, levanté la cabeza y asimilé sus palabras. Era virgen. Debía recodarlo, ser tierno con ella y tratarla con respeto. Que me hiciera ese regalo, a mí entre todos los hombres, me provocó una miríada de emociones que fui incapaz de identificar. Sin embargo, no debería haberme sorprendido, porque como era habitual en ella, me confundió aún más.

—No pares —me suplicó.

—Katy...

—Richard, quiero hacerlo. Contigo.

Ascendí por su cuerpo y le tomé la cabeza entre las manos. La besé en la boca con una reverencia que jamás había sentido ni le había demostrado a otra persona.

—¿Estás segura?

Ella tiró de mí para que siguiera besándola.

—Sí.

Me moví sobre ella con cuidado. Quería que su primera vez fuera memorable. Quería demostrarle con el cuerpo lo que estaba experimentando con el alma.

Quería hacerla mía en todos los sentidos.

La adoré con mis caricias, suaves y delicadas, deleitándome con el tacto sedoso de su cuerpo. La amé con mi boca, recorrí su cuerpo de la forma más íntima, memorizando su sabor y su textura. Avivé su pasión con la mía hasta que se derritió entre mis brazos.

Gemí y siseé cuando comenzó a moverse con más osadía, cuando empezó a acariciarme y a explorarme con los labios y con las manos. Pronuncié su nombre como si fuera una plegaria mientras me acariciaba los hombros, la espalda, y cuando me la tocó. Al final, me coloqué sobre ella, la cubrí con mi cuerpo y la penetré, hundiéndome en su estrecha calidez. Me mantuve inmóvil hasta que ella me pidió que me moviera y entonces y solo entonces dejé que la pasión tomara las riendas. Me hundí en ella con todas mis fuerzas, y empecé a moverme con frenesí. La besé sin mucha delicadeza mientras la hacía mía, porque necesitaba su sabor en la boca con el mismo fervor que necesitaba su cuerpo en torno al mío. Katy me abrazó con fuerza y gimió mi nombre al tiempo que me clavaba los dedos en la espalda.

—Oh, Dios, Richard, por favor. Necesito…

—Dímelo —repliqué—. Dime lo que necesitas.

—A ti… más… ¡por favor!

—Ya me tienes, nena —dije entre gemidos al tiempo que le levantaba una pierna para hundirme en ella hasta el fondo—. Solo a mí. Solo yo.

Gritó y echó la cabeza hacia atrás al tiempo que tensaba el cuerpo. Estaba preciosa en pleno orgasmo, con el cuello estirado y la piel cubierta por una capa de sudor. Yo también estaba al borde del orgasmo, de manera que enterré la cara en su cuello y me dejé arrastrar por la intensa oleada de placer. Volví la cabeza, le cogí la barbilla y acerqué sus labios a los míos para besarla mientras los espasmos sacudían mi cuerpo y se desvanecían poco a poco. Después, giré sobre el colchón con ella pegada al pecho y la nariz enterrada en su pelo. La oí suspirar mientras se acurrucaba sobre mí.

—Gracias —murmuró.

—Cariño, el placer ha sido mío.

—Bueno, todo no.

Me eché a reír contra su cabeza y besé esa piel cálida.

—Duérmete, Katy.

—Debería irme…

La estreché con fuerza, renuente a dejarla marchar.

—No. Quédate aquí conmigo.

Suspiró y su cuerpo se estremeció por entero.

—¿Espalda o pecho? —susurré. Le gustaba dormir con la espalda pegada a mí. Me gustaba despertarme con la cara enterrada en su cálido cuello y su cuerpo unido al mío.

—Espalda.

—De acuerdo. —Aflojé los brazos para que pudiera darse la vuelta. Una vez que estuvo de espaldas a mí, la abracé y la besé con suavidad—. Duérmete. Mañana tenemos mucho de lo que hablar.

—Yo…

—Mañana. Mañana veremos cuál es el siguiente paso.

—Está bien.

Cerré los ojos y aspiré su olor. Mañana se lo contaría todo. Le pediría que me dijera qué le parecía. Quería expresar mis sentimientos, decirle que estaba enamorado de ella. Aclarar las cosas. Y, después, quería ayudarla a trasladar sus pertenencias a mi dormitorio y convertirlo en nuestro dormitorio.

No quería vivir sin que ella estuviera a mi lado.

Me quedé dormido tras exhalar un suspiro de satisfacción que jamás había experimentado antes.

Y

Me desperté solo, con la mano sobre las sábanas frías y vacías. No me sorprendió. Katy llevaba unas noches más inquietas de lo habitual, y la noche anterior parecía incluso peor. En más de una ocasión había tenido que acercarla a mí y había sentido los sollozos que trataba de disimular. La había abrazado durante toda la noche, permitiéndole que expulsara todas las emociones.

Me pasé una mano por la cara y me senté. Me ducharía y después bajaría a buscarla a la cocina. Tenía que hablar con ella. Debíamos aclarar muchas cosas. Y también debía pedirle perdón por muchas cosas, para poder avanzar… juntos.

Bajé los pies al suelo, cogí la bata y me puse en pie. Eché a andar hacia el cuarto de baño, pero me detuve. La puerta del dormitorio estaba cerrada. ¿Por qué estaba cerrada? ¿Katy creía que iba a molestarme? Meneé la cabeza. Era una de las personas más silenciosas que conocía, sobre todo por las mañanas.

Atravesé la estancia y abrí la puerta. Al otro lado reinaba el silencio. Ni había música ni se oían ruidos procedentes de la cocina. Eché un vistazo hacia el dormitorio de Katy. La puerta estaba entreabierta, pero tampoco se oían ruidos dentro. De repente, sentí un nudo en el estómago y fui incapaz de desterrar la sensación. Atravesé el pasillo y me asomé al dormitorio. La cama estaba hecha y todo estaba ordenado, impecable. Parecía una habitación vacía.

Eché a andar hacia las escaleras, cuyos peldaños bajé de dos en dos y fui directo a la cocina al tiempo que la llamaba. No respondió y la cocina estaba vacía.

Me quedé allí de pie, abrumado por el pánico. Debía de haber salido. Tal vez había ido a la tienda. Había varios motivos que justificaban que hubiera salido del apartamento. Corrí hacia la puerta de entrada. Las llaves de su coche estaban en el gancho.

«Seguro que ha salido a dar un paseo», me dije.

Regresé a la cocina y me acerque a la cafetera. Me había enseñado a usarla, así que al menos podía preparar café. Hacía un día desapacible. El cielo estaba encapotado y gris. Necesitaría una taza de café caliente cuando volviera.

Sin embargo, descubrí su teléfono móvil en la encimera. A su lado estaban las llaves del apartamento. Me temblaba la mano cuando las cogí. ¿Por qué había dejado las llaves? ¿Cómo iba a entrar sin ellas?

Miré de nuevo la encimera. Todo estaba allí. Las tarjetas de crédito y el talonario de cheques que yo le había dado. Su copia del acuerdo. Lo había dejado todo porque me había abandonado.

Algo reluciente me llamó la atención y me incliné para coger sus anillos.

La imagen de Katy pasó por mi cabeza en distintos recuerdos. Cuando le entregué la cajita y le dije que no iba a hincar la rodilla en el suelo. Su expresión cuando le puse la alianza en el dedo el día que nos casamos por las circunstancias, no por amor. Estaba preciosa, pero no se lo dije. Había muchas cosas que no le había dicho.

Muchas cosas que no tendría la oportunidad de decirle… porque se había ido.

26

Richard

Aunque sabía que no estaba allí, miré hasta en el último rincón del piso. Cuando llegué a su armario y a su cómoda, me di cuenta de que había dejado la mayoría de la ropa que le había comprado, pero faltaban algunas prendas. Las dos cajas que todavía no había abierto seguían en su armario, también había pertenencias suyas en el cuarto de baño, pero la única maleta que tenía había desaparecido. Recordé que la noche anterior oí que se abrían y se cerraban cajones. Lo que supuse que era una reorganización solo eran los preparativos para abandonarme.

Me senté en el borde de su cama y me agarré la cabeza con las manos.

¿Por qué? ¿Por qué se acostó conmigo si sabía que iba a dejarme? ¿Por qué se había ido?

Mascullé un taco… la respuesta era evidente. Penny había muerto. Ya no necesitaba los medios para cuidar de ella, lo que quería decir que ya no necesitaba fingir que estaba enamorada de mí.

Nos llevábamos bien, o eso creía yo. Estaba convencido de que Katharine sentía algo. ¿Por qué no había hablado conmigo?

Solté una carcajada en la habitación vacía. Pues claro que no iba a hablar conmigo. ¿En qué momento le había dicho que podía hacerlo? Nos habíamos convertido en enemigos amistosos, unidos por un objetivo común. Ese objetivo había cambiado en su caso. Tal vez yo hubiera planeado hablar con ella, pero Katharine no tenía ni idea de lo que yo sentía. Aún era incapaz de entenderlo, no terminaba de asimilar lo mucho que habían cambiado mis sentimientos.

La pregunta que se repetía sin cesar en mi cabeza y que no tenía el menor sentido era: «¿Por qué se ha acostado conmigo?».

Se me heló la sangre en las venas cuando me asaltaron los recuerdos de la noche anterior. Era virgen... y yo no había usado protección. Estaba tan absorto en el momento, en Katy, que ni había pensado en el tema hasta ese instante. Le había hecho el amor sin preservativo. Siempre usaba preservativo... nunca había discusión al respecto con mis parejas.

¿Qué probabilidad había de que estuviera tomando algún método anticonceptivo? Me aferré la nuca, presa del pánico. ¿Qué probabilidad había de dejarla embarazada?

Se había marchado. No tenía ni idea de dónde estaba, ni tampoco sabía si estaba embarazada. Y mejor no pensar en cual sería mi reacción si se había quedado embarazada.

¿Pensaría Katharine en esa posibilidad?

Corrí hacia el despacho, más ansioso que nunca, y encendí el portátil. Comprobé el historial de navegación, pensando que quizá hubiera usado el ordenador para comprar un billete de avión o de tren, pero no encontré nada. Comprobé las cuentas bancarias y me quedé de piedra al ver que el día anterior había retirado 20.000 dólares. Recordé que dio un paseo por la tarde, que insistió en ir sola. Había ido al banco y había retirado, o transferido, el dinero de su cuenta. Dos meses de «salario» fue lo único que se llevó. Mientras repasaba los cargos de su cuenta, descubrí que, salvo los gastos de Penny, no había tocado un solo centavo. No había gastado nada en ella. No se había llevado nada para su futuro.

Estaba más desconcertado si cabía. No quería mi dinero. No me quería a mí. ¿Qué quería Katharine?

Tamborileé con los dedos sobre el escritorio. Había dejado las llaves y la tarjeta de acceso, lo que quería decir que no podría entrar en el edificio ni en el piso. Sabía que, con el tiempo, se pondría en contacto conmigo para pedirme las cajas que había dejado atrás, y yo insistiría en verla primero. Desvié la vista hacia la estantería del despacho y me di cuenta de que habían desaparecido las cenizas de Penny. Se las había llevado allí donde se hubiera ido. Pero la conocía lo suficiente para saber que querría las fotos y el contenido de las cajas que había en la planta superior. Estaban llenas de objetos personales, cosas que ella consideraba importantes.

Empezó a darme vueltas la cabeza, que se puso a trabajar como lo hacía cada vez que tenía un problema. Empecé a dividir en compartimentos los problemas y a buscar soluciones. Podría decirle a los Gavin que se había marchado durante unas semanas. Que la impresión por la muerte de Penny era demasiado para ella y que necesitaba un respiro. Podría decir que la había enviado a un lugar cálido a relajarse y a recuperarse. Con eso conseguiría algo de tiempo. Cuando se pusiera en contacto conmigo, la convencería de que volviera y ya se nos ocurriría algo. Podríamos seguir casados. Le buscaría un lugar cercano y solo tendría que verme cuando la ocasión lo requiriera. Podría convencerla de que accediese. Me levanté mientras miraba por la ventana la luz mortecina. El día nublado encajaba a la perfección con mi estado de ánimo. Dejé que mi mente volara y diseñara distintos escenarios, hasta que decidí que lo más sencillo era lo mejor. Llevaría a cabo mi primera idea, diría que se había marchado unos días. Tenía su móvil. Podía mandarme mensajes de texto e inventarme llamadas de sobra, de modo que nadie se enteraría de la verdad.

Salvo que…

Incliné la cabeza hacia delante. No era lo que realmente quería. Quería saber dónde estaba Katy. Necesitaba saber que se encontraba a salvo. Quería hablar con ella. Estaba desolada por la muerte de Penny y no pensaba con claridad. Creía que estaba sola.

Me aferré al alféizar de la ventana con la vista clavada en la ciudad. Estaba allí fuera, en alguna parte, y estaba sola. Tenía que encontrarla. Por el bien de ambos.

Regresé a mi edificio y aparqué en mi plaza de garaje, tras lo cual apoyé la cabeza en el reposacabezas del asiento. Había hecho un recorrido por todos los sitios a los que ella podría haber ido y que se me habían ocurrido. Había estado en el aeropuerto, en la estación de tren, en la estación de autobuses e incluso en varios locales de alquiler de coches. Había enseñado su fotografía cientos de veces a un montón de personas, pero no había descubierto nada. Se había dejado el móvil, de modo que no podía llamarla. Sabía que tenía una tarjeta de crédito propia e intenté ponerme en contacto con la entidad emisora, para saber si la había usado hacía poco, pero me despacharon enseguida. Si quería dicha información, tendría que contratar a alguien. Había sido incapaz de encontrar una sola pista yo solo.

Desanimado, subí al apartamento a duras penas y me tiré en el sofá, sin encender las luces siquiera. El sol empezaba a ponerse y la oscuridad de la noche se iba comiendo el cielo.

¿Dónde narices estaba?

La rabia se apoderó de mí y agarré lo primero que encontré para estamparlo contra la pared. Se estrelló y se hizo añicos, regando la habitación con trocitos de cristal. Me levanté, furioso, echando humo por las orejas. Di vueltas por la estancia, aplastando el cristal bajo los zapatos mientras deambulaba de un lado para otro. Cogí una botella de whisky, la abrí y bebí directamente. Por eso no dejaba que las emociones entraran en mi vida. Eran como un burro, lento y perezoso, que te coceaba en la cara cuando menos lo esperabas. A mis padres siempre les había importado una mierda y había aprendido a contar solo conmigo mismo. Había bajado la guardia con Katharine y la muy zorra me había jodido. ¿Quería irse? Pues que se fuera, adiós muy buenas. Que se quedara donde estuviera. Cuando por fin llamase para interesarse por sus cosas, se las mandaría con los papeles del divorcio.

Me quedé helado, con la botella a medio camino de mis labios. El abismo que había amenazado con abrirse en mi pecho durante todo el día apareció de repente. Me senté con gesto cansado, olvidada la botella.

No era una zorra y no quería que se fuera. La quería allí. Conmigo. Quería que me hiciera preguntas con esa voz tan dulce. Quería su risa traviesa. Quería ver cómo me miraba con esa ceja enarcada y me susurraba «Que te follen, VanRyan». Quería que escuchase mis ideas y quería oír sus elogios. Suspiré, un sonido triste y fuerte en la estancia vacía. Quería despertarme con ella a mi lado y sentir su calidez envolviéndome, de la misma manera que ella había envuelto mi corazón muerto y lo había devuelto a la vida.

Recordé la discusión que mantuvimos un par de semanas antes. La forma en la que había intentado convencerme de que el amor no era tan malo. ¿Sentía algo por mí? ¿Sería posible? Me había burlado de ella por ser una exagerada, me había burlado de la tristeza que vi en sus ojos, del cansancio que oí en su voz cuando me dijo que estaba cansada de mentir y que el sentimiento de culpa la abrumaba. Insistí en que no le hacíamos daño a nadie. Graham había conseguido un trabajador estupendo, Penny había tenido una residencia maravillosa, Katharine conseguiría una vida mejor una vez que todo terminase y mi vida seguiría como si nada. Nadie se enteraría y, por tanto, nadie sufriría.

Me había equivocado de parte a parte: los dos estábamos sufriendo.

Quería recuperar a mi esposa y, en esa ocasión, quería que fuera real.

El único problema era que no sabía cómo conseguirlo.

Estuve dando vueltas por la habitación, enfurruñado, durante horas, con la botella de whisky siempre a mano. Cuando me rugió el estómago a las dos de la madrugada, me di cuenta del tiempo que llevaba sin comer. Una vez en la cocina, abrí el frigorífico y saqué el recipiente con las sobras de espaguetis. Sin molestarme en calentarlos siquiera, me senté a la mesa, enrollé la pasta fría en el tenedor y empecé a masticar. Incluso fríos estaban buenísimos. Todo lo que Katharine preparaba estaba buenísimo. Mi mente recordó la noche en la que me preparó un filete con espárragos y salsa bearnesa, una comida que igualaba a cualquiera de las que hubiera disfrutado en Finlay's. Mi elogio fue sincero, y a cambio obtuve uno de sus raros rubores. Con esa piel tan blanca, sus mejillas solían adquirir color cuando cocinaba o bebía algo caliente. Si estaba furiosa, o nerviosa, su piel acababa con un tono rojo intenso, como si se hubiera quemado, pero ese leve rubor era distinto. Resaltaba su cara y hacía que estuviera más guapa de lo normal.

—Me gusta —susurré.

—¿El qué?

—Cómo te ruborizas. No lo haces a menudo, pero cuando te elogio, te pasa.

—A lo mejor es que no me elogias lo suficiente.

—Tienes razón, no lo hago.

Se llevó una mano al corazón con asombro fingido.

—¿Me das la razón y me elogias? Qué día más excepcional en la casa de los VanRyan.

Eché la cabeza hacia atrás y solté una carcajada. Acto seguido, cogí la copa de vino y la miré por encima del borde.

—Cuando era niño, durante una breve temporada, mi postre preferido fue el helado con sirope de fresa.

—¿Solo durante una breve temporada?

—Nana me lo preparaba. Después de que se fuera, no volví a probarlo.

—Ay, Richard...

Negué con la cabeza, ya que no quería oír sus palabras de consuelo.

—Me lo llevaba y a mí me encantaba mezclar el helado con el sirope. Hacía que todo se volviera rosa y dulce. —Recorrí el borde de la mesa con un dedo—. Tu rubor me lo recuerda.

Katharine se quedó en silencio un instante y luego se acercó a mí, se inclinó y me besó en la coronilla.

—Gracias.

No levanté la vista.

—Ajá.

—Pero si crees que unas cuantas palabras bonitas te van a librar de fregar los platos, vas listo, VanRyan. Yo he preparado la cena. Tú recoges.

Me eché a reír mientras ella salía de la cocina.

Dejé el tenedor a medio camino de mis labios. La quería ya en aquel momento. El intercambio de comentarios ingeniosos, las bromas que ella me gastaba, el consuelo que me ofrecía su presencia... estaba ya presente, pero yo no lo había reconocido. El amor no era algo que conociera o comprendiera.

Solté el tenedor y aparté el recipiente, perdido el apetito. Eché un vistazo a mi alrededor y vi su impronta por todas partes. Estaba en cada rincón del apartamento. Esos toques que Katharine había añadido, haciendo que el lugar fuera algo más que el sitio donde vivía. Lo había convertido en un hogar. En nuestro hogar.

Sin ella, el apartamento no era nada.

Sin ella, yo no era nada.

—¿Richard? ¿Qué haces aquí?

Me volví y observé cómo se desarrollaba delante de mí esa escena tan conocida. Mi jefe entró en mi despacho y me descubrió recogiendo mis cosas. En la mano tenía una foto del día de mi boda. Una foto a la que miraba fijamente, a saber cuánto tiempo llevaba haciéndolo, mientras pensaba y recordaba.

Graham entró con expresión desconcertada.

—Se supone que estabas en casa con Katy. Te dije que te tomaras todo el tiempo que hiciera falta. —Se fijó en la caja que había en mi escritorio—. ¿Qué pasa?

—Tengo que hablar contigo.

—¿Dónde está Katy?

Lo miré a los ojos directamente.

—No lo sé. Me ha abandonado.

Se apartó, a todas luces asombrado. Se metió la mano en el bolsillo para sacar el móvil.

—Sarah, cancela todas mis citas y todas las reuniones del día. Sí, todas. Concierta nuevas citas si puedes. Estaré fuera de la oficina. —Colgó—. No he visto tu coche abajo.

Negué con la cabeza.

—He venido en taxi.

—Deja la foto en la mesa y acompáñame. Vamos a un sitio más íntimo donde podamos hablar.

—Casi he terminado —repuse—. No tenía muchas cosas aquí.

—¿Estás renunciando a tu puesto?

Mi suspiro iba cargado de dolor.

—No, pero en cuanto oigas lo que tengo que decirte, no tendré trabajo. Así es más fácil.

Frunció el ceño, pero habló con voz firme.

—Suelta la foto, Richard. En cuanto hayamos hablado, ya decidiré qué hacer.

Miré la foto que sujetaba con mano temblorosa.

—Ahora mismo.

Obedecí. Graham me ofreció el abrigo mientras me miraba fijamente.

—Tienes muy mala cara.

Me puse el abrigo y asentí con la cabeza.

—Me siento fatal.

—Vamos.

No hablamos en el coche. Volví la cabeza hacia la ventanilla y clavé la vista en la ciudad que tanto quería, pero de la que seguramente me iría. Sin Katharine y sin el trabajo que quería, no habría nada para mí en Victoria. Una vez que zanjara las cosas con Graham y con Katharine, me mudaría a Toronto. Era una ciudad enorme, impersonal. Allí podría perderme.

—Richard.

Me sobresalté y miré a Graham.

—Ya hemos llegado.

Estaba tan ensimismado que ni me había dado cuenta de adónde íbamos. Me había llevado a su casa. Lo miré con el ceño fruncido.

—Aquí tendremos intimidad absoluta. Laura está en casa, pero no nos molestará.

Tragué saliva.

—Ella también merece oírlo.

—A lo mejor dentro de un rato. Pero primero hablaremos nosotros dos.

Abrí la puerta del coche, demasiado cansado para protestar.

—De acuerdo.

27

Richard

Contemplé los terrenos de la extensa propiedad a través de la ventana. Por mi cabeza pasaban los recuerdos de aquel primer día, cuando traje a Katharine. Lo nerviosos y aprensivos que nos sentíamos. Lo bien que ella interpretó su papel. Desvié la mirada hacia la terraza. Al recordar la cena con la que celebramos nuestra boda, sentí una opresión en el pecho. Katharine estaba guapísima y encajaba a la perfección entre mis brazos mientras bailábamos. Lo que solo debería haber sido una pieza más de mi plan acabó siendo un día alegre.

¿Ya la quería entonces?

—Richard.

Me volví para mirar a Graham, que me ofreció una humeante taza de café.

—He pensado que te vendría bien.

Acepté la taza con un asentimiento de cabeza y me volví de nuevo hacia la ventana. Mis pensamientos eran caóticos. No sabía cómo empezar la conversación, pero sabía que debía mantenerla. Necesitaba aclararlo todo para poder decidir mi siguiente movimiento.

Tras inspirar hondo, me volví de nuevo hacia Graham. Estaba apoyado en su mesa con las piernas cruzadas a la altura de los tobillos, disfrutando de su café. Demostraba la misma actitud serena de siempre, si bien su expresión era intensa.

—No sé por dónde empezar —admití.

—El principio suele ser la mejor elección.

No estaba seguro de cuál era el principio en mi caso.

¿El motivo real por el que me marché de Anderson Inc.? ¿El acuerdo al que llegué con Katharine? ¿Los cientos de mentiras y engaños que lo siguieron?

—¿Por qué te ha dejado Katy, Richard?

Me encogí de hombros, sintiéndome indefenso.

—No lo sé. ¿Tal vez porque no sabía lo que siento por ella?

—¿Y qué sientes, exactamente?

—La quiero.

—¿Tu mujer no sabe que la quieres?

—No.

—Creo que has encontrado el principio.

Asentí con tristeza, consciente de que tenía razón.

—Te mentí.

—¿En qué sentido?

Me senté y dejé la taza de café en la mesa. Si la sostenía, era posible que acabara aplastándola entre las manos o que la estampara, sin importarme el contenido, contra la pared. Ninguna de las dos posibilidades pintaba bien durante una conversación civilizada, aunque tal vez esa no lo fuera.

—En todos. Todo fue una mentira.

Graham se sentó frente a mí y cruzó las piernas. Se pasó los dedos por la raya del pantalón y después alzó la vista.

—¿Me mentiste para conseguir el puesto en Gavin Group?

—Sí.

—Dime por qué.

—No me nombraron socio cuando me tocaba y quería cabrear a David, pero también quería quedarme en Victoria. Me gusta la ciudad. Me enteré de que había una vacante en Gavin y fui a por ella.

Salvo por el leve movimiento de su barbilla, Graham no reaccionó y se mantuvo en silencio.

—Sabía que nunca me contratarías. Había oído que diriges tu negocio como si fuera una familia. Mi reputación era de todo menos estelar en el terreno personal. —Solté una carcajada—. No importaba lo que pudiera aportar en el terreno profesional, porque mi estilo de vida y mi personalidad impedirían que me consideraras siquiera como candidato.

—Eso es cierto.

—Se me ocurrió que si pensabas que yo ya no era esa persona, tal vez podría tener una oportunidad.

—Y urdiste este plan.

—Sí.

—¿Cómo acabó Katy involucrada en el plan?

—No lo hizo de forma voluntaria. Dadas las reglas existentes en Anderson, sabía que ella era la opción más obvia. Además del hecho de que es distinta del resto de las mujeres con las que he salido, su trabajo como mi asistente personal ofrecía la fachada perfecta. —Me encogí de hombros, resignado—. Ni siquiera me caía bien. Ella tampoco estaba loca por mí que digamos.

—Pues disimulasteis bien.

—Teníamos que hacerlo. Era importante para ambos. —Me incliné hacia delante con gesto serio—. Ella lo hizo por una razón, por una sola razón, Graham.

—Por Penny.

—Sí. Le pagué para que fingiera ser mi prometida. Prácticamente la obligué a casarse conmigo para seguir con la farsa. Katharine detestaba las mentiras y los engaños. —Me froté la nuca y me clavé los dedos con fuerza—. Os apreciaba, os aprecia, tanto que creo que al final fue una carga demasiado pesada para ella. No podía seguir haciéndolo.

—¿Hasta qué punto estaba al tanto de este engaño Brian Maxwell?

Ya había decidido que no permitiría que otras personas sufrieran por mi culpa. Me negaba a poner en peligro a Brian o a Amy.

—No sabía nada. Le conté la misma historia que te conté a ti. En caso de que sospechara algo, guardó silencio. Creo que pensaba de verdad que yo había cambiado, porque de otra manera no habría aceptado formar parte de todo esto. Amy —añadí— no sabía nada. Nada.

Me miró un instante mientras se golpeaba la barbilla con un dedo.

—No estoy seguro de que Brian sea tan inocente como lo pintas. Sin embargo, lo dejaré pasar. Amy es una empleada de confianza, así que creo que no estaba al tanto de nada.

—No lo estaba.

—De modo que acabaste en la empresa. ¿Cuál era tu plan?

Incliné la cabeza, me puse las manos en la nuca y entrelacé los dedos mientras hacía fuerza. Me sentía tenso e inquieto, con los nervios de punta.

—Richard, necesitas tranquilizarte. Intenta relajarte.

Solté el aire con fuerza, me solté la cabeza y lo miré.

—Graham, no sé dónde está mi mujer. No puedo relajarme. Mi vida es un caos y la única persona que puede mejorarla está ahí fuera, en algún sitio —dije al tiempo que agitaba la mano en dirección a la ventana—, y piensa que no me importa.

—¿Cuándo te enamoraste de ella?

—No tengo ni idea. Supuestamente debía de ser una farsa. La necesitaba para mejorar mi imagen. Pensé que si podía poner un pie en la empresa y demostraros mi valía a ti y a los demás, demostraros lo que podía aportar a las campañas, tal vez mi vida personal no tuviera tanta importancia. Al final, me divorciaría de ella y cada uno continuaría con su vida por separado. Yo seguiría trabajando y ella disfrutaría de una posición económica mejor que la que tenía antes. Y nadie se enteraría de nada.

—¿Pero? —La pregunta flotó en el aire, breve pero enorme.

—Las cosas cambiaron. Yo cambié. Lo que suponía que debía ser una farsa se convirtió en realidad. Nos hicimos amigos. Aliados. Y después algo más. Pero no me di cuenta. No me di cuenta de lo importante que Katharine había llegado a ser para mí. Jamás imaginé que sería capaz de albergar semejantes sentimientos por otra persona.

—¿Dónde encaja Penny en esta situación? Porque creo que es una parte importante de todo esto.

—Katharine no quería que yo la conociera ni que me involucrara en su vida. No quería confundir aún más la pobre mente de Penny. La noche que organizasteis la fiesta cuando me uní a la empresa y que bebí demasiado, Katharine y yo discutimos. O más bien yo hice el imbécil y la presioné. Me contó lo del accidente de sus padres y la forma en la que Penny apareció en su vida. Me dijo, con claridad meridiana, lo que pensaba de mí. —Pese a la preocupación que sentía y a la seriedad de la conversación, esbocé una sonrisa—. Aquella noche vi un lado de Katharine que no había imaginado que tenía. No era la pusilánime insignificante por la que la había tomado. Era, y es, apasionada y fuerte. Leal. —La sonrisa desapareció—. Y me abrió los ojos para que me viera realmente como el cabrón que era. Con ella y con todos los que me rodeaban. Al día siguiente, fui a conocer a Penny.

—Supongo que te causó una gran impresión.

—Me recordó a alguien de mi pasado. Una de las pocas personas amables con las que conté en la infancia. —Tiré del mechón de la frente y dejé de hablar, consciente de que debía organizar mis pensamientos. No quería ahondar tanto en mi pasado con Graham—. Pese a todo, Katharine se casó conmigo aquel día porque teníamos un acuerdo y mantuvo su palabra.

—Y te enamoraste de tu mujer.

—Sí, lo hice. Pero demasiado tarde.

—¿Por qué dices eso?

—Porque me ha abandonado. Ha dejado todo lo que le di. El teléfono, el dinero, hasta el coche. No sé cómo encontrarla ni dónde puede haber ido.

—¿Y los objetos personales de Penny? ¿Se los ha llevado?

—No, todo sigue en el piso, junto con el resto de sus cosas. Supongo que se pondrá en contacto conmigo para decirme dónde debo enviarlo.

—No debes esperar hasta entonces.

Me puse en pie y regresé a la ventana.

—No creo que haya motivo para esperar, pero necesito encontrarla.

—¿Estás dispuesto a luchar por ese motivo, Richard? ¿Quieres luchar?

Me di media vuelta al instante.

—Sí. Quiero luchar por todo. Por ella. Por mi trabajo. Por todo.

Graham se puso en pie y cruzó los brazos por delante del pecho.

—Sospeché que estabas mintiendo la primera vez que hablamos.

Lo miré boquiabierto.

—¿Cómo?

—Estaba segurísimo. Pero tu forma de pensar me dejó intrigado. Despertaste mi curiosidad. Después de hablar contigo, tuve la impresión de que había mucho más de lo que se veía. Atisbé una chispa, a falta de una palabra mejor. Por primera vez en toda mi vida, quería contratar a una persona de la que no me fiaba por completo. Laura opinaba lo mismo sobre ti. Su opinión era incluso más firme si te soy sincero. Tenía la impresión de que necesitabas que te dieran una oportunidad.

—Ya me dijiste algo parecido en una ocasión.

Asintió con la cabeza.

—Katy... ella fue la clave. Una mujer sincera y real. Aunque no te dieses cuenta, a su lado eras distinto. —Sonrió—. Richard, en realidad ha sido muy divertido ver cómo te enamorabas de ella. Laura y yo hemos sido testigos. Hemos visto los cambios que se han obrado en ti. —Me observó atentamente con la cabeza ladeada—. En la oficina eras una maravilla. Tu forma de pensar, tus vertiginosas ideas, tus conceptos. Tu entusiasmo me dio alas de nuevo. Fue un espectáculo digno de contemplar.

Sentí un nudo en la garganta. Era consciente del tono ominoso de sus palabras, el uso de los verbos en pasado. Mi carrera profesional en Gavin Group había llegado a su fin. Aunque sabía que era lo que iba a suceder, oírlo fue un duro golpe. Porque en el fondo aún quedaba una débil esperanza que murió en ese instante.

—Graham, es tu empresa. El tiempo que he pasado en ella me ha demostrado, sin la menor duda, que es el ambiente más positivo y creativo del que he formado parte en mi trayectoria profesional. Tu forma de alentar el trabajo, la energía cohesiva que fluye en el ambiente que has creado. Ha sido un honor trabajar para ti. Ni siquiera sé cómo expresar lo arrepentido que estoy por haberte engañado. No voy a pedirte que me perdones, porque sé que no lo merezco. Solo te pido que perdones a Katharine. Yo la obligué a hacerlo. La presioné hasta que no le quedó alternativa. —Hice una pausa, sin saber qué más añadir—. Aprecia mucho a Jenna y a Laura. Cuando regrese, me alegrará mucho saber que sigue teniendo una amiga en la que poder apoyarse.

—¿Adónde te irás?

Me encogí de hombros.

—¿A Toronto? No lo sé. No me iré de la ciudad hasta que ella vuelva y lo aclaremos todo.

Enarcó las cejas.

—¿Así es como piensas luchar? Me da la impresión de que ya te has rendido.

—Graham, no puedo trabajar para una compañía mediocre que se dedique a la publicidad *online*. No volveré a Anderson Inc., así que no tengo alternativa, salvo irme a otra ciudad y empezar de cero.

—¿Yo te he despedido?

—Supongo que lo harás en cualquier momento.

—¿Y cuando lo haga?

—Te estrecharé la mano y te agradeceré que seas alguien a quien podré respetar durante el resto de mi vida, alguien que creyó en mí hasta el punto de darme una oportunidad. Muy pocas personas han creído en mí. —Tragué saliva para aliviar el nudo que las emociones me habían provocado en la garganta. Katharine era una de esas personas.

—¿Por qué me estás contando todo esto, Richard? —quiso saber, confundido por los motivos que me habían impulsado a hacerlo—. Podrías haber guardado silencio y haber tapado todo esto. Katy podría haber regresado y todo habría quedado en agua de borrajas. Mis sospechas habrían seguido siendo eso, sospechas.

Enfrenté su mirada.

—Katharine no es la única cansada de vivir una mentira. Quiero empezar de cero, ya sea aquí o en otro sitio. No esperaba que el plan cambiara de rumbo. No había planeado enamorarme de mi mujer y no esperaba que me importase tanto la opinión que tuvieras de mí. No esperaba… —Carraspeé y empecé de nuevo—. No esperaba sentirme tan unido a tu familia. Nunca he experimentado nada igual. Nunca he contado con una familia real como la tuya. Es como si hubiera llegado a mi propia encrucijada y no me quedara más alternativa que contarte la verdad. Siento mucho haberte decepcionado, Graham. No hay palabras que puedan expresar lo mucho que lo siento.

Graham se acercó a mí y le tendí la mano. Me sorprendió ver que me temblaba. Él bajó la vista sin hacer caso de mi gesto. En cambio, me colocó una mano en un hombro y me miró a los ojos.

—Richard, no voy a despedirte.

—No… ¿No?

—No. No voy a hacerlo ahora. Tienes trabajo que hacer. Necesitas encontrar a tu mujer y traerla de vuelta. Después discutiremos sobre tu futuro en la empresa y en general.

—No lo entiendo.

—Aquí hay más de lo que parece haber. Tu pasado ha sido el catalizador de la persona en la que te has convertido como adulto. Una persona que, sinceramente, no era muy agradable hasta que conociste a Katy.

—¿Qué es lo que quieres, Graham?

—Quiero que encuentres a tu mujer. Que descubras qué está pensando, qué está sintiendo. Que seas sincero, que pongas tus cartas sobre la mesa.

—¿Y después?

—Tráela a casa o ponle fin. En cualquier caso, encarrila tu vida. Tú y yo nos sentaremos después y hablaremos. Hablaremos de verdad. Creo que tienes mucho que ofrecerle a mi empresa. —Hizo una pausa y asintió con la cabeza como si hubiera tomado una decisión—. Creo que mi familia y yo tenemos algo que ofrecerte.

—¿Y que debo hacer para conseguirlo?

—Ser honesto. Sincero. Quiero saber cómo ha sido tu vida. El Richard que eras y el Richard que eres. Y también espero que le pidas perdón a mi familia. Si sigues en la empresa, tendrás que ganarte de nuevo nuestra confianza.

—¿Vuelvo a la casilla de salida?

—Yo diría que ahora mismo ni siquiera estás en la casilla de salida.

—Lo entiendo. —Y lo entendía de verdad. Su propuesta me había sorprendido. Y también me aterraba. La idea de hablarle de mi pasado… de la persona que fui mientras crecía y antes de empezar a trabajar para él... me atemorizaba. Sin embargo, había algo que necesitaba hacer antes—. No sé cómo encontrar a Katy.

—Te sugiero que hagas lo mismo que has hecho hoy conmigo. Que empieces por el principio.

—¿Cómo?

—El día del funeral de Penny, Katy y yo hablamos largo y tendido. Creo que sé dónde puede estar. Si miras con atención, encontrarás la respuesta en tu casa.

—Dímelo —le supliqué—. Por favor.

—No. Debes averiguarlo tú. Debes llegar a conocer a tu esposa por ti mismo. Si lo intentas, si piensas, serás capaz de hacerlo, Richard. —Me dio un apretón en el hombro—. Tengo fe en ti.

—¿Y si no puedo?

—En ese caso es que no lo deseas lo suficiente. Si la quieres, si la quieres de verdad, lo descubrirás. —Guardó silencio un instante y me miró con gesto pensativo—. Voy a hacerte una pregunta. Quiero que la contestes sin pensar. Quiero que me digas lo primero que pienses.

Enderecé los hombros. Eso se me daba bien.

—Dispara.

—¿Por qué quieres a Katy?

—Porque con ella veo el mundo de otra manera. Es mi ancla. —Encogí un hombro porque no era capaz de encontrar las palabras para explicarme—. Hace que la vida sea más alegre. Me ha enseñado lo que significa el amor de verdad.

Graham asintió con la cabeza.

—Te llevaré a casa.

28

Richard

Una vez en el pasillo, Laura nos cortó el paso. Me miró con el ceño fruncido.

—Os he oído desde la puerta, Richard.

—Muy bien.

—Me he enterado de casi todo.

Bajé la mirada, ya que la suya era demasiado intensa como para sostenérsela.

—Me has mentido. Le has mentido a mi familia.

—Sí.

—Y Katy también.

Levanté la cabeza enseguida.

—Porque la obligué, Laura. Detestaba hacerlo. Detestaba tener que mentir desde el principio, pero en cuanto os conoció, lo detestó con todas sus fuerzas. —Di un paso hacia delante—. Lo hizo para asegurarse de que Penny recibía los cuidados necesarios y que tuviera un hogar seguro. Se… se encariñó de ti, de todos vosotros, y esta farsa la estaba carcomiendo. —Me aferré la nuca y masajeé los músculos en tensión—. Creo que es el principal motivo de que se haya marchado. Ya no soportaba más mentiras.

Laura se puso de puntillas y me dio un tironcito en el brazo. Me solté la nuca y le permití que me cogiera la mano.

—¿Todavía era todo una mentira cuando se fue?

—No —respondí—. La quiero. Estoy perdido sin Katy. —Miré a Graham y luego a ella—. Por eso tenía que contároslo. Necesito hacer borrón y cuenta nueva, independientemente de lo que suceda. Necesito que comprendáis que la culpa es solo mía. No de ella. Si me voy de la ciudad y ella vuelve, espero que la perdonéis. No tendrá a nadie.

Laura sonrió.

—Has madurado, Richard. Antepones el bienestar de Katy a todo lo demás.

—Debería haberlo hecho desde el primer momento.

Me dio un apretón en la mano.

—Busca a tu mujer. Cuéntale la verdad. Creo que te darás cuenta de que no eres el único que anda perdido.

Sentí una opresión en el pecho. Quería creer... quería creer que ella también estaba enamorada de mí. Que había huido porque necesitaba averiguar cuál sería el siguiente paso. Tenía que encontrarla para hacerle ver que no tenía que darlo ella sola.

—Es lo que quiero.

Graham habló en ese momento.

—Pues trabaja para conseguirlo. Gánatelo. Pon en orden tu vida personal. Cuando lo hagas, ya hablaremos de tu vida profesional. A partir de este momento, estás de vacaciones hasta que volvamos a hablar. No estás despedido, pero tu futuro queda en el aire.

—Lo entiendo.

Esperaba que me despidiera en el acto. Que me echara a patadas de su casa. Daba igual el resultado o lo duro que fuese, una discusión en el futuro era más de lo que merecía.

—Gracias —dije con sinceridad.

—Te llevo a casa.

Lo seguí al coche mientras pensaba que, sin Katy, ya no era mi casa. Era el lugar donde dormía. Allí donde ella estuviera en ese momento era mi casa. Junto a ella. Tenía que encontrarla y llevarla de vuelta. Solo entonces volvería a ser un hogar.

Después de que Graham me dejara en casa, deambulé por el apartamento sin saber por dónde empezar. En la mesita auxiliar estaba la carpeta con las muestras de color de Katy y las ideas para remodelar el piso. Había añadido la lista para mi dormitorio, y en sus bocetos se incluían la redistribución de los muebles y el cambio de color de las paredes. Tenía mucho talento. Me había dado cuenta, pero nunca se lo había dicho aunque debería haberlo hecho. Tendría que haber compartido con ella muchos pensamientos.

Dejé la carpeta en la mesita auxiliar. Cuando la recuperase, hablaríamos de todos los cambios que quisiera hacer en nuestro dormitorio. Podría hacer lo que quisiera con todo el apartamento; mientras ella estuviera allí, bienvenidos fueran los cambios.

Pero lo primero era encontrar a mi mujer.

Fui a su dormitorio y saqué una caja del estante que había en el armario. Sabía que contenía documentación legal de Penny y de ella. Me senté en el diván y abrí la carpeta, desterrando el sentimiento de culpa. Eran sus objetos personales y tenía la sensación de que no debería revisarlos sin su permiso.

Sin embargo, no me quedaba alternativa.

Una hora más tarde, lo devolví todo a la caja mientras la cabeza me daba vueltas. Katharine era realmente buena con la contabilidad. Acababa de comprobar lo cerca del umbral de la pobreza en que había vivido. Que cada centavo que había ganado lo destinaba a Penny y a su cuidado. Había comprobado cómo los gastos aumentaban muchísimo mientras que sus ingresos apenas lo hacían. Había reducido sus gastos personales al mínimo, se había mudado a un sitio más barato y había gastado lo imprescindible en el día a día. Al recordar cómo la había tratado en la oficina, lo que había tenido que aguantar a diario, cómo me había burlado de sus escasos almuerzos… me sentí fatal. La vergüenza, punzante y abismal, me abrumó al pensar en todo lo que había hecho, en cómo le había hablado. El hecho de que lo superase, de que me perdonase, era un milagro.

Cerré la caja. Aunque ya sabía más cosas de su vida y del amor incondicional que había sentido por Penny, la caja no contenía pistas acerca de su paradero.

Saqué las dos cajas sin abrir de la parte inferior del armario y las revisé en busca de pistas. Sin embargo, horas más tarde, me aparté, derrotado. Contenían varios objetos personales: proyectos escolares, boletines de notas, algunos objetos coleccionables, unas cuantas fotos familiares y recuerdos de su época de adolescente. Eran recuerdos que significarían mucho para ella, pero que para mí no significaban nada y que no contenían nada que pudiera llevarme hasta ella.

Lo devolví todo a las cajas y me levanté, cansado pero decidido. Eché un vistazo por la habitación antes de empezar a revisar los cajones, las estanterías y el cuarto de baño. Repasé las fotografías que había en los estantes, examiné los objetos decorativos y acaricié los lomos de los libros. Dudaba mucho de que su lectura preferida me diera pistas.

Apagué la luz y bajé las escaleras. Me serví un whisky y me sorprendí al darme cuenta de lo tarde que era. Me fui a la cocina, pero no tenía hambre. Cogí una manzana y la mordisqueé mientras me sentaba frente a la barra. Mi mente la recordó en la cocina, preparando una comida impresionante. Recordé su risa y cómo se burlaba de mí cuando protestaba porque la cena estaba tardando mucho.

«Paciencia, Richard. Los que esperan con paciencia reciben su recompensa», dijo ella mientras se reía entre dientes.

Cerré los ojos. No podía ser paciente a la hora de buscar a Katharine.

Solté la manzana a medio comer. Me fui al despacho, encendí el ordenador y busqué una dirección de correo electrónico a su nombre; claro que no me sorprendió no encontrarla. Empecé a beber el whisky con la vista perdida. Me encantaba que fuera al despacho y se sentara delante de mí. Yo le enseñaba el proyecto en el que estaba trabajando, y sus comentarios siempre eran positivos y útiles.

¿Cómo no me había dado cuenta de lo mucho que se había integrado en mi vida? Cuando hicimos el acuerdo, las líneas estaban bien definidas. Poco a poco, se habían difuminado hasta que dejaron de existir. Se convirtió en algo tan natural como el respirar: yo la veía cocinar, ella me hablaba por encima del escritorio, yo me sentaba junto a ella mientras veía la televisión... incluso el besito que me daba en la cabeza cuando subía a acostarse. Se había convertido en parte de la rutina diaria, de la misma manera que yo comprobaba sin pensar que mi puerta estuviera abierta para que me oyese roncar.

Me había enamorado de ella creando, poco a poco, rutinas insignificantes, pero positivas. Poco a poco, Katharine había reemplazado las negativas hasta que ya no quedó ninguna, y solo bastaba con ser ella misma.

Gemí y eché la cabeza hacia atrás, apoyándola en el respaldo.

Necesitaba que volviera.

A primera hora del día siguiente, tras otra noche sin pegar ojo, me llevé las cajas de la residencia al dormitorio de Katharine. Las había guardado en la habitación que usaba de almacén, a sabiendas de que ella no estaba preparada para lidiar con el contenido tras la reciente muerte de Penny. Todos sus cuadros y sus dibujos, así como otras obras de arte, estaban guardados en las cajas, y allí seguirían hasta que Katharine decidiera qué hacer con ellos.

La primera caja contenía un montón de figuritas y de recuerdos que habían estado en la habitación de Penny. Los volví a guardar con sumo cuidado y aparté la caja. La siguiente estaba llena de fotos y de álbumes. Pasé un tiempo repasando los álbumes. En ellos, vi la vida de Penny en imágenes en blanco y negro que, poco a poco, dieron paso al color. El último álbum que abrí fue el de la época en la que Katharine llegó a su vida: una adolescente delgada y asustada, con unos ojos cuya expresión era demasiado madura para esa cara. A medida que pasé las páginas, Katharine fue cambiando: creció, ganó peso y redescubrió la vida. Me sorprendí por la cantidad de fotografías que vi de ellas en restaurantes, rodeadas de una multitud de personas sentadas a la misma mesa, todas sonrientes. Sonreí al ver las fotografías hechas en la playa, donde Katharine aparecía con la vista perdida en el horizonte mientras las olas rompían en la orilla o escarbando en la arena en busca de almejas, con un cubo medio lleno a su lado. El álbum terminaba dos años atrás, y supuse que ese fue el momento en el que Penny enfermó. Recordé que había varios álbumes de fotos en la estantería y decidí repasarlos también.

Por fin abrí la tercera caja, que contenía algunos libros

muy leídos y varios objetos. En el fondo de la caja había un montón de libros negros, con las páginas desvaídas y los lomos muy marcados. En la portada de los libros había una etiqueta con la fecha, escrita con la letra inclinada de Penny. Abrí uno y hojeé las primeras páginas hasta darme cuenta de lo que tenía entre manos.

Los diarios de Penny. Había diez diarios, en los que se documentaban diferentes épocas de su vida. Di con el diario que correspondía al año en el que encontró a Katharine y empecé a leer.

Muchas cosas cobraron sentido por fin. Sabía que su marido era chef y por fin entendía las fotografías que había visto. Katharine y ella trabajaban con uno de los amigos de Burt, también chefs, y una vez completado el trabajo, se reunían para comer.

Mi Katy ha aprendido hoy una nueva receta de Mario. Verla trabajar con él me ha llenado el corazón de felicidad, lo mismo que oír su risa y ver cómo la tristeza desaparecía mientras manejaba el cuchillo y removía la sopa. ¡Han servido su salsa marinara en el banquete de bodas! ¡Mario no dejaba de decir que era mejor que la suya! Y, después, cuando la probé durante la cena, tuve que darle la razón.

Esta noche, mi Katy nos ha dejado de piedra con su solomillo Wellington. Estuvo trabajando durante horas con Sam y todo lo que comimos después de la cena fue obra suya. Burt la habría adorado y se habría sentido muy orgulloso. Yo lo estaba.

Me di cuenta de que estaba sonriendo. Con razón era una cocinera tan buena. Durante años había estado trabajando con profesionales, que le habían ofrecido clases particulares a cambio de su ayuda. Pasé la página y me encontré con otra entrada corta.

¡La semana que viene me llevo a Katy a la casita! Podemos quedarnos sin pagar si trabajamos unas horas limpiando el resto de las casitas de alquiler. ¡Se puso loca de contenta cuando se lo dije!

Katharine me había dicho que no tenían mucho dinero y que Penny siempre había hecho que el trabajo pareciera divertido. Esa increíble mujer había empleado todos los trucos imaginables para darle a Katharine cosas que no podía permitirse. Le había enseñado a Katharine que si trabajaba duro, obtendría su recompensa. Cenar en un restaurante a cambio de trabajar de camarera o disfrutar de una casita de alquiler a cambio de hacer camas era un respiro de la vida en la ciudad y así tenían recuerdos que compartir. Miré los diarios que había esparcido por el suelo. Sabía que contenían más historias de Penny y de su vida. Quería leerlas todas, pero tendría que dejarlo para otro momento. Tenía que concentrarme en su vida con Katharine y rezar para que me ofrecieran una pista.

A mi Katy le encanta la playa. Se sienta durante horas en la arena, dibujando o contemplando el paisaje, en absoluta paz. Me preocupa que pase tanto tiempo sola, pero insiste que así es como se siente más feliz. Sin los ruidos de la ciudad, sin estar rodeada de gente. Tengo que encontrar la manera de traerla de nuevo.

He hablado con Scott y podemos volver a mediados de septiembre. Tendré que sacar a Katy del colegio, pero sé que recuperará el tiempo perdido porque es muy lista. El complejo turístico no está tan lleno en esa época, pero sigue haciendo buen tiempo y la casita estará libre. La sorprenderé con esa noticia en su cumpleaños, justo antes de que nos vayamos.

Las entradas continuaron. Una sucesión de recuerdos acerca de la casita, de la playa, de las dotes de Katharine como cocinera, de cómo iba creciendo... Mucha información, pero no la que yo necesitaba. Estuve tentado de llamar a Graham, de decirle que creía que estaba en una casita de alquiler y de suplicarle que me diera el nombre, pero estaba convencido de que me diría que siguiera buscando.

Cerré el diario y me froté los ojos. Llevaba leyendo más de ocho horas y solo me había movido para encender la luz cuando las nubes comenzaron a tapar el sol y para prepararme un café. La única pista que tenía era la casita que Penny había mencionado y a la que iban todos los años y el nombre de pila del propietario: Scott. Por desgracia, no encontré el apellido ni, lo que habría sido mejor todavía, el nombre del pueblo o del complejo turístico donde se situaba la casita. Extendí el brazo y cogí los álbumes de fotos que contenían las fotografías de Katharine y de su vida en común. Repasé las fotos de la playa, para lo cual las saqué del álbum, convencido de que eran de la misma playa, si bien se habían hecho en épocas distintas. No encontré pista alguna en las fotos ni tampoco nada escrito al dorso que pudiera ayudarme. Tras soltar un largo suspiro, me dejé caer en el diván y eché un vistazo por la habitación. Por primera vez, deseé ver un espantoso recuerdo turístico con el nombre del pueblo pintado bien grande entre sus libros. Ladeé la cabeza y me di cuenta de que había algo raro en el último estante. Los dos últimos libros no tenían nada escrito en el lomo. Eran altos y delgados. Miré la pila de diarios que había en el suelo y luego examiné una vez más los de la estantería. Eran exactamente iguales.

Me levanté del diván y cogí los libros. Katharine llevaba un diario o, al menos, lo había llevado. Miré las fechas y lo hojeé de la primera a la última página. Lo había empezado a escribir un año después de irse a vivir con Penny, y los libros le habían durado cinco años. Sus diarios no eran tan meticulosos como los de Penny. Había pensamientos abstractos, algunos pasajes más largos e incluso alguna que otra postal entre sus páginas. También había bocetos, dibujos pequeñitos de cosas que le habían gustado.

Recé una breve oración antes de abrir el primero. Necesitaba una pista, un nombre, algo que me ayudase a encontrarla.

El tiempo se detuvo mientras leía sus palabras. Descubrí que era incapaz de dejar de leer. Sus breves entradas estaban impregnadas de su esencia; era como si la tuviera delante y me estuviera contando una de sus historias. La profundidad de su amor por Penny, la gratitud que sentía por el amor incondicional y por el hogar que Penny le había brindado era patente. Describió sus aventuras, incluso conseguía que buscar botellas y latas sonara interesante. Describió las cenas con los amigos de Penny, lo mucho que le gustaban las distintas comidas, e incluso anotó alguna que otra receta. Me quedé sin aliento al leer una entrada.

> La semana que viene nos vamos a la playa. Penny tiene un amigo que es el dueño de un pequeño complejo turístico y ha hecho un trato con él. Limpiaremos las casitas todos los días y, a cambio, ¡podremos quedarnos en una toda una semana sin pagar! Como somos dos para limpiar, ¡terminaremos en un abrir y cerrar de ojos y tendremos todo el día para jugar! ¡Me muero de la emoción! No he estado en la playa desde que mis padres murieron. ¡No puedo creer que lo haya hecho por mí!

Se me aceleró el corazón. Tenía que ser el mismo sitio. Penny había mencionado las casitas y había fotos de las dos en la playa. Seguí leyendo.

> ¡Nuestra casita es preciosa! Es de un azul muy brillante con las contraventanas en blanco y está justo al final de una hilera de casas. ¡Puedo oír las olas todo el día y toda la noche! Solo hay seis casitas y como estamos en mayo, solo están medio llenas, así que Penny y yo terminamos a mediodía todos los días y nos pasamos el resto del tiempo explorando. ¡Me encanta este sitio!

La siguiente entrada estaba fechada varios días después.

> No quiero volver a casa, pero Penny me ha dicho que podremos regresar en septiembre. Scott hasta le ha prometido que será la misma casita. ¡Vamos a disfrutar de otra semana! Tengo mucha suerte… ¡es el mejor regalo de cumpleaños del mundo!

Se me llenaron los ojos de lágrimas al leer esas palabras. Unas vacaciones trabajando. Eso era todo lo que se podían permitir. De la misma manera que solo se podían permitir comer en restaurantes gracias a la generosidad de sus amigos y, sin embargo, creía que tenía mucha suerte. Pensé en mi desenfrenada vida. Podía tener lo que se me antojara… Incluso de niño, no me negaron nada que fuera material. Sin embargo, nunca me había sentido satisfecho, porque lo que más ansiaba era justo lo que me negaban.

El amor…

Penny se lo dio a Katharine a manos llenas. Eso hacía que un viaje juntas, aunque tuvieran que limpiar durante una semana, fuera especial.

Empecé a leer las entradas más deprisa, en busca de algo que me diera la localización de las casitas. Cerca del final del último libro, me tocó la lotería. En uno de sus bocetos se veía un arco con el nombre «Scott's Seaside Hideaway». Cogí el teléfono e hice una búsqueda en Internet.

Lo encontré. La imagen de su página web era el mismo arco de su boceto y el mapa indicaba que estaba a dos horas en coche. Otra imagen mostraba una hilera de casitas y aunque la última apenas era visible, se distinguía su color azul.

Miré el diario de nuevo. Bajo el boceto se podía leer:

«Mi trocito de paraíso preferido en la tierra».

Cerré los ojos mientras el alivio me abrumaba.

Había encontrado a mi esposa.

29

Katharine

El suave murmullo de las olas al romper contra la orilla me reconfortaba. Apoyé la cabeza en las rodillas y traté de perderme en la belleza de la playa. En las gaviotas que surcaban el cielo, en el rítmico movimiento del agua, en la absoluta paz.

Pero yo no estaba en paz. Me sentía perdida, dividida. Agradecía que Penny ya no estuviera atrapada en una pesadilla interminable de momentos olvidados, pero la echaba muchísimo de menos. Su voz, su risa, la ternura con la que me acariciaba una mejilla, me besaba la frente o me pellizcaba la nariz, y durante sus escasos momentos de lucidez, sus consejos.

Si estuviera a mi lado, podría preguntarle, contarle cómo me sentía, y ella me lo explicaría todo. Me diría qué hacer a continuación.

Estaba enamorada de mi marido, un hombre que no me quería. Un hombre que creía que el amor debilitaba y quien también se creía incapaz de amar. Jamás reconocería sus virtudes, porque las había enterrado en lo más hondo de sí mismo para que nunca volvieran a hacerle daño.

Había cambiado mucho desde el fatídico día en el que me pidió que me hiciera pasar por su prometida. Poco a poco, había permitido que aflorara una versión de sí mismo más tierna, más cariñosa. Penny acabó de derribar sus barreras. Porque le recordaba a una época de su vida en la que sintió el amor de otra persona. Graham Gavin le había enseñado a trabajar con la gente, no a competir con ella. Le había demostrado que había buenas personas y que podía formar parte de un grupo positivo. Su mujer y sus hijos le habían mostrado una versión distinta de lo que él consideraba que era una familia. Un grupo de personas dispuestas a ofrecer apoyo y cariño, no abandono y dolor.

Quería pensar que yo también tenía algo que ver con su cambio. Que, de alguna forma, de alguna manera, le había demostrado que el amor era posible. Tal vez no conmigo, pero que era una emoción que algún día podría sentir y recibir. Sin embargo, él no lo creía posible.

No sabía cuándo me había enamorado de él. La semilla tal vez se plantó el día de nuestra boda y creció cada día que él se despojaba de un trocito de su carácter cáustico e hiriente. Cada sonrisa sincera, cada carcajada alegre, regó el sentimiento, reforzándolo. Cada gesto bondadoso hacia Penny, hacia uno de los Gavin o hacia mí, alimentó la emergente emoción hasta que enraizó con tanta fuerza que estaba segura de que nunca cambiaría.

El día que apareció Jenna en casa fue el día que descubrí que lo quería. La migraña lo había molestado durante todo el día, dejándolo en una posición inusualmente vulnerable. No solo permitió que lo cuidara, sino que también pareció disfrutar durante el proceso. Sus bromas fueron tiernas y graciosas, casi cariñosas. Cuando se metió en la cama, me mostró una faceta de su carácter diferente. Su voz era un murmullo ronco que me consolaba en la oscuridad, y sus disculpas fueron sinceras cuando me pidió perdón por su forma de tratarme en el pasado. Un perdón que le concedí, que le había concedido tal vez semanas o días antes, mucho antes de que me lo pidiera. Y, después, me abrazó y me hizo sentir segura de una manera en la que no me había sentido desde la muerte de mis padres. Dormí contenta y cálida entre sus brazos.

A la mañana siguiente, vi otra faceta de su carácter: su lado sexi y juguetón. Su reacción cuando despertó y descubrió que estábamos abrazados; la forma tan graciosa con la que le ordenó a Jenna que saliera del dormitorio; sus besos que me dejaron sin aliento. La pasión vibraba bajo la superficie, y su voz era ronca a causa del sueño. Su comentario sobre la posibilidad de expandir nuestros límites me aceleró el corazón, y supe por primera vez en la vida que me estaba enamorando.

Por desgracia, sabía que él jamás cambiaría hasta el punto de aceptar mi amor. Sabía que jamás lo querría. Pactamos una tregua. Para su sorpresa, y para la mía, nos hicimos amigos. Sus insultos se convirtieron en bromas, y su actitud despectiva desapareció. Sin embargo, sabía que yo solo era eso para él. Una amiga, una colaboradora.

Suspiré mientras enterraba los dedos de los pies en la fresca arena. Tendría que entrar pronto. Una vez que se pusiera el sol, bajaría la temperatura y ya tenía un poco de frío, aun con la chaqueta puesta. Sabía que pasaría otra noche paseando de un lado para otro de la casita. Seguramente acabaría de nuevo en la playa, arrebujada con una manta, tratando de agotarme para poder sumirme en un sueño inquieto y poco reparador. Ni siquiera dormida podía escapar de mis pensamientos. Dormida o despierta, era en él en quien pensaba.

En Richard.

Se me llenaron los ojos de lágrimas al pensar en cómo me había cuidado cuando Penny murió. Parecía creer que podría romperme en pedazos como el cristal si hablaba demasiado alto. Cuando me llevó a la cama, con la intención de consolarme, supe que tenía que dejarlo. No podía ocultar mucho más tiempo el amor que sentía por él. No podía soportar la idea de ver cómo su expresión se transformaba en la antigua máscara altiva y desdeñosa tras la que solía ocultarse mientras despreciaba mi confesión, porque eso haría.

Hasta que no fuera capaz de amarse, no podría amar a otra persona. Ni siquiera a mí.

Me limpié las lágrimas con gesto impaciente y me abracé con fuerza las rodillas.

Le había entregado el único regalo que podía darle: a mí misma. Era lo único que tenía y, a decir verdad, fue un acto egoísta. Permití que me poseyera porque así podría atesorar ese recuerdo como el más querido de todos. Pensar en aquel momento aún me resultaba doloroso, pero sabía que con el tiempo el dolor se suavizaría y podría sonreír al recordar la pasión. Al recordar su boca sobre la mía. Al recordar la perfección con la que se acoplaban nuestros cuerpos; la calidez de su cuerpo mientras me rodeaba, y el sonido ronco de su voz al pronunciar mi nombre.

Incapaz de soportar la descarga de recuerdos, contuve un sollozo y me puse de pie al tiempo que me sacudía los vaqueros. Al volverme, me quedé petrificada. A la mortecina luz del atardecer, alto y serio, con las manos en los bolsillos del abrigo y los ojos clavados en mí luciendo una expresión insondable, estaba Richard.

Richard

Volvía a estar demasiado delgada. Se le notaba incluso con la chaqueta puesta. Después de la muerte de Penny, su apetito desapareció, y en los pocos días que habíamos estado separados supe que no había comido. Estaba sufriendo tanto como yo.

Cuando llegué a la hilera de casitas, aparqué lejos para no alertarla de mi presencia por si acaso estuviera allí de verdad. La vi mientras caminaba por la arena, a lo lejos. Un bultito en la arena contemplando el horizonte. Parecía perdida y diminuta. La necesidad de acercarme a ella, de cogerla en brazos y de negarme a soltarla era muy fuerte. Jamás había sentido una emoción tan intensa. Sin embargo, la resistí, consciente de que debía acercarme a ella con cautela. Ya había huido de mí una vez y no quería que lo hiciera de nuevo.

Nos quedamos de pie, mirándonos. Empecé a andar hacia ella con pasos lentos y calculados hasta que estuve a escasos centímetros de su cuerpo. De cerca parecía tan destrozada como yo me sentía. Esos ojos azules estaban enrojecidos y me miraban con recelo. Estaba más blanca que nunca y tenía el pelo lacio y sin brillo.

—Me dejaste.

—No tenía sentido que me quedara.

Fruncí el ceño.

—¿No tenía sentido?

—Graham canceló el período de prueba. Penny había muerto. Ya no necesitabas la fachada de nuestro matrimonio.

—¿Qué creías que iba a decirle a la gente, Katharine? ¿Cómo esperabas que explicase tu repentina desaparición?

Agitó una mano para restarle importancia al asunto.

—Siempre dices que se te da muy bien improvisar sobre la marcha, Richard. Supuse que les dirías que estaba abrumada con la muerte de Penny y que me había ido para aclararme las ideas. Podrías haberlo estirado durante bastante tiempo, y después decirles que teníamos problemas y que yo había decidido no regresar.

—Así que esperabas que te culpara. Que te responsabilizara de todo.

Pareció perder el equilibrio un momento.

—¿Qué importa? Ni que fuera a protestar…

—Por supuesto que no. Porque no estabas allí.

—Exacto.

—Pero sí importa. Me importa a mí.

Frunció el ceño mientras me miraba.

Di un paso hacia ella, deseando estar más cerca. Necesitaba tocarla, movido por la preocupación de lo frágil que parecía.

—Dejaste cosas atrás. Cosas que creí que eran importantes para ti.

—Iba a ponerme en contacto contigo y a pedirte que me las enviaras… Cuando tuviera claro dónde instalarme.

—No te llevaste el coche ni la tarjeta de crédito. ¿Cómo planeabas acceder al resto de tu dinero?

Alzó la barbilla con gesto obstinado.

—Solo cogí lo que me merecía.

—No, Katharine, merecías mucho más.

Le temblaron los labios.

—¿Por qué has venido? ¿Có… cómo me has encontrado?

—He venido hasta aquí por ti. Un amigo me sugirió que empezara por el principio.

—No lo entiendo.

—Graham me dijo dónde encontrarte.

—¿Graham? —Frunció el ceño, confundida—. ¿Cómo… cómo lo averiguó?

—Tenía sus sospechas y como es capaz de escuchar mucho mejor que yo, sabía que la respuesta estaba en casa. Me dijo que buscara. Se negó a decirme el lugar exacto. Me dijo que debía averiguarlo yo solo.

—No... no lo entiendo.

—Después de que te fueras, pensé largo y tendido. Me regodeé en mi sufrimiento, bebí demasiado y corrí de un lado para otro, buscándote. Al final, me di cuenta de que no podía seguir así.

—¿Así cómo?

—Por fin comprendí lo que sentías. Mi vida se había convertido en una sucesión de mentiras. Era incapaz de distinguir dónde acababa la realidad y dónde empezaba la ficción. Incluso en mi época más oscura, cuando me comportaba como un cabrón, siempre fui honesto. Llevaba demasiado tiempo escondiéndome y no quería seguir haciéndolo. Así que le conté a Graham que me habías dejado.

Una lágrima resbaló por una de sus mejillas.

—Y después se lo conté todo. Todas y cada una de las mentiras, joder.

Ella estaba sin aliento.

—¡No! Richard... ¿por qué lo has hecho? Lo tenías todo. ¡Tenías todo lo que querías! ¡Todo aquello por lo que tanto habías luchado! ¿Por qué has renunciado a todo?

La aferré por los brazos y la zarandeé con delicadeza.

—Katharine, ¿no lo entiendes? ¿No lo ves?

—¿Qué es lo que tengo que ver? —gritó.

—¡No lo tenía todo! ¡No sin ti! No tenía nada y, sin ti, lo que tuviera no significaba nada. ¡Lo único real que he tenido, lo único verdadero, eres tú!

Abrió los ojos de par en par mientras movía la cabeza.

—No lo dices en serio.

—Estoy hablando completamente en serio. He venido aquí por ti.

—¿Por qué? No me necesitas.

Le pasé las manos por los brazos, por los hombros y por el cuello, y le tomé la cara entre ellas. Esa cara tan hermosa, pero de expresión exhausta.

—Sí te necesito. —La miré con decisión y dije las palabras que solo había pronunciado una vez en la vida. En aquel entonces, las dije con mentalidad infantil, y las palabras carecían de significado. En ese momento, sin embargo, lo eran todo—. Te quiero, Katharine.

Me aferró las muñecas con las manos, la duda más que evidente en su aterrorizado rostro.

—No —susurró.

Apoyé la frente en la suya.

—Sí. Te necesito. Echo de menos a mi amiga, a mi mujer. Te echo de menos.

Un sollozo desgarrador brotó de su garganta. La estreché entre mis brazos, renuente a permitirle que huyera. Ella forcejeó empujándome el pecho, resistiéndose al consuelo que yo necesitaba darle.

—No puedes huir. Te seguiré adonde vayas, cariño. Te seguiré a cualquier lado. —La besé en la cabeza—. No me dejes solo otra vez, Katy. No podré soportarlo.

Y entonces rompió a llorar. Me echó los brazos al cuello y enterró la cara en mi pecho mientras las lágrimas me empapaban la camisa. La levanté en brazos y eché a andar por la arena compacta en dirección a la casita azul situada al final de la hilera. La casita con las contraventanas blancas que había descrito en su diario.

La abracé con fuerza mientras la besaba en la cabeza. No pensaba dejarla marchar.

La casita de alquiler era exactamente tal como me la había imaginado gracias a la descripción del diario. Un sofá desgastado por el uso y un sillón se emplazaban frente a la chimenea. A la izquierda había una cocina rudimentaria con una mesa y dos sillas. Una puerta abierta daba acceso a un reducido dormitorio, junto al que se encontraba un cuarto de baño. Eso era todo. Dejé a Katy en el sofá y me volví hacia la chimenea. El humo y la ceniza de años de uso habían dejado su huella en las piedras y en los ladrillos, de manera que habían adquirido un tono gris mate. Coloqué la leña y varias ramitas para encender el fuego, ya que quería calentar el frío interior.

—El tiro está bloqueado. —Katy se arrodilló a mi lado y extendió un brazo para darle un tirón al mecanismo que lo abría.

Encendí una cerilla y, tras asegurarme de que el fuego prendía en las ramitas, me puse de pie y coloqué la pantalla. Después, me agaché para ayudarla a incorporarse, le quité la húmeda chaqueta bajándosela por los brazos y la arrojé a un lado. La abracé y la estreché con fuerza, abrumado por el alivio. Ella se estremeció y dejó escapar un largo suspiro. Le tomé la cabeza entre las manos y le besé la coronilla. Ella ladeó la cabeza y la luz del fuego iluminó su rostro, resaltando los delicados contornos de su cara.

—No puedo creer que estés aquí.

—¿De verdad pensabas que no intentaría dar contigo, Katy?

—No lo sé. No me paré a pensar. Solo sabía que tenía que irme.

La insté a sentarse en el sofá y le cogí las manos.

—¿Por qué, cariño? ¿Por qué tenías que huir?

—Porque me había enamorado de ti y estaba convencida de que tú no me corresponderías. Ya no podía ocultarlo más y sabía que cuando descubrieras mis sentimientos…

Se me encogió el corazón al escuchar sus palabras. Me quería. Le di un apretón en las manos para invitarla a seguir hablando.

—¿Qué creías que iba a hacer?

—Convertirte de nuevo en el Richard que yo odiaba y que se reía de mí. Ya no me necesitabas y me dirías que me fuera. Pensé que sería más fácil si era yo quien decidía irme.

—¿Pensabas volver en algún momento?

—Solo para ver qué querías hacer y para recoger mis cosas. Suponía que ya no querrías que me quedara a tu lado.

—Pues te equivocaste. En todo. Te necesito. Te quiero de vuelta. Te… —titubeé—. Te quiero.

Katy bajó la vista hasta nuestras manos unidas y después me miró de nuevo a los ojos. Su expresión era de desconcierto. La incredulidad se había adueñado de su mirada. No podía culparla, pero quería desterrar ambas emociones.

—No me crees.

—No sé qué creer —admitió.

Me acerqué a ella, consciente de que necesitaba encontrar la manera de demostrarle que estaba siendo sincero. Recorrí con la mirada el interior de la casita mientras reflexionaba sobre mis palabras y la detuve en la pequeña urna que descansaba en la repisa de la chimenea.

—¿Has traído las cenizas de Penny para esparcirlas aquí? —le pregunté.

—Sí. Teníamos muchos recuerdos felices de este lugar. Se esforzó mucho para asegurarse de que yo pudiera venir todos los años. Burt y ella también solían venir. Esparció sus cenizas en la playa. —Tragó saliva y le tembló la voz—. Pensé que quizás así podrían reencontrarse y estar juntos en la arena y en el agua. —Alzó la vista y me miró a los ojos—. Supongo que parece una tontería.

Me llevé una de sus manos a los labios y le besé los nudillos.

—¿Una tontería? No. Me parece un gesto muy tierno. Algo que solo se le ocurriría a un alma sensible como la tuya.

—¿Un alma sensible?

—Tú lo eres, Katy. Me di cuenta hace unas semanas, cuando dejé de ser un cabrón. Te observé, vi cómo tratabas a Penny. Tu forma de relacionarte con la familia Gavin. La amabilidad que demostrabas al personal de la residencia de ancianos. —Le acaricié una mejilla con los nudillos y su piel fue como seda en mis dedos—. Tu forma de tratarme. Tu generosidad. Siempre lo das todo. No había visto nada igual hasta que llegaste a mi vida. No pensaba que existiera alguien como tú sobre la faz de la tierra. —Me incliné hacia ella porque necesitaba que viera la sinceridad de mi mirada—. No pensaba que alguien como tú pudiera formar parte de mi vida.

—¿Porque no lo merecías?

—Porque no creía en el amor.

Su respuesta fue un susurro.

—¿Y ahora?

—Ahora sé que puedo amar a alguien. Ahora amo a alguien. A ti. —Levanté las manos cuando ella trató de hablar—. Sé que tal vez no me creas, Katy. Pero es verdad. Tú me has enseñado a amar. Me has demostrado que todo lo que decías era cierto. Lo que siento por ti me hace más fuerte. Hace que quiera ser un hombre mejor para ti. Un hombre honesto y real. Por eso le conté toda la verdad a Graham. Sabía que si quería tener la oportunidad de recuperarte y de mantenerte a mi lado, debía sincerarme. Hacer que te enorgullecieras de mí.

—¿Cuándo?

—¿Cómo?

—¿Cuándo empezaste a cambiar? ¿Cuándo dejé de caerte mal?

Me encogí de hombros.

—Creo que el día que me dijiste que me follaran. Esa fue la primera vez que vi a la verdadera Katharine. Hasta entonces habías escondido todo ese fuego.

—Tenía que hacerlo. Necesitaba el trabajo. Penny era mucho más importante que tú o que tu desagradable actitud.

—Lo sé. Me porté fatal. Todavía no entiendo cómo conseguiste hacer la vista gorda y accediste a estar conmigo, aunque fuera por Penny. La noche que me contaste tu historia y me dejaste bien claro lo que pensabas de mí me abriste los ojos. Creo que nunca me he recuperado tan pronto de una borrachera. Y otra vez me perdonaste… y te casaste conmigo.

—Te había dado mi palabra.

—De la que te podrías haber retractado sin problemas. Esperaba que lo hicieras, pero me sorprendiste de nuevo. No dejas de sorprenderme. —Sonreí y le coloqué un mechón detrás de la oreja—. Pocas cosas me sorprenden, pero tú lo haces constantemente. Me gusta.

Me devolvió la sonrisa. Su expresión ya no era tan recelosa.

—Pero lo que me resultaba, o me resulta, más sorprendente es tu forma de ser conmigo.

—¿A qué te refieres?

—Lo único que te pedí, lo único que esperaba, era que fingieras que estábamos juntos. Esperaba que pasaras de mí por completo cuando estuviéramos en la intimidad de nuestro apartamento. Sé que yo había planeado pasar de ti, pero…

—¿Qué?

—Que no pude pasar de ti. Estabas en todas partes. Sin intentarlo siquiera, te metiste en mi cabeza. Pensar en ti era tan natural como respirar. El apartamento se convirtió en un hogar desde que llegaste. Bromeabas y te reías conmigo. Me cuidabas. Nadie lo había hecho antes. Tu opinión era esencial para mí. Quería compartir contigo todo lo que hacía. En vez de pasar de ti, quería pasar más tiempo contigo. Quería saberlo todo sobre ti.

Me miró con los ojos abiertos de par en par.

—Y Penny. Me encantaba estar con ella. Oír las historias que contaba sobre ti. Cada vez que iba a verla, conseguía conocerte un poco mejor y, cuanto más sabía de ti, más me gustabas, hasta que me di cuenta de que estaba enamorado hasta las cejas. —Le cogí las manos y se las apreté—. Mi crueldad no te cambió. Al contrario, tu bondad me cambió a mí, Katy. Penny y tú conseguisteis sacar a la luz al niño que todavía es capaz de amar.

—¿Y si lo olvida de nuevo?

Negué con la cabeza.

—No lo hará. No puede hacerlo. No mientras te tenga a mi lado. —Le levanté una mano—. Dejaste el anillo de compromiso y la alianza atrás, pero llevas este. —Le di unos golpecitos al anillo de diamantes que lucía en el dedo—. Te lo has cambiado a la mano izquierda. ¿Por qué?

—Porque tú me lo regalaste. Fue el primer regalo que me hiciste sin que tuvieras que hacerlo. —Se le quebró la voz—. Me... me lo he puesto ahí porque así está más cerca de mi corazón.

Cerré los ojos con la esperanza de haber interpretado bien el significado de sus palabras. Me llevé su mano a la cara, abrí los ojos y la miré. Esos ojos azules estaban cuajados de lágrimas.

—También te he entregado mi corazón, Katy. ¿Lo cuidarás?

Respiró hondo y se estremeció por entero.

—Me entregaste tu cuerpo, pero quiero tu corazón. Quiero tu amor. Lo necesito. Te necesito.

—Dilo, Richard. —Una solitaria lágrima se deslizó por una de sus mejillas.

—Te quiero, Katharine VanRyan. Quiero que vuelvas a casa conmigo. Mi vida solo está completa si estás a mi lado. Haré lo que sea necesario para conseguir que me creas. Para conseguir que creas en mí.

—Ya lo hago.

Le tomé la cara entre las manos y tracé círculos sobre su piel con los pulgares mientras se me aceleraba el corazón.

—¿Y?

—Te quiero, Richard. Te quiero tanto que me asusta.

—¿Por qué te asusta?

—Porque puedes destrozarme.

Negué con la cabeza.

—Eres tú quien me ha destrozado, Katy. Soy todo tuyo.

—Yo también soy tuya.

No necesité nada más. La atraje hacia mí y cubrí sus labios con los míos, gimiendo por la sensación de tenerla cerca. Nuestros labios se movieron y nuestras lenguas se acariciaron mientras nos reencontrábamos. Me echó los brazos al cuello y me estrechó mientras yo la abrazaba con todas mis fuerzas.

No pensaba soltarla… jamás.

30

Richard

Levanté la cabeza y entrecerré los ojos en la oscuridad silenciosa. Estábamos sentados, abrazados el uno al otro, ya que ambos necesitábamos el contacto. No sabía cuánto tiempo llevábamos así, pero había pasado el suficiente para que se hiciera de noche.

—Tengo que echar más leña al fuego —susurré—. Se va a apagar.

—Me gusta donde estás, estoy muy calentita.

Me eché a reír y la besé en la cabeza.

—Pero vamos a tener que movernos.

—Podría preparar algo de comer.

—Tengo que buscar un sitio donde quedarme.

Se quedó helada.

—¿No te vas a quedar aquí?

Le tomé la cara entre las manos con mucha ternura y la besé en los labios.

—Quiero hacerlo, pero no quiero presionarte.

—La cama es de matrimonio.

La miré con una ceja enarcada.

—Es pequeña para nosotros. Supongo que tendré que acurrucarme contigo. Es un sacrificio que tendré que hacer...

Esbozó una sonrisa.

—Supongo que sí.

—He echado de menos dormir acurrucado junto a ti. He echado de menos tu calidez y tu olor.

—En ese caso, supongo que será mejor que te quedes.

—Supongo que sí. —Hice una pausa, ya que tenía que hacerle la pregunta que llevaba rondándome la cabeza durante varios días—. Tengo que preguntarte algo, Katy.

Me acarició la barba de dos días con los dedos.

—Me gusta que me llames así.

Le pellizqué la nariz.

—Bien, porque me gusta llamarte así.

Adoptó una expresión seria al punto.

—Bueno, ¿qué querías preguntarme?

Cambié de postura, muy incómodo.

—La víspera de que te fueras. La noche que hicimos el amor.

—¿Es lo que hicimos?

—Sí —contesté con firmeza—. Lo fue.

—¿Qué pasa con esa noche?

Fui al grano.

—No me puse preservativo. ¿Hay alguna posibilidad de que estés embarazada?

Negó con la cabeza y expresión avergonzada.

—Cuando era joven, tuve muchos problemas con la… la regla. Me recetaron anticonceptivos para regular mis ciclos. Todavía tengo problemas, así que sigo tomándolos.

—Ah —suspiré, aliviado.

—No te preocupes, Richard. —Apartó la vista—. Sé lo que opinas acerca de tener hijos.

La tristeza de su voz me dolió, de modo que le coloqué una mano en la barbilla y la insté a mirarme.

—Una vez me dijiste que si quería a la madre, querría al hijo. Creo que, tal vez, tengas razón.

—¿Eso quiere decir que quieres tener hijos?

Me removí, inquieto, sin saber cómo contestar.

—Todo es muy nuevo para mí. Nunca había imaginado que podría querer a alguien. Apenas consigo asimilar que esté tan enamorado de ti, que no sea capaz de funcionar sin ti. Has derribado todo lo que tomaba como la verdad absoluta. Te necesito. Te quiero. —Meneé la cabeza con una sonrisa burlona—. Supongo que lo lógico es suponer que mi actitud ante los hijos también cambiará.

—¿Es algo de lo que podríamos hablar… más adelante?

—Sí. Aunque me gustaría disfrutar de ti un poco más de tiempo. Quiero tenerte para mí solo una temporada. Quiero conocerte, por entero, y que tú me conozcas a mí.

—Creo que es lo más sensato.

—Vas a tener que ayudarme, cariño. No sé nada de niños. Pero nada de nada. La idea de meter la pata con uno tal como mis padres la metieron conmigo me acojona muchísimo si te digo la verdad.

Ladeó la cabeza y me miró fijamente.

—Richard VanRyan, consigues todos los objetivos que te propones con creces. ¿De verdad crees que te dejaría fracasar como padre?

Sentí la sonrisa que afloró a mis labios.

—Supongo que no, no.

—No va a pasar. Saber que estás dispuesto a hablar del tema es un paso enorme.

—¿Estás segura de que no estás embarazada?

—Sí, segurísima.

—Muy bien. En ese caso, supongo que ya hablaremos del tema… en el futuro.

Asintió con la cabeza.

—En el futuro.

Metí la mano en el bolsillo y saqué sus anillos.

—Mientras tanto, quiero que te los vuelvas a poner. Los quiero en tu dedo. —Le cogí la mano—. Sé que crees que no significaban nada, Katy, pero lo significan todo. Significan que eres mía. —Le señalé el dedo—. ¿Puedo?

Asintió con la cabeza. Le quité el anillo de diamantes y se lo puse en la mano derecha, tras lo cual le puse la alianza y el solitario en la mano izquierda. Incliné la cabeza y besé los anillos.

—Ahí es donde tienen que estar.

—Sí.

Cogí mi abrigo de la silla y saqué el pliego de documentos del bolsillo interior.

—¿Qué es?

—Nuestro acuerdo… las copias de ambos.

—Oh.

—Ya no significa nada, Katy. Dejó de tener sentido hace mucho. Es hora de librarnos de él.

Los levanté y los rompí por la mitad. Llevé los trozos a la chimenea y los tiré al fuego. Vi cómo los bordes se ennegrecían y se doblaban, cómo las llamas devoraban el papel hasta reducirlo a cenizas. Katy estaba a mi lado y lo observaba todo en silencio.

Le rodeé la cintura con un brazo.

—El único documento que hay entre nosotros en este momento es el certificado de matrimonio. A partir de hoy, es lo que nos une.

Me miró con expresión muy tierna.

—Me gusta.

—A lo mejor, en cuanto las cosas se calmen, podrías casarte conmigo de nuevo.

Le brillaban los ojos.

—¿De verdad?

—Sí. Tal vez en algún lugar más bonito que el ayuntamiento. Me gustaría ofrecerte la boda que te mereces.

—La verdad es que me gustó nuestra boda. Me gustó bailar contigo.

—¿En serio?

Asintió con la cabeza.

—Fuiste muy amable.

—Te prometo que seré mucho más amable a partir de ahora. Quiero ser el hombre que te mereces.

—Ya lo eres.

—Ten paciencia conmigo, Katy. Seguro que la jodo a veces.

Se echó a reír al oírme y me acarició la mejilla.

—Todo el mundo lo hace. Nadie es perfecto.

—Pero… ¿te quedarás conmigo?

—No me separarán de ti ni con agua caliente.

Besé esos labios carnosos.

—En ese caso, todo va bien.

Examiné el contenido del pequeño frigorífico por encima de su hombro. Los viejos paneles de rejilla contenían muy poca comida. La aparté y cogí el cartón de huevos para abrirlo. Solo le faltaban dos. Apenas había tocado el pan, el paquete de queso estaba sin abrir y la leche estaba casi entera. Había dos manzanas, unos yogures y, en la encimera, unos plátanos. Eso era todo. Se confirmaron mis sospechas de su falta de apetito.

Cerré la puerta del frigorífico y me volví para mirarla.

—¿No tienes más comida? ¿Es que no has probado bocado?

—He comido poco —admitió—. No tenía hambre.

Recordé el pueblecito que había atravesado de camino a las casitas. Había una tiendecita de ultramarinos y estaba seguro de que había pasado por delante de un restaurante.

—Te llevaré al pueblo a cenar. Tienes que comer.

Negó con la cabeza.

—No hay nada abierto a esta hora de la noche, Richard. Es temporada baja. Tendríamos que ir al siguiente pueblo, que es más grande. Está a más de una hora de camino.

—Da igual.

—Puedo preparar unos huevos revueltos.

Cedí pronto porque, en realidad, no quería moverme de allí.

—Muy bien. Yo preparo las tostadas.

—¿Sabes preparar unas tostadas? —preguntó con voz sorprendida al tiempo que se llevaba una mano al pecho.

La pegué a mi cuerpo y la besé, borrando la expresión traviesa de sus labios.

—Sí, me enseñó mi esposa. Es una mujer muy lista.

Vi cómo su mejilla se ahuecaba y supe que se estaba mordiendo el carrillo por dentro. Le di unos golpecitos en el moflete.

—Ya vale.

—Me gustas cuando dices que soy tu esposa —admitió.

—Es gracioso, pero no sabes la cantidad de veces que pensaba en ti de esa manera. No en Katharine ni en Katy, sino en mi esposa. Me gustaba cómo sonaba, aunque nunca me pregunté el motivo. —Resoplé—. Era tan tonto que no me daba cuenta de lo que sentía por ti, ni en mi cabeza.

—O tenías demasiado miedo.

Me quedé sin aliento. Como de costumbre, había dado en el clavo. Había tenido demasiado miedo para admitir lo que sentía. Para admitir que una idea que había mantenido a lo largo de toda la vida estaba mal.

—Ya no me da miedo quererte, Katy. Solo me da miedo perderte.

Se acurrucó contra mí y me apoyó la cabeza en el hombro. La acuné contra mi cuerpo y le acaricié el pelo con gesto tierno.

—Estoy aquí —susurró—. Me has encontrado.

—Gracias a Dios...

Dejé el plato en la vieja mesita auxiliar con la vista clavada en Katy. El fuego creaba luces y sombras sobre su cara, así como un halo dorado alrededor de su cabeza. Se pegó las piernas al pecho y apoyó la barbilla en las rodillas con la mirada perdida. No había comido mucho, pero sí se había terminado la tostada. Yo me comí los huevos revueltos y las dos manzanas. Lo reemplazaríamos todo, y compraríamos más cosas, por la mañana. Sin embargo, de momento, necesitaba saber cómo quería recorrer el camino que teníamos por delante.

—¿Qué te gustaría hacer, Katy?

Volvió la cara para mirarme.

—¿Mmm?

Le acaricié la mejilla con los nudillos.

—Mañana. Pasado mañana. Y el día siguiente. Dime qué estás pensando.

—No lo sé.

—¿Cuánto tiempo quieres quedarte aquí? ¿O prefieres volver a casa? —Sentí una repentina opresión en el pecho que me impidió respirar—. ¿Vas a volver a casa?

Me cogió de la mano y con una sola palabra erradicó la preocupación.

—Sí.

—Perfecto. Bien. ¿Cuándo?

—¿Podemos quedarnos aquí unos días? Si tienes que volver, ¿puedo ir yo después?

Negué con la cabeza.

—No pienso irme de aquí sin ti. Si quieres quedarte, nos quedamos los dos. También vendremos en verano.

—Las casitas ya no estarán el verano próximo.

—¿Por qué?

—Scott murió el año pasado. Su hijo Bill va a venderlo todo. Después de hablar con él, tengo la sensación de que quienquiera que vaya a comprar la propiedad derribará las casitas y construirá una promoción nueva y moderna. —Echó un vistazo por la habitación, devorando los recuerdos con la mirada—. Me ha dicho que el negocio ha ido mal últimamente, pero que es un buen momento para vender por la situación geográfica. La propiedad vale mucho dinero. Es una buena oportunidad para su familia.

—Lo siento, cariño. Sé que este lugar es especial para ti.

Sonrió y se frotó la cara con mi mano.

—Tengo mis recuerdos. Le agradezco a Bill que me permitiera volver por última vez. —Suspiró, y fue un sonido muy triste—. Y tengo un buen recuerdo que añadir ahora.

—Podemos crear nuestros propios recuerdos, juntos. Nuevos.

Asintió con la cabeza.

—¿Quieres que compre este sitio para ti? —La miré fijamente—. Puedo permitírmelo —añadí—. Si quieres que lo haga, lo haré.

—¡No! No, Richard. No tienes que comprarme un complejo turístico. ¿Qué narices iba a hacer con él?

—Si te hiciera feliz, lo compraría. Ya se nos ocurriría algo. Seguramente sea una buena inversión. Podríamos reconstruirlo e incluiríamos una casita de color azul eléctrico con contraventanas blancas solo para ti.

Se inclinó hacia mí con los ojos llenos de lágrimas y me besó en la comisura de los labios.

—Gracias, corazón, pero no. El hecho de que te ofrezcas significa para mí más de lo que te imaginas.

—Está bien, pero si cambias de opinión, solo tienes que decírmelo.

—Lo haré.

Me recosté en el sofá y eché un vistazo por la habitación

mientras una idea iba tomando forma en mi cabeza. Tendría que darle vueltas para ver si podía conseguirlo. Le di un tironcito a Katy en las piernas hasta que me las puso en el regazo.

—Vamos a tener que contestar a un montón de preguntas cuando volvamos.

—Lo sé. —Tomó una honda bocanada de aire—. ¿Crees que podrán perdonarnos?

Contesté con sinceridad.

—No lo sé.

Graham se había mostrado muy comprensivo tras nuestra conversación. Sin embargo, sabía que la cosa no acababa ahí. En cuanto averigüé dónde estaba Katy, me apresuré a meter unas cuantas cosas en una bolsa y a subir al coche para llegar antes de que anocheciera. Llamé a Graham antes de marcharme para decirle que sabía dónde estaba Katy y que iba a buscarla. Me animó y me deseó suerte.

—Ojalá encuentres la felicidad, Richard. Convéncete de que te la mereces y aférrate a ella.

—Gracias.

—Llámame cuando volváis. Hablaremos entonces.

—Lo haré. Gracias, Graham.

Fueron las únicas palabras que se pronunciaron y no hizo mención a que me esperase un puesto de trabajo. No sabía qué me depararía el futuro profesionalmente hablando. Solo sabía que Katy era mi futuro. Con eso me bastaba.

—Es posible que no tenga trabajo, Katy.

—¿Qué vas a hacer?

—A lo mejor tenemos que mudarnos —contesté, enfatizando el plural—. Puedo tantear el mercado en Toronto o en Calgary, tal vez en Vancouver.

Asintió con la cabeza mientras jugueteaba con mis dedos. No dejaba de darle vueltas a mi alianza, girándola con nerviosismo.

—¿Me acompañarás?

Levantó la cabeza al punto y me miró a los ojos.

—Iré adonde sea contigo, Richard.

—Muy bien, perfecto. Encontraremos la solución, juntos.

—¿Y si no hace falta?

—Me llevaré una alegría tremenda. Me gusta trabajar para Graham. Me encanta la energía positiva y el trabajo en equipo. —Solté una carcajada—. Incluso le tengo cariño a esa polvorilla que llaman Jenna.

—Creo que les tienes cariño a todos.

—Pues sí. Es lo que quiero y estoy dispuesto a hacer lo que sea para recuperar la confianza de Graham. Si me da la oportunidad para hacerlo, nos quedaremos. Si no, tendremos que mudarnos.

—Está bien.

—¿Tan sencillo es para ti? Después de todo lo que ha pasado, ¿harás el equipaje y me seguirás?

Apoyó la cabeza en el sofá.

—Te quiero, Richard. Si tienes que irte, yo también me iré. El pasado es eso: pasado. Ha desaparecido, del mismo modo que el acuerdo que has quemado. No quiero regodearme en él ni echártelo en cara a todas horas. Así no funciona el amor. Así no funciono yo.

En un abrir y cerrar de ojos, la tuve sentada en mi regazo y empecé a besarla con toda la emoción que me consumía. Todos mis pensamientos y todas mis emociones iban en ese beso. El amor, el deseo, la necesidad, el alivio de haberla encontrado… y una emoción desconocida hasta el momento, la alegría. La alegría de que estuviera allí, la alegría de que ella correspondiera mi amor y la alegría del futuro que tenía por delante porque en dicho futuro estaría mi Katy.

La insté a ladear la cabeza y la pegué más a mi cuerpo, anhelando más de ella de todas las formas posibles. La estreché con fuerza entre mis brazos, amoldándola a mi cuerpo sólido. Deslicé las manos por debajo de su camiseta, acariciándole la suave espalda mientras gemía de deseo.

—Por favor, nena —le supliqué, ya que necesitaba más.

—La cama —susurró contra mi boca—. Llévame a la cama, Richard.

Me puse en pie con ella en brazos. No hacía falta que me lo repitiera.

Y

La cama era vieja y crujía. El cabecero golpeaba la pared de forma rítmica mientras le hacía el amor y las sábanas se enrollaban en torno a nuestros cuerpos con el frenesí. Daba igual.

Antes de caer al colchón, le quité la camiseta y le arranqué los pantalones, dejándola desnuda ante mi mirada ávida. Le recorrí la piel cálida con las manos, ya que ansiaba sentir su tacto sedoso en los dedos. Katy empezó a darle tirones a mi sudadera y caí sobre ella, deseoso de besarla de nuevo en la boca. Demostró su habilidad con los pies cuando consiguió quitarme los pantalones de deporte para quedar piel contra piel, con mi dolorosa erección entre ambos. Volví a memorizar su cuerpo con las manos y la boca. Sus rosados pezones me rogaban que los atendiese y se endurecieron bajo el asalto de mi lengua. La dulce curva de su cintura, en el lado derecho, era muy sensible, y me deleité con su risa mientras le hacía cosquillas depositando un reguero de besos sobre su piel. Sus caderas encajaban a la perfección en mis manos cuando ejercí un poco de fuerza para que separara las piernas. Le besé el ombligo, deteniéndome con la lengua para saborear el regusto salado de su piel. Dejé una lluvia de besos en sus muslos, y sus gemidos solo consiguieron avivar mi deseo. La penetré con los dedos y gemí por la sensación.

—Dios, Katy, te deseo, nena.

Se incorporó y me abrazó con fuerza para obligarme a tumbarme sobre ella.

—Hazme tuya —me suplicó.

Me rodeó las caderas con las piernas y me instó a ocupar el lugar donde ansiaba hundirme. Me quedé quieto nada más penetrarla, centímetro a centímetro, hasta que nuestros cuerpos estuvieron completamente unidos. Nuestras miradas se encontraron y la besé mientras empezaba a moverme. Con embestidas lentas y certeras que fueron aumentando de ritmo hasta que los dos nos dejamos arrastrar por la pasión. Se aferró a mí, clavándome los dedos en la espalda, en el culo, dándome tirones en el pelo, mientras gemía y jadeaba mi nombre. A su vez, yo la abracé con fuerza, mientras la embestía con frenesí y nuestros cuerpos sudorosos se frotaban y se movían al unísono. Cuando sentí que ella se tensaba, le enterré la cara en el cuello. El orgasmo me consumió, llevándome a lo más alto, con los nervios a flor de piel mientras me derramaba en su interior y gritaba su nombre.

—¡Katy! ¡Katy!

Le pasé un brazo por la espalda, rodé hasta quedar de costado y la abracé con fuerza mientras le besaba la cara, el pelo y el cuello. Ella gimió, contenta y lánguida, contra mi pecho.

—Te quiero —susurró.

—Yo también te quiero —murmuré contra su piel. Tanteé por el suelo hasta dar con una manta, con la que cubrí su cuerpo desnudo y la arropé hasta el cuello. Se acurrucó contra mí mientras me acariciaba la piel sobre el corazón.

—Mañana —dije—. Mañana empezaremos de cero. Sin mentiras. Los dos.

—Lo dos —repitió—. Sí.

Esperé a que se quedara dormida antes de permitir que el sueño se apoderase de mí. Cerré los ojos, a sabiendas de que, cuando despertase, ella estaría a mi lado.

Con esa certeza, me dormí.

31

Richard

Estreché la mano de Bill y eché a andar por la playa. Katy estaba sentada en la arena con un cuaderno de dibujo en las rodillas y el lápiz en la mano, pero permanecía inmóvil. La brisa le agitaba el pelo y le alzaba los mechones de seda oscura. Me senté a su espalda y la abracé.

—Hola.

Ella echó la cabeza hacia atrás y me miró desde abajo.

—Hola. ¿De qué has estado hablando con Bill durante tanto rato? —Frunció el ceño—. Por favor, dime que no le has dicho que quieres comprar las casas de alquiler.

Sonreí al ver la expresión de su rostro y la besé en la frente.

—No. Creo que ya tiene un comprador. Solo le he dado las gracias por permitirte volver y hemos hablado de otras cosas. Del sitio al que va a mudarse y eso.

Hizo un mohín con los labios y se encogió de hombros mientras devolvía la vista al mar.

—¿Qué estás dibujando?

Levantó el cuaderno.

—Nada. Estoy disfrutando del paisaje.

Le rodeé la cintura con los brazos y la estreché con fuerza.

—Es un paisaje magnífico.

—Penny y yo encendíamos una hoguera aquí para preparar la cena y contemplábamos la puesta de sol.

—Podemos hacerlo.

—¿Te comerías una salchicha pinchada en un palo?

—Solo si lleva mostaza. Y si después hay nubes de azúcar.

—Ah.

Me incliné y le mordisqueé la base del cuello.

—¿Crees que nunca he participado en actividades al aire libre, Katy? Anoche encendí el fuego.

—Me resultó extraño que supieras hacerlo —admitió.

—Es algo masculino. Lo llevamos en los genes.

Se giró y puso los ojos en blanco.

—Ya...

Me eché a reír y le aparté el pelo de la cara.

—En el colegio íbamos de campamento. Nos enseñaron a encender el fuego, a montar una tienda de campaña y todo ese tipo de cosas.

—¿El colegio ofrecía esas actividades?

Apoyé la barbilla en uno de sus hombros.

—Cuando era adolescente y me quedaba en el colegio durante las vacaciones, la oferta de actividades variaba. Ir de campamento era una de ellas. Me gustaba. Y sí, incluso me gustaban las salchichas. No soy un esnob integral.

Esperaba que me replicara con alguno de sus mordaces comentarios, pero en cambio se dio media vuelta, levantó una mano y me acarició una mejilla.

—¿Preferías quedarte en el colegio antes que ir a casa de tus padres?

—Si me daban la opción, sí. Se libraban de la culpa de que no fuera a casa diciéndole a la gente que estaba de excursión con el colegio o algo así. A los catorce años, me las apañé para no ir a casa en todo el verano. Me apunté a una excursión y después me fui de campamento durante un mes. Fue el mejor verano de mi vida.

—Lo siento, corazón.

—No te compadezcas de mí —le solté.

—Ya hemos hablado antes de esto. Me siento mal por el niño al que abandonaron. —Se puso en pie—. Y que sepa, señor VanRyan, que otra vez está siendo un maleducado.

Se alejó furiosa, con el cuaderno de dibujo debajo del brazo. Me puse en pie al instante y la alcancé con un par de zancadas. Esas piernas tan cortas no podían dar pasos tan largos como las mías, menos mal. La agarré por la cintura, la levanté en volandas y la giré mientras la pegaba a mí.

—Otra vez he hecho el capullo. Permíteme disculparme.

Clavó la vista en mi pecho.

—Lo siento —le dije—. He reaccionado sin pensar. No estoy acostumbrado a hablar de mi pasado ni a contar con alguien que se preocupe por cómo me sentía entonces o ahora.

—Yo me preocupo por ti.

La levanté hasta que su cara estuvo a la altura de la mía.

—Lo sé. Estoy intentando acostumbrarme, ¿de acuerdo? No seas tan dura conmigo. —La besé en una de las comisuras de los labios—. Esto de ser un chico bueno es una novedad para mí.

Su mirada se suavizó y la besé otra vez.

—¿Esta ha sido nuestra primera discusión? —le pregunté.

—No sé si llamarla discusión siquiera, o si es la primera. —Sonrió.

—De todas formas, creo que es necesario un polvo de reconciliación, ¿verdad?

Trató de ponerse seria, pero acabó esbozando una sonrisa traviesa.

Le levanté las piernas al estilo nupcial para atravesar el umbral de la casita con ella en brazos.

—Vamos, señora VanRyan. Voy a compensarla por mi grosería. Después, iremos al pueblo en busca de salchichas y nubes de azúcar.

—Y mostaza.

La lancé sobre la cama y me quité la camisa pasándomela por la cabeza.

—Y mostaza.

Eché otro leño a la hoguera y crucé las piernas. Katy estaba acurrucada junto a mí, con la cabeza en mi hombro. Le di unas palmaditas en la rodilla.

—¿Estás calentita?

Ella asintió con la cabeza y se arrebujó con la manta que tenía en torno a los hombros.

—En esta época refresca por las noches.

—Estamos en otoño.

—Lo sé.

—¿Cuánto tiempo más quieres quedarte?

Suspiró mientras sus dedos jugueteaban con la manta.

—Supongo que deberíamos volver.

Habían pasado tres días desde que llegué. Era la primera vez en mi vida de adulto que no tenía un lugar en el que estar. Ni en la oficina, ni en una reunión, ni nada pendiente en la agenda de trabajo. Katy era lo único en lo que debía concentrarme. Aparte de ir un par de veces al pueblo en busca de provisiones, no nos habíamos alejado de la playa. Paseábamos por la orilla y hacíamos buen uso de la sala de juegos donde había fracasado en mis intentos de enseñarle a jugar a las damas, y aprovechábamos el tiempo para conocernos mejor. Hablamos durante horas. Sabía más sobre mí que cualquier otra persona a lo largo de mi vida. Su forma de preguntar hacía que quisiera contarle cosas que no había compartido con nadie más. Ella también compartió recuerdos de su vida anterior a Penny y episodios de su vida con ella. Algunas de las historias que me contó, de la época en la que vivió sola en la calle, hicieron que la abrazara con fuerza y que le diera las gracias a cualquier deidad que nos estuviera escuchando por haberla mantenido a salvo.

Hicimos el amor, a menudo. Era incapaz de saciarme de ella. Ese cuerpo que en el pasado me resultaba poco atractivo se había convertido en mi ideal de perfección. Encajaba conmigo de maravilla, y la pasión que sentía por ella no tenía igual. Su falta de experiencia aumentaba el erotismo de su respuesta. Me encantaba verla descubrir la faceta apasionada de su carácter.

No obstante, tenía razón. Teníamos que retomar nuestra vida, o lo que quedaba de ella, y descubrir qué nos deparaba el futuro.

—¿Y si nos quedamos un par de días más y luego volvemos? He oído en la radio que el tiempo va a cambiar, así que aquí estaríamos encerrados en la casita. Aunque —Sonreí, me incliné hacia delante y la besé—... Aunque no me importaría quedarme encerrado sin otra cosa que hacer que estar en la cama contigo.

—De acuerdo —accedió con una risilla y después se puso seria—. Todavía tengo que esparcir las cenizas de Penny.

—¿Estás lista para hacerlo, cariño?

Sus ojos tenían una mirada vidriosa cuando contestó.

—El otoño era su estación preferida. No le gustaba el calor del verano. Se pasaba el año deseando que llegara el momento de venir aquí, igual que yo. Creo que le gustaría quedarse aquí.

—Siempre que lo tengas claro.

—Mañana —susurró.

La senté en mi regazo y la besé en la cabeza.

—Mañana.

Me desperté y el corazón se me desbocó a causa del pánico cuando vi la cama vacía a mi lado. Me senté, aparté la manta y salí del dormitorio. Me relajé en cuanto vi a Katy en la playa. Estaba mirando el agua y sostenía algo contra el pecho. Miré hacia la repisa de la chimenea y, efectivamente, faltaba la urna con las cenizas de Penny.

Mi mujer estaba despidiéndose.

Regresé al dormitorio, cogí los pantalones y me los puse. Después cogí la camiseta de manga corta y me la pasé por la cabeza mientras salía de la casita en dirección a la playa. El cambio de tiempo que habían pronosticado empezaba a ser evidente. Las olas eran más altas y rompían con fuerza contra la orilla. El viento arreciaba, y sabía que la lluvia no tardaría en hacer acto de presencia. La tormenta pondría nerviosa a mi mujer.

Llegué a su lado y la rodeé con los brazos.

—Te estaba esperando.

—Deberías haberme despertado.

—Quería pasar un rato a solas. Sabía que no tardarías en aparecer.

—¿Estás segura?

Me sonrió y el brillo que vi en sus ojos fue la única respuesta que necesité.

—Sí.

—Está bien, cariño. —Extendí una mano para coger la urna—. ¿Quieres que la abra?

—Sí, por favor.

Sostuve el sencillo recipiente verde en la mano y acaricié las flores silvestres que adornaban la lisa superficie.

—Gracias —murmuré, dirigiéndome a Penny—. No te arrepentirás de haber confiado en mí.

Con cuidado, abrí la urna y le entregué la bolsita a Katy, que echó a andar hasta el borde del agua. La dejé que lo hiciera sola porque sabía que era un momento muy emotivo y personal para ella.

Por unos instantes se quedó inmóvil. Vi que movía los labios y supe que estaba murmurando su adiós. Después se agachó, abrió la bolsa y dejó que las cenizas cayeran a la arena, junto a sus pies. Al instante se enderezó, sacudió la bolsa y los últimos restos se esparcieron gracias al viento. Acto seguido, inclinó la cabeza y se abrazó la cintura. Una figura solitaria recortada contra el cielo encapotado.

Quise acercarme a ella, consolarla, pero aún no sabía cómo manejar todas las emociones que sentía en lo referente a Katy. ¿Debía dejarla sola? ¿Debía abrazarla?

Fue ella quien resolvió mi dilema cuando se dio media vuelta y me tendió una mano en silencio. La aferré y la acerqué a mí.

—¿Estás bien?

Ella me miró con los ojos llenos de lágrimas.

—Lo estaré.

—¿Puedo hacer algo?

—Ya lo estás haciendo.

—Quiero hacer más.

—Llévame a casa, Richard. Estoy lista.

—De acuerdo, cariño.

Abandonamos la playa y no tardamos mucho en recoger las escasas pertenencias que Katy había llevado a la casita. Recogí lo que quedaba de comida y lo guardé en el maletero.

Esperé fuera a fin de ofrecerle otra vez la intimidad que necesitaba para esa nueva despedida.

El trayecto hasta nuestra casa supuso un enorme contraste con la velocidad de vértigo que había empleado hasta llegar a la playa. Katy estaba a mi lado y mantuvo su mano unida a la mía mientras regresábamos a la ciudad. Conduje despacio, para ofrecerle la oportunidad de relajarse. La miré de reojo con frecuencia.

—Sé que me estás mirando.

—Me gusta mirarte.

—Estoy bien, Richard. De verdad.

—¿Te pone nerviosa el hecho de regresar conmigo? ¿El cambio en nuestra relación?

Inclinó la cabeza hacia atrás y me miró.

—¿Nerviosa?

—Todo ha cambiado, Katy. Volvemos a casa como un matrimonio real. De entrada, en cuanto lleguemos al apartamento, trasladaremos tus cosas a mi dormitorio. A nuestro dormitorio. De forma permanente.

—Lo sé. Te gusta dormir abrazándome.

—Y a ti te gusta oírme roncar. —Me puse serio—. Tenemos muchas cosas a las que enfrentarnos juntos.

—Y lo haremos. —Titubeó—. ¿Estás nervioso?

—En cierto modo, sí.

—¿Por qué?

Detuve el coche en el arcén y extendí un brazo para apoyarlo en su asiento.

—Sigo siendo yo, Katy. En el fondo soy el mismo gilipollas. Tengo muy mal carácter. No soy perfecto, ni por asomo.

—No espero que seas perfecto, Richard. Pero no creo que seas el mismo gilipollas que eras.

—Confías demasiado en mí.

—He visto cómo has cambiado. —Sonrió—. Además, te quiero.

—Me preocupa la idea de decepcionarte.

—¿Y cuando yo me enfade y haga alguna gilipollez?

Eso me arrancó una carcajada.

—Como sé que estará justificado, cuando suceda, ya lo solucionaremos.

—Lo solucionaremos juntos, Richard. Gilipolleces incluidas.

—Te juro que intentaré ser mejor persona.

—Sé que lo intentarás, y lo que es más, sé que lo conseguirás.

—¿Por qué estás tan segura?

—Porque me quieres.

Asentí con la cabeza al tiempo que le acariciaba la mejilla con los nudillos.

—Te quiero, cariño, mucho.

Ella cubrió mi mano con una de las suyas y me besó la palma.

—Todos tenemos nuestros momentos, ¿sabes? Hasta yo.

—¿Ah, sí?

—Antes me enfadaba mucho cuando me hablabas en plan... más capullo de lo normal.

—Pues lo disimulabas muy bien.

—Pero me vengaba, a mi manera.

—Eso tengo que saberlo. Dime, ¿cómo te vengabas de mí?

En sus labios apareció el asomo de una sonrisa.

—¿Katy?

—Los días que estabas muy cabreado, cambiaba el queso de untar desnatado y la mayonesa light por queso de untar entero y mayonesa normal cuando iba a por tus sándwiches. La leche del café tampoco era desnatada. Nunca. Te tenía engañado.

—¿Cómo?

—Es que un día se me olvidó preguntarte cuando te estaba preparando un sándwich y no te diste cuenta. Fue mi manera de vengarme.

—¿Esa es tu manera de vengarte?

—Supuse que si los pantalones empezaban a quedarte estrechos, tendrías que hacer más ejercicio. A lo mejor sudando se te pasaba la gilipollez.

Me eché a reír entre dientes. Y, después, acabé riéndome a carcajadas. Unas carcajadas que surgían de lo más hondo, hasta que acabé llorando de la risa.

—Cariño, eres una víbora vengativa. Me alegro de que ya

estés de mi lado. Mi cinta de correr tiembla ante la inmensidad de tu ira.

—Que te follen, VanRyan.

Me incliné hacia delante y la besé. Katy no tenía ni idea de lo adorable que estaba en ese momento, ni de lo mucho que crecía mi amor por ella cada vez que pronunciaba esas palabras. En el pasado, las pronunció con ira, pero en ese momento eran una broma. Un recordatorio de lo mucho que había avanzado nuestra relación.

—Llévame a casa, Richard.

—De acuerdo, cariño.

Regresé a la carretera, ya calmados los nervios y con una sonrisa en la cara.

32

Richard

El apartamento estaba en silencio cuando llegamos. Solté las bolsas en el suelo y recorrí con la mirada el caos que había dejado al marcharme.

—Debería haber limpiado. Pero me moría por encontrarte.

Katy empezó a dar vueltas por el apartamento mientras recogía un par de botellas.

—Tienes que dejar de beber tanto whisky.

Las palabras brotaron de mi boca antes de poder impedirlo:

—Y tú tienes que dejar de abandonarme.

Puso los ojos como platos.

Me di un tirón del mechón de la frente.

—Joder. No llevamos en casa ni cinco minutos y ya ha salido el capullo a la luz.

—Eso tengo que admitirlo. No debería haber huido. Debería haberme quedado para hablar contigo.

Extendí los brazos y la pegué a mí.

—No tenías motivos para confiar en mí. Me aseguraré de que no tengas esa excusa la próxima vez. Claro que —añadí— no va a haber una próxima vez.

Se acurrucó contra mí.

—No.

—¿Eso quiere decir que todo está aclarado?

—Ajá.

Al moverme, los trocitos de cristal crujieron bajo mis pies y miré el suelo con una mueca.

—Ten cuidado.

—¿Otra gilipollez del capullo?

—De las gordas —reconocí—. Estaba enfadado contigo… pero se me pasó enseguida.

—Creo que era lógico que lo estuvieras.

—Llamaré a alguien para que venga a limpiar.

Ella negó con la cabeza mientras sonreía.

—No es para tanto. Podemos recogerlo todo en un momento. —Se agachó y cogió su bolsa—. Pero vas a encargar la cena y recogerás los platos.

Cogí mi bolsa y la seguí por el apartamento.

—Ya empiezas a dar órdenes.

—Vete acostumbrando. —Volvió la cabeza y me guiñó un ojo.

Le di una palmada en el culo, arrancándole un grito y haciendo que intentara alejarse de mí. Tropezó y casi se cayó por los escalones, pero conseguí atraparla por la cintura.

—Lo siento, cariño. Se me ha olvidado lo de tu pierna. ¿Estás bien?

Me echó los brazos al cuello.

—Estoy bien. Pero puedes llevarme en brazos hasta el dormitorio.

La levanté en brazos y me apoderé de su boca, y la besé hasta llegar a nuestro dormitorio. Al cruzar la puerta, la dejé en el suelo y me aparté de ella.

—Bienvenida a casa, señora VanRyan.

Me miró con una sonrisa mientras me acariciaba el mentón con los dedos.

—Tienes más barba de lo normal.

—Ya me afeitaré después.

—La verdad es que me gusta.

—Pues no me afeito.

Se puso de puntillas y me besó en la mejilla.

—Está bien. —Echó un vistazo a su alrededor—. ¿Por dónde quieres empezar?

Me senté en la cama y la insté a hacer lo propio.

—No he cambiado las sábanas. Olían a ti… olían a nosotros. Y fui incapaz… —dejé la frase a medias—. Fui incapaz de hacerlo.

—Ya he vuelto.

—Lo sé. —Me puse en pie—. Voy a traer tus cosas. Quiero que vuelvan a estar aquí. Nunca debieron salir de esta habitación.

—No estábamos preparados. Pero ahora sí.

—Ajá.

—Muy bien. Pues manos a la obra.

Salí de la ducha y me sequé el pelo con una toalla. Al entrar en el dormitorio, eché un vistazo a mi alrededor y suspiré. Katy ya había trasladado sus cosas. Su ropa estaba colocada en el armario y en la cómoda, y sus cremas y demás estaban en el cuarto de baño. En la mesita de noche de su lado de la cama estaban sus libros, y su aroma flotaba en el aire. Se había quedado de piedra al ver el caos en el que había dejado su habitación, pero la había recogido mientras yo movía las cosas de un lado para otro.

Me puse unos pantalones de deporte y una camiseta y bajé las escaleras corriendo. Las botellas, los documentos y los cristales rotos habían desaparecido, y la cocina había recuperado el orden. Estaba sentada frente a la barra de la cocina, con una botella de vino abierta y una copa para mí. Bebí un sorbo, disfrutando del intenso sabor del vino tinto.

—¿La cena?

Levantó la vista del libro que estaba leyendo.

—La *pizza* está en el horno para que no se enfríe.

Cogí unos platos y dejé la caja entre ambos. Comimos en silencio y, aunque no era incómodo, quería saber qué le pasaba por la cabeza. Parecía muy pensativa.

Le cubrí la mano con la mía.

—¿Adónde te has ido, Katy? ¿En qué estás pensando?

Sonrió y giró la mano de modo que nuestras palmas se tocaron.

—Estaba recordando la primera vez que cené contigo aquí mismo. También tomamos *pizza* y vino aquella noche.

—Es verdad.

—Me comían los nervios. No sabía qué querías decirme. Nunca me hablabas en la oficina a menos que fuera para darme una orden o para decirme que me había equivocado. Aquí, sentada a tu lado, no sabía qué esperar. No podía creer lo que me dijiste.

Esbocé una sonrisa torcida.

—Yo tampoco podía creer que te estuviera pidiendo, que le estuviera pidiendo a la señorita Elliott, mi pesadilla personal, que viviera conmigo y fingiera ser mi prometida. —Meneé la cabeza—. Fui un capullo integral contigo, ¿verdad?

—Sí que lo fuiste.

—No creo que pueda disculparme lo suficiente.

—Deja de intentarlo. Eso pertenece al pasado y ya está olvidado. —Entrelazó sus dedos con los míos y me dio un apretón—. Me gusta el presente.

Levanté nuestras manos unidas y le besé los nudillos.

—Lo mismo digo.

—Todavía tenemos que hablar con los Gavin.

Le solté la mano y cogí la copa de vino.

—Lo sé. Llamaré a Graham por la mañana. Estoy seguro de que nos pedirán que vayamos a su casa a su debido tiempo.

—¿Qué crees que va a pasar?

—No lo sé. Esperaba que me despidiese en el acto. Cuando me dijo que ya sospechaba que le estaba mintiendo, estaba casi seguro de que lo haría. —Solté una carcajada—. Por supuesto, ya nada es como esperaba que fuese, así que tampoco soy nadie para calibrar la situación.

—¿Estás preparado para que te despida?

—Si te digo la verdad, me da miedo que lo haga; pero si lo hace, nos mudaremos y empezaremos de cero. Desde luego que no voy a conseguir una referencia ni de David ni de él. Ojalá que mi trabajo hable por sí solo. Brian me puede ayudar con sus contactos y yo tengo unos cuantos también. Clientes con los que he trabajado antes y demás.

—¿Y si no lo hace?

—Nos quedamos. Quiero quedarme. Quiero trabajar para Graham. Me costará, pero le demostraré que puede confiar en mí. Me dejaré la piel trabajando para él y para su empresa.

—Sé que lo harás. —Me miró a los ojos y esbozó una sonrisa triste—. Ojalá que Laura y Jenna me perdonen.

—Es lo que más lamento de todo esto —admití—. Ya has perdido a Penny y sé el cariño que les tienes a las dos. No quiero que también las pierdas a ellas.

—Supongo que lo sabremos pronto.

Asentí con la cabeza.

—Pues sí.

Me pasé una mano por la cara con gesto de cansancio y seguí repasando los documentos que me había enviado Brian y que yo había impreso.

Al día siguiente de volver a casa, le mandé un mensaje de texto a Graham para decirle que había regresado y que Katy estaba conmigo. No recibí respuesta. A su vez, Katy le había mandado un mensaje de texto a Jenna para preguntarle si podían quedar para tomarse un café y el silencio fue su contestación. Sabía que estaba enfadada, pero a ninguno de los dos nos sorprendió esa reacción.

Al final del segundo día, me puse en contacto con Brian para que tantease el mercado laboral en otras ciudades. Pareció sorprenderle mi petición, pero me mandó información de varias empresas para que les echara un vistazo. Dos estaban en Toronto, una en Estados Unidos y la última en Calgary. Esa última era la más tentadora, aunque se tratase de la empresa menos dinámica de todas. Al menos, estaríamos rodeados por montañas y cerca de los lagos y de unos paisajes impresionantes.

Aunque no quería trabajar en ninguna, estaba convencido de que mi suerte ya estaba echada en Gavin Group. Había llegado el momento de que buscase nuevas oportunidades. No, de que los dos buscásemos nuevas oportunidades. Quería que Katy fuera feliz y sabía que no lo sería en una ciudad bulliciosa y grande como Toronto. Además, no tenía ganas de pasarme horas en el coche para ir al trabajo. Tenía que dejar de lado mi orgullo y escoger lo mejor para ambos.

Me levanté y fui a la cocina. Necesitaba café y enseñarle a Katy lo que Brian me había mandado. Levantó la vista del enorme libro de cocina que estaba leyendo y me sonrió.

—¿Qué es eso?

Dejé las hojas en la encimera y cogí la cafetera.

—Posibles trabajos.

—Ah. —Se acercó los documentos—. ¿Qué tal? ¿Hay algo interesante?

Le di unos golpecitos a la primera hoja.

—Este lo es.

Lo miró con el ceño fruncido.

—Es una empresa muy pequeña comparada con los sitios a los que estás acostumbrado.

Me senté mientras bebía café.

—Voy a tener que hacer algunas concesiones.

—¿Tienes que decidirlo ahora mismo?

—No —contesté—. Pero tampoco quiero dejarlo demasiado. Económicamente, estamos bien; se trata más bien de no perder el ritmo.

—Bueno, por si las moscas… —dijo con sorna—, tengo algo de dinero ahorrado si necesitas un préstamo.

Contuve la sonrisa.

—¿De verdad?

—Ajá. Estuve trabajando para un capullo y me pagó muy bien. Está cogiendo polvo si lo necesitas.

Le rodeé la cintura con un brazo y la pegué a mí.

—¿Y sigues trabajando para ese capullo?

—No. El capullo ha desaparecido.

—¿En serio? ¿Y llegó un caballero de brillante armadura para sustituirlo?

—No, apareció un hombre complejo y exigente, pero muy sexi y dulce.

—¿Dulce? —protesté. Eso era una novedad para mí.

Asintió con la cabeza.

—A veces, puedes ser muy dulce.

—Tal vez contigo. No creo que nadie más me haya llamado «dulce».

—Me parece estupendo.

Le froté la nariz con la mía en un gesto cariñoso.

—Bien.

Nos miramos a los ojos y la calidez de su mirada me distrajo. El deseo crepitó a nuestro alrededor, como sucedía siempre cada vez que estaba junto a ella. Agaché la cabeza y le rocé los labios con los míos.

—En cuanto a lo de sexi…

El sonido del portero electrónico nos sobresaltó a ambos.

—Joder —mascullé.

—Lo dejamos pendiente para después —susurró ella contra mis labios.

Le coloqué la mano en la nuca para atraerla hacia mí y la besé con ansia.

—No para mucho después. Veré qué quiere quien haya llamado y luego serás mía.

Pulse el botón.

—VanRyan.

—Tiene visita, señor VanRyan. El señor y la señora Gavin han venido a verlo.

Busqué la mirada sorprendida de Katy y le cogí la mano.

—Que suban.

Me detuve antes de abrir la puerta, sin soltar la mano de Katy.

—Pase lo que pase, lo superaremos, ¿de acuerdo? —dije en voz baja.

—Sí.

Me armé de valor y abrí la puerta de par en par, al otro lado me esperaba la cara seria de Graham. Laura estaba a su lado, también con expresión seria. Lo peor fue la caja que Graham llevaba en las manos. La última vez que la había visto fue cuando recogía mis objetos personales del despacho.

Aunque no me sorprendía y ya me temía que eso iba a pasar, la decepción me provocó un nudo demoledor en el pecho. Tomé una rápida bocanada de aire y apreté con más fuerza la mano de Katy. A mi lado, ella suspiró con la vista clavada en la caja que llevaba Graham. Me incliné y le di un beso en la frente.

—Lo superaremos —le recordé—. ¿De acuerdo?

—De acuerdo —repitió ella.

Me aparté para dejarlos pasar, ya que no quería que ese encuentro tuviera lugar en el descansillo.

—Entrad —conseguí decir.

Graham dejó la caja en el suelo junto al sofá. Fue un alivio que Katy hablara en ese momento y me diera unos segundos más para recuperar la compostura.

—¿Queréis café?

Laura sonrió y se sentó.

—Me vendría bien uno largo.

Graham asintió con la cabeza.

—Y a mí también.

La seguí a la cocina y la observé, entumecido, mientras colocaba las tazas y las servilletas en una bandeja antes de servir el café.

—¿Añado unas galletas? —preguntó en voz baja.

Me encogí de hombros.

—No tengo ni idea de qué protocolo hay que seguir cuando aparece tu jefe para despedirte, Katy… Pero las galletas parecen ir bien con la situación, sí.

Se mordió el carrillo por dentro y yo le di unos golpecitos en la mejilla.

—Era broma. Una broma malísima. Pon unas galletas, cariño. Ya puestos, podemos llevarlo todo con mucha educación. No se puede decir que no nos lo esperábamos.

—¿Vas a ponerte a gritar?

Negué con la cabeza.

—No. A decir verdad, estoy demasiado triste como para gritar.

Me echó los brazos al cuello y me instó a apoyar la cabeza en su hombro.

—Gracias por decírmelo. Te quiero.

La alcé en brazos y la calidez de su cuerpo calmó un poco mi desbocado corazón. La sostuve en alto, sin que sus pies tocaran el suelo, y la estreché con fuerza.

—Esto hace que sea soportable. —La dejé de nuevo en el suelo y cogí la bandeja—. Vamos a que nos despidan.

Y

Pasé las tazas de café con unas manos que no estaban tan firmes como de costumbre. Laura le dirigió unas cuantas palabras a Katy y le preguntó cómo llevaba la pérdida de Penny. Le eché un brazo a Katy por los hombros cuando, al explicar el momento de esparcir las cenizas de Penny, se le quebró la voz.

Graham nos observó con detenimiento antes de soltar la taza.

—Debo suponer que habéis llegado a un acuerdo.

—No hay acuerdo que valga, Graham. Estoy enamorado de Katy y, por suerte, ella siente lo mismo por mí. Vamos a continuar juntos como iguales.

—¿Eso quiere decir que ya no es un matrimonio de conveniencia?

Contuve el impulso de frotarme la nuca.

—Dejó de serlo hace mucho. Lo que pasaba es que era demasiado terco para darme cuenta y admitirlo.

Graham miró a Katy.

—¿Y tú?

Ella alzó la barbilla y el obcecado hoyuelo quedó a la vista.

—Le quiero. Le quiero desde hace tiempo. Tenía demasiado miedo para decírselo por si no me correspondía. —Entrelazó sus dedos con los míos—. Pero me corresponde y estamos dispuestos a enfrentarnos al futuro juntos.

—Bien. —Graham se agachó y recogió la caja, que procedió a dejar en la mesita auxiliar. Del bolsillo se sacó mi contrato y lo rompió por la mitad, tras lo cual lo dejó sobre la caja.

—En fin… —mascullé—. Me ha dolido más de lo que creía. —Levanté una mano cuando Graham hizo ademán de hablar—. Deja que termine. Me duele, pero lo entiendo. Entré en tu empresa con falsos pretextos, así que comprendo que me tengas que despedir. Quiero que sepas que he disfrutado mucho trabajando para ti. Y contigo. Me has enseñado cómo debe dirigir su empresa una persona. —Tragué saliva para deshacer el nudo que tenía en la garganta—. Tu familia y tú os habéis convertido en una parte muy importante de nuestras vidas. Ojalá podáis perdonarnos algún día.

—¿Por qué querías trabajar para mí?

Decidí ser sincero.

—Al principio, fue por venganza... para jugársela a David. Le caes tan mal que sabía que si tenía la oportunidad de trabajar para ti, sería capaz de ofrecerme ser socio con tal de que me quedase en su empresa. Solo quería que me lo ofreciera. Después...

—¿Después? —repitió Graham, invitándome a seguir.

—Después, te conocí y hablé contigo, y todo cambió. Me prestabas atención, me animabas a desarrollar mis ideas. Llevaba años sin sentir semejante emoción ni recibir tanta energía positiva. Quería la oportunidad de trabajar contigo. —Me quedé callado, presa de la vergüenza, antes de continuar en voz más baja—. Quería que te sintieras orgulloso de mí.

La habitación se quedó en silencio un rato. Luego, Graham volvió a hablar.

—Entiendo.

Carraspeé.

—Os pido disculpas de nuevo. Katy y yo os deseamos lo mejor, tanto empresarial como personalmente.

Graham empezó a tamborilear con los dedos sobre la caja, marcando un ritmo irregular.

—David me odia por cómo decidí llevar mi vida. Estudiamos juntos, ¿lo sabías?

Negué con la cabeza.

—Hubo una época en la que fuimos amigos. Incluso hablamos de montar una empresa juntos. Como es habitual con David, era todo o nada. Esperaba una dedicación absoluta, hasta el punto de que no se podía tener una vida fuera del trabajo. Conocí a Laura y supe que quería hacer algo más que trabajar. Cuando le dije que no me interesaba... en fin, tuvimos alguna palabra más alta que otra. Nos separamos. Él montó su empresa y yo la mía. Los dos hemos tenido éxito, pero él lo consiguió de un modo totalmente distinto. Para él todo empieza y acaba con el dinero y el trabajo. He perdido la cuenta de cuántos trabajadores ha despedido a lo largo de los años. De las campañas de dudosa ética que ha realizado su empresa. De la cantidad de mujeres que se han relacionado con él. Creo que se ha casado y divorciado cuatro veces.

—Cinco —le corregí.

Esbozó una sonrisilla que le provocó unas arruguitas alrededor de los ojos.

—Supongo que se me ha escapado una boda. El asunto es que para él no hay nada más importante que el dinero. Me detesta porque escogí tener una vida fuera del trabajo y, aun así, he conseguido tener éxito. Sabe, de la misma manera que lo sabe cualquiera que me conozca, que para mí lo que más éxitos me ha reportado, lo que más me importa, es la familia. Renunciaría a todo con tal de tenerlos a ellos… sin dudarlo siquiera. —Graham me miró fijamente—. Él no tiene motivos en la vida para renunciar a su trabajo. Por eso me odia.

—Yo iba derecho a convertirme en su clon hasta que Katy entró en mi vida.

Graham asintió con la cabeza.

—Me alegro de que eso cambiara. —Golpeó la caja con los nudillos—. Razón por la que tenía que romper nuestro contrato, Richard. Se firmó con engaños.

—Aprecio tu sinceridad y que me hayas traído mis cosas, Graham.

—Todavía no he terminado.

—¿No? —pregunté, desconcertado.

Se echó hacia atrás con una expresión que casi podría calificar de guasona.

—Resulta que me he quedado sin un trabajador con mucho talento. He visto su trabajo, señor VanRyan y he creído que, tal vez, encaje bien en mi empresa.

Fruncí el ceño, convencido de que no había oído bien.

—¿Cómo dices?

—Creo que eres, ahora sí, justo la clase de persona que me gustaría tener en mi equipo.

—No… no lo entiendo.

—Te estoy ofreciendo un trabajo, Richard. Borrón y cuenta nueva. —Se llevó la mano al bolsillo y sacó un contrato nuevo—. Empezaremos de cero.

Tragué saliva sin creer que eso estaba sucediendo.

—¿Por qué? —conseguí preguntar a duras penas.

—Porque, al igual que Katy, creo en las segundas oportunidades. —Cogió a Laura de la mano—. Los dos creemos en ellas.

Laura me miró y asintió con la cabeza, con los ojos llenos de lágrimas.

—Podrías haberte callado lo de tu relación con Katy, Richard. Podrías haber seguido engañándonos. Aunque sospecháramos algo, nunca lo habríamos sabido con certeza de no haberte sincerado. Los dos nos dimos cuenta de lo mucho que querías a Penny. Los dos vimos lo amable que fuiste con Jenna. Ese es el Richard que queremos en nuestra empresa. El que quiere crecer con ella... formar parte de ella. —Sonrió—. Formar parte de nuestra familia. Porque así os consideramos a los dos.

Katy emitió un sonido estrangulado. Me volví un poco y vi que las lágrimas resbalaban por sus mejillas y que le temblaba todo el cuerpo mientras intentaba contener su reacción. Me acerqué a ella y la insté a apoyar la cabeza en mi hombro.

—Tranquila, cariño, no pasa nada.

Miré a Graham.

—¿Me crees? Después de todo, después de todas las mentiras, ¿me crees? —pregunté, asombrado.

—Te creemos precisamente por eso. —Graham señaló la forma en la que acunaba a Katy—. No puedes fingir eso, Richard. El amor que sientes por tu esposa es más que evidente.

—¡Dale un bolígrafo! —exclamó Katy—. ¡Lo firmará! ¡Queremos quedarnos! ¡Los dos queremos quedarnos!

Graham y Laura sonrieron al oírla y yo tuve que morderme la lengua para no soltar una carcajada. Sería malísima jugando al póquer, pero tenía razón. Queríamos quedarnos.

Sin dejar de rodearla con un brazo, extendí la mano libre.

—Será un honor trabajar para ti, Graham. No volveré a defraudarte. Te lo prometo. Haré que te sientas orgulloso de mí.

Aceptó la mano que le tendía y la estrechó con fuerza.

—Ya lo has conseguido.

Tuve que apartar la mirada para asegurarme de que Katy estaba bien. No tuvo nada que ver con el hecho de que se me nublara la vista ni de que sintiera el escozor de las lágrimas en los ojos.

Nada en absoluto.

33

Richard

Llevé la bandeja a la cocina y dejé a Laura y a Katy charlando. Graham me siguió con la caja en las manos, pero estaba dispuesto a esperar a que nos trasladásemos al despacho para seguir hablando. Miró los papeles que había en la encimera y cogió el que detallaba el trabajo en Calgary.

—Richard, ¿en serio? —Esbozó una sonrisa torcida—. Te habrías muerto del aburrimiento allí.

—No podía llevarme a Katy a Toronto. Habría sido muy infeliz.

Me observó un momento con una sonrisa en la cara.

—Sí que has cambiado.

—Te refieres a que he madurado, ¿verdad?

Asintió con la cabeza y me puso una mano sobre el hombro.

—Me alegro de verlo.

Eché un vistazo por encima del hombro y vi que Katy se había puesto de pie y abrazaba a Laura.

—Es una sensación estupenda —reconocí—. No creí que fuera a experimentarla en la vida.

—La persona adecuada puede abrirte los ojos en muchos sentidos, Richard.

Tenía razón.

Me ofreció el nuevo contrato.

—Vamos a firmar estos documentos.

—¿Por qué has traído mis cosas si la idea era contratarme de nuevo?

Graham puso una cara rara antes de abrir la caja.

—La caja está vacía, Richard.

Lo miré boquiabierto.

—¿Qué? ¿Y por qué la has traído?

—Por el mismo motivo que hemos venido sin avisar. Quería ver cómo reaccionabas al creer que se había terminado. Quería ver tu reacción visceral. No la que hubieras preparado de antemano.

—¿Y...?

—Parecías destrozado.

—Y lo estaba. Quería seguir trabajando para ti. Cuando he visto la caja, he comprendido que había metido la pata hasta el fondo. No me ha sorprendido, pero en ese momento me he dado cuenta de lo mucho que deseaba seguir trabajando para ti. Claro que también he sabido que no podía hacer nada para arreglarlo. Al fin y al cabo, la culpa es solo mía.

—Tu reacción me ha dicho todo lo que necesitaba saber. Estabas alterado, pero lo primero que has hecho ha sido consolar a Katy. En ese momento, he sabido que habías cambiado de verdad. —Sonrió—. Siento mucho la artimaña.

Le tendí la mano, que él aceptó para estrechármela con fuerza.

—Lo entiendo.

Volvió a cerrar la caja.

—Úsala para llevar más cosas a tu despacho. Hazlo tuyo, Richard.

—¿Lo sabe alguien más?

—Nadie fuera de la familia. El resto del personal cree que has estado de vacaciones con Katy. Ve a trabajar el lunes, empezaremos de cero. Nadie se enterará nunca.

—Gracias. No volveré a decepcionarte.

—Lo sé —dijo y asintió con la cabeza para enfatizar sus palabras—. Lo sé muy bien.

Al cabo de poco rato, Graham me estrechó la mano para despedirse.

—Nos vemos el lunes.

Laura abrazó a Katy por última vez antes de volverse hacia mí.

—Esperamos mucho de ti, Richard.

—No os decepcionaré.

Me dio unas palmaditas en la mejilla.

—Sé que no lo harás.

—Tengo mucho que compensar y me esforzaré al máximo.

—Vamos a hacer borrón y cuenta nueva. Cuando vayas el lunes a la oficina, empezarás de cero con Graham y conmigo. —Esbozó una sonrisa burlona—. Puedes reparar tu relación con Adam, con Jenna y con Adrian tú solito. Su voto contó para que siguieras trabajando con nosotros y todos estuvieron de acuerdo. —Enarcó una ceja con gesto elocuente—. Aunque es posible que uno de mis vástagos tenga que decir más sobre el asunto que el otro.

Sonreí con sorna.

—No me cabe la menor duda, y aguantaré el chaparrón de Jenna. Me aseguraré de hablar con todos en privado la semana que viene.

—Bienvenido de nuevo, Richard.

—Gracias.

Los acompañé al ascensor y regresé al apartamento. Katy no estaba junto a la puerta ni tampoco en el salón. Corrí escaleras arriba y me sorprendió encontrarla sentada en el diván de su antiguo dormitorio.

—¿Cariño?

Alzó la vista, pero tenía una expresión muy triste.

—¿Qué pasa? ¿Por qué estás aquí?

Se encogió de hombros.

—Estaba pensando.

Me senté delante de ella y le tomé la cara entre las manos.

—¿En qué?

—En lo nerviosa y asustada que estaba la primera noche que pasé aquí.

—¿Por estar aquí… conmigo?

—Por eso y también por el futuro. De una tacada, me habías cambiado la vida por completo. Ya no estaba en aquel horrible cuchitril, iba a dejar el trabajo y no tenía ni idea de cómo íbamos a sacar adelante semejante farsa. Solo pensaba en el batacazo que nos íbamos a dar y en que no sabía cómo recogería los pedazos que quedaran de mí al terminar. —Hizo una pausa y recorrió con los dedos el estampado de un cojín—. Mi cabeza no dejaba de dar vueltas, hecha un lío, y era un mar de dudas.

—Yo tampoco te ayudé mucho, ¿verdad?

Ladeó la cabeza y me miró fijamente.

—No, la verdad es que me ayudó tu serenidad, la forma en la que tomaste el control de la situación. Parecías muy seguro de ti mismo, concentrado por completo en tu objetivo. Yo solo tenía que seguir tus directrices.

—¿Te ayudaría saber que ya en aquel entonces me maravillabas, Katy? Demostraste muchísimo valor. —Sonreí al recordar las conversaciones que habíamos mantenido al principio—. Cuando me dijiste que me follaran… vi la chispa que tenías oculta. Dejaste de ser el felpudo por el que te había tomado por error y te convertiste en una fuerza a tener en cuenta. —Le aparté el pelo de un hombro y acaricié los sedosos mechones—. Te convertiste en mi fuerza. En mi luz.

—Tú te convertiste en todo para mí —susurró.

Me incliné y rocé sus labios con los míos.

—Hemos recorrido mucho camino juntos.

—Hoy ha sido un buen día.

—Lo ha sido. He firmado un nuevo contrato. El lunes volveré a trabajar en un lugar en el que me apetece estar. Podemos quedarnos en Victoria y, lo mejor de todo, además te tengo a ti. Podemos crear una vida juntos.

—Creo que quiero volver a trabajar.

Eso me pilló por sorpresa.

—¿Por qué? No tienes que hacerlo.

—Lo sé, pero ¿qué voy a hacer durante todo el día, Richard? ¿Dar vueltas por el apartamento? ¿Pintar y redecorar las habitaciones? Quiero ser útil. —Suspiró—. Ya no tengo a Penny para llenar mis días.

La tristeza de su voz me provocó una fuerte opresión en el pecho.

—¿Y si trabajas de voluntaria en otro sitio además del refugio de animales? Conoces a muchos de los residentes de Golden Oaks… a lo mejor podrías pasar allí parte del día. Estoy seguro de que estarán encantados con la ayuda.

—Ya lo había pensado.

Me incliné hacia delante y la estreché contra mí.

—Katy, quiero que hagas lo que te apetezca. Que seas voluntaria, que trabajes, que te dediques a lo que te haga feliz. Pero escúchame, cariño. Estos últimos meses han supuesto un golpe tras otro para ti. Todo lo que has dicho antes acerca de cómo te he cambiado la vida es verdad. —Acaricié su suave mejilla con los nudillos—. Y aunque todo ha acabado saliendo bien, sé lo estresante que ha sido para ti. Tu vida ha cambiado por completo y luego has perdido a Penny. Sé que a ratos debe de ser abrumador para ti, así que voy a pedirte que lo medites. No te precipites. Por favor.

Vi que sus ojos tenían una expresión insondable cuando nuestras miradas se cruzaron. Era incapaz de expresar lo importante que eso era para mí.

—Quiero… —Tragué saliva y tomé una honda bocanada de aire—. Por primera vez en la vida, quiero cuidar de alguien. Déjame hacerlo. Te apoyaré decidas lo que decidas, pero déjame cuidarte un poquito. Tengo que asegurarme de que estás bien.

—Estoy bien —me aseguró.

—Por favor —insistí—. Solo te pido un poquito de tiempo. Quiero que te relajes. Redecora nuestra habitación. Lee. Duerme. Prepara tus increíbles cenas. Hazme galletas. —Me llevé su mano al pecho—. Mírame. Te necesito, cariño. Y necesito saber que tú también me necesitas.

Me tomó la cara con las manos y trazó círculos con los pulgares en mis mejillas.

—Te necesito, Richard.

—Hazlo por mí —le supliqué al tiempo que pegaba nuestras frentes—. Solo te pido un poco de tiempo.

—De acuerdo.

—Gracias.

Nuestros labios se encontraron y me apoderé de su boca. Le pase un brazo por debajo de las rodillas y me puse en pie con ella en brazos. Dando grandes zancadas la llevé a nuestra cama, la dejé sobre el colchón y sonreí al ver que se estiraba para mí.

—Creo que nos interrumpieron antes y alguien me prometió que lo dejaríamos para más adelante. El momento ha llegado.

Me dio un tironcito para que volviera a besarla.

—Estupendo.

Le rocé los labios con los míos, presa del deseo. No terminaba de entender cómo había podido negar la atracción que sentía por ella durante tanto tiempo. Me bastaba con una mirada tímida o con una sonrisa traviesa para desearla. Toda ella me resultaba incitante y hermosa. Su apoyo, su amor, era el afrodisíaco más potente del mundo.

Abrí los ojos y me encontré con sus brillantes ojos azules. En un instante, el deseo abrumador se convirtió en un pozo de sentimientos. Todo lo sucedido ese día, todas las cosas buenas de mi vida, eran obra suya.

De mi Katy.

El amor y el deseo que solo ella me provocaba me consumieron por entero. Me tumbé sobre ella y capturé sus labios de nuevo, besándola con ternura, de modo que pudiera transmitirle todo mi cariño. Me rodeó el cuello con los brazos y me acarició la cabeza con tanta delicadeza que me estremecí. Sus manos eran la ternura personificada. Su amor me saturaba la piel cada vez que estábamos juntos, hacía que mis pies estuvieran firmemente apoyados en la tierra y me centraba cuando más lo necesitaba. Me embriagué de su esencia y su alma se fundió con la mía.

La desnudé con delicadeza sin apenas apartar mis labios de su cuerpo y, después, me quité la ropa. Le acaricié la cálida piel y adoré cada curva y cada imperfección con mis caricias. Sonreí cuando se impacientó y tiró de mí hasta abrazarme con fuerza mientras me suplicaba que le diera más. Penetré su acogedor cuerpo y me quedé quieto, deleitándome con la perfección absoluta de estar unido a ella de la forma más íntima posible.

Había pensado en follármela… a lo bestia. Atormentarla hasta que me suplicase por llegar al orgasmo, pero esa idea se desvaneció en un segundo. Me moría por hacerle el amor, por reclamarla, por dejarla saciada, contenta y convencida de que era mía.

E igual de convencida de que yo le pertenecía por completo.

Empecé a moverme despacio, penetrándola hasta el fondo. La adoré con las manos y con la boca; no quedó un solo centímetro de su cuerpo sin tocar y no dejé de elogiarla.

—Tu piel, nena..., me encanta su sabor.

Me enterró los dedos en el pelo y tiró de él mientras gemía mi nombre.

Me moví con más rapidez, ansiando más.

—Qué maravilla estar enterrado en ti.

Me rodeó con las piernas y me pegó a ella mientras se aferraba a mis hombros, clavándome las uñas cortas en la piel.

Empecé a embestirla con frenesí cuando sentí que el orgasmo se acercaba, hasta que me consumió.

—Mía, Katy. ¡Eres mía!

Se corrió y sus músculos internos se cerraron en torno a mí mientras gritaba. Le enterré la cara en el fragante cuello y dejé que las incontenibles oleadas de placer me consumieran. Mi mente se quedó en blanco mientras me dejaba llevar, presa de la satisfacción.

Levanté la cabeza y enfrenté la tierna y somnolienta mirada de Katy. La besé y después acaricié sus suaves labios con la nariz.

—Te quiero —susurré.

Sonrió con dulzura.

—Lo sé.

El lunes estaba muy nervioso cuando entré por la puerta de Gavin Group. No me sorprendió ver a Graham esperándome. Me estrechó la mano y me invitó a sentarme en su despacho antes de ponerme al día de todo lo sucedido durante mi ausencia. Me picó la curiosidad con una nueva campaña y estábamos charlando cuando Adam, Jenna y Adrian entraron en el despacho. Me levanté y les tendí la mano. Tanto Adam como Adrian me la estrecharon; Jenna, en cambio, se quedó rezagada, mirándome con frialdad. Al comprender su cabreo, asentí con la cabeza y me volví a sentar. Jenna se sumó con tiento a la conversación, pero en breve se puso a discutir conmigo por varios conceptos e ideas, como de costumbre. Agradecí la normalidad del momento, a sabiendas de que mantendríamos una discusión mucho más personal más adelante.

Y tenía razón.

Estaba en mi despacho, repasando los mensajes y poniéndome al día con el correo electrónico y los documentos que Amy me había dejado, cuando Jenna entró y cerró la puerta a su espalda.

Se plantó delante de mi escritorio con los brazos en jarras y me fulminó con la mirada.

—Suéltalo —le sugerí, aunque sabía que quería seguir mirándome de esa manera un poco más.

—Me mentiste, cabrón. Nos mentiste a todos.

—Sí, lo hice.

—Katy me mintió.

Me puse en pie de un salto y rodeé el escritorio.

—Ella no quería hacerlo, Jenna. Detestaba mentirte... detestaba mentiros a todos. Es culpa mía. Yo soy el único culpable.

—Confié en ella. Creía que era mi amiga.

—Lo es... al menos, quiere serlo. Echa de menos vuestras conversaciones.

Se le llenaron los ojos de lágrimas.

—La echo de menos.

Me apoyé en el escritorio.

—Lo hice por motivos egoístas. Pero ella lo hizo para asegurarse de que Penny estaba a salvo, bien cuidada. Si quieres cabrearte con alguien, hazlo conmigo. Pero perdónala a ella. —Me agarré la nuca—. Ya ha perdido demasiadas cosas. No le arrebates tu amistad.

Se mordió el labio y ladeó la cabeza mientras me observaba.

—Has hablado como un hombre que está enamorado de su esposa.

—La quiero. No me la merezco, pero la quiero. —Bajé los

brazos a los costados y empecé a tamborilear con los dedos sobre el escritorio—. No soy un hombre dado a los grandes gestos ni al romanticismo, pero me estoy esforzando. Por ella. Quiero ser el marido que se merece, el hombre en quien pueda confiar.

Siguió mirándome en silencio.

—Mira, Jenna, sé que quieres gritarme y ponerme verde. Me parece estupendo. Lo acepto. Me lo merezco. Sé que tengo que ganarme tu confianza y lo haré. Lo conseguiré de alguna manera. Pero no —Agité una mano sin saber muy bien cómo continuar—... No castigues a Katy.

Golpeó el suelo con el pie.

—Me gusta la idea del crucero que tuviste antes.

Parpadeé, confundido por el brusco cambio de tema.

—Ah, genial.

—A lo mejor podemos hablar de ella esta tarde.

—Claro.

Se dio media vuelta y se detuvo al llegar a la puerta.

—Cuando esté preparada para hablar de lo demás, te lo diré.

—De acuerdo.

—Hasta ese momento, me alegro de que hayas vuelto. —Apretó los labios y puso un brazo en jarras—. He echado de menos tu socarronería.

Fui incapaz de contener la carcajada.

—Gracias. He echado de menos nuestras charlas. —Le guiñé un ojo, porque normalmente era ella quien hablaba mientras yo me limitaba a escuchar.

—Que no se te suba a la cabeza —resopló—. No volvemos a ser amigos.

—Claro.

—No todavía, vamos —añadió antes de irse.

Me senté de nuevo al escritorio.

Era un comienzo. Al menos me dirigía la palabra. Más o menos.

El jueves ya sentía que había recuperado mi espacio. Los días estaban llenos de reuniones, sesiones para planear estrategias y mucho trabajo. Se parecía mucho a la etapa anterior, aunque en ese momento tenía un lugar al que quería volver al acabar el día.

Quería volver a casa con Katy.

Me encantaba llegar a casa con la certeza de que ella estaría allí. Disfrutaba de las noches que pasábamos juntos, compartiendo nuestro día. Ansiaba sentir sus labios bajo los míos y cómo nuestros cuerpos se fundían en uno solo al final de la noche… o al principio, según nos apeteciera. Habíamos usado varias de las superficies del apartamento: la encimera de la cocina, el sofá e incluso la pared al lado de la puerta. El escritorio de mi despacho seguía siendo mi lugar preferido para hacerle el amor a Katy. Muchas veces se nos pasaba la hora de la cena porque no me saciaba de ella.

Esa noche me detuve a comprar flores sin más motivo que el de demostrarle que la quería. Aún me resultaba raro el deseo de expresar una emoción tan desconocida como el amor, pero no dejaba de intentarlo. Descubrí que Adrian era un buen consejero de vez en cuando.

Al entrar en el apartamento, oí voces. Fui al salón y me detuve al ver a Jenna sentada con Katy en la barra de la cocina. Había una botella de vino vacía entre ellas, con las copas medio llenas. Jenna había salido del trabajo a eso de las dos, y me daba en la nariz que estaba allí desde entonces. Contuve la sonrisa al entrar en la estancia, le di las flores a Katy y, después, la besé con ganas. Katy me sonrió con los ojos rebosantes de felicidad. Sabía lo que significaba que Jenna estuviera allí. No tener noticias suyas había supuesto una pesada carga para ella, y a mí me había frustrado mucho no poder hacer algo para mejorar la situación. Era algo que tenían que aclarar entre ellas… y la pelota estaba en el tejado de Jenna.

—¿Pido comida china para cenar? —pregunté al tiempo que me agachaba para acariciar su mejilla ruborizada. Siempre se ponía colorada cuando bebía. Me gustaba besarle la piel cuando estaba tan cálida. Así que lo hice. Deslicé los labios por su mejilla hasta llegar a la comisura de sus labios y, después, besé su boca carnosa.

—Sí, por favor. Y gracias por las flores.

Besé de nuevo su deliciosa boca antes de incorporarme.

—¿Dos rollitos de primavera... o tres? —pregunté, mirando a Jenna.

—Cuatro —corrigió Jenna—. Adrian vendrá dentro de un rato. Seguro que también tiene hambre.

—Voy a por una botella de vino.

Jenna se encogió de hombros.

—O dos.

Me eché a reír y le di un apretón en los hombros al pasar junto a ella.

—Me alegro de verte, Jenna.

Agitó una mano para restarle importancia al comentario.

—Lo que tú digas.

Sin embargo, me percaté del guiño travieso que le hizo a Katy.

Retomaron la conversación. Me detuve en el pasillo a escucharlas. La risa de Katy era ronca y feliz. La voz de Jenna parecía tan emocionada como de costumbre mientras le hablaba a Katy de la nueva exposición de arte a la que teníamos que asistir juntos. Me sorprendí al comprobar que tenía que tomar una honda, y entrecortada, bocanada de aire antes de sonreír. Mi esposa había recuperado a su amiga.

Poco a poco, Katy estaba recomponiendo los pedazos de su vida, lo que quería decir que la mía se estaba alineando con la suya. Estábamos creando una vida nueva.

Juntos.

34

Richard

Jenna se inclinó hacia delante y golpeó con el dedo una de las propuestas.

—Me gusta esta.

Negué con la cabeza.

—No, es muy simple. —Rebusqué entre el montón de cartulinas y cogí una de las que estaban más abajo—. Esta llama la atención.

—Es demasiado llamativa.

—Tiene que ser llamativa, Jenna. Estamos vendiendo diversión. Tiene que llamarte la atención.

Hizo un mohín con los labios y aproveché la oportunidad para beber un sorbo de café. Habían pasado casi tres meses desde mi «regreso». Mi relación con todos los Gavin era sólida, tanto en el terreno profesional como en el personal. Mi carrera profesional nunca me había resultado tan satisfactoria.

La vida con mi mujer era maravillosa. Katy había llenado mi mundo de una paz que antes nunca había echado en falta ni había sabido que necesitaba. Era el centro de mi vida, y todo lo que yo hacía giraba en torno a ella en cierto modo. Estaba volcada en su trabajo de voluntaria y dos días a la semana trabajaba en Gavin Group, pero no para mí. Era la asistente personal de Laura, y ambas formaban un gran equipo. Para mí era fantástico, porque podía verla en la oficina y en casa.

Jenna apartó la cartulina con un resoplido furioso.

—Me repatea que tengas razón.

Reí entre dientes al verla tan indignada. Iba a replicar al comentario cuando la llamaron por teléfono. Atendió la llamada y sonreí de nuevo al escuchar otro gruñido por su parte, algo que dejaba claro su nivel de frustración.

—Está bien. No, ya veré cómo me las arreglo. —Colgó y soltó el móvil en la mesa.

—¿Algún problema?

—Tengo el coche en el taller. La pieza que tienen que cambiar no llega hasta mañana. Adrian no está en la ciudad y necesito que alguien me lleve a casa. Voy a ver si mi padre sigue en la oficina.

—Se marchó justo después del almuerzo porque tenía una reunión. Dijo que se iría directo a casa cuando acabara.

—Mierda.

—Yo te llevo a casa.

—¿Estás seguro?

—Ajá. Si quieres, mañana puedo pasar a buscarte.

—Me traerá mi padre. ¿No tienes planes con Katy esta noche?

—No. De hecho, esta noche tiene cursillo de informática, así que estoy libre.

—Genial. Gracias.

—De nada. Vamos a acabar esto y te llevo.

El trayecto fue agradable y rápido. Puesto que había estado muchas veces en casa de Jenna, no necesité indicaciones para llegar. Como de costumbre, Jenna no paró de parlotear en ningún momento y se pasó todo el rato hablándome de las aventuras y desventuras que estaba viviendo mientras buscaba un sofá nuevo.

Adrian y ella vivían a las afueras de la ciudad, en una nueva urbanización. Estaba cerca del agua, las casas eran grandes y se encontraban bastante separadas unas de otras. Me gustaba la elegancia y la sencillez de la urbanización.

Después de dejar a Jenna, di una vuelta por las calles circundantes, admirando las casas y la tranquilidad del vecindario. Aminoré la velocidad y me detuve delante de una casa que me llamó la atención. Los ladrillos de color gris oscuro y el brillante azul de las molduras resaltaban entre los tonos más apagados del resto de las casas. Era de dos plantas, tenía un porche que recorría el perímetro completo y unos ventanales enormes. Parecía acogedora. Sin embargo, me llamó la atención porque había un hombre clavando un cartel de «Se vende» en el jardín. También vi que colocaba una especie de buzón donde irían los folletos con la información de la casa. Sin pensar, me bajé del coche y eché a andar hacia el hombre, que sonrió cuando le pedí un folleto.

—Están dentro. Voy a por ellos —contestó—. Los dueños no están en casa, pero estoy seguro de que no les importará. ¿Quiere echar un vistazo?

Miré de nuevo hacia la casa, sin saber muy bien por qué estaba interesado. Katy y yo nunca habíamos hablado de la posibilidad de comprar una casa, ni de mudarnos.

Pero me gustaba.

—Sí, me encantaría.

Una hora después, regresé al coche con el folleto informativo en la mano y con una cita concertada para la mañana siguiente. Quería que Katy la viera.

Ella miró el folleto, confundida.

—¿Una casa? ¿Quieres una casa?

Le di unos golpecitos al folleto con un dedo.

—Quiero esta casa.

—¿Por qué? ¿Ya no te gusta el apartamento?

Me había pasado toda la tarde pensando en el tema mientras esperaba que ella llegase.

—No está mal. Siempre me ha gustado, pero he pensado que no es un buen lugar en el que… —Me rasqué la nuca con gesto nervioso—. En el que criar niños.

Katy abrió los ojos de par en par.

—Necesitan un jardín donde jugar, ¿verdad? Espacio para correr.

Ella sonrió y me dio unas palmaditas en la mano.

—Bueno, no son perros, pero sí, que haya un jardín para los

niños es una ventaja. —Se pasó la lengua por el labio inferior mientras esbozaba una sonrisa traviesa—. ¿Estás... estás embarazado, Richard?

—No —resoplé—. Pero he pensado que tú lo estarás algún día.

Katy se echó a reír y después se puso seria.

—¿Algún día en un futuro cercano?

Tomé una honda bocanada de aire para relajarme antes de responder:

—Si quieres.

—¡Richard! —exclamó en voz baja—. ¿Estás seguro?

—No estoy diciendo que deba ser mañana, o el mes que viene. Pero dentro de poco, sí. Quiero formar una familia contigo, Katy. Pero no quiero que mis hijos crezcan en un bloque de apartamentos. Cuando era pequeño, deseaba tener un jardín en el que jugar en vez de tener que ir al parque durante el tiempo que me permitían hacerlo. Quiero un jardín para mis hijos. —Hice una pausa y carraspeé—. Para nuestros hijos.

—En ese caso, me encantará ir a ver esa casa contigo.

—Está cerca de la de Jenna —añadí.

—¿Eso es una ventaja para ti o un inconveniente?

Sonreí.

—Depende del día.

—¿De verdad te gusta?

Asentí con la cabeza.

—La construyeron hace solo dos años. Fue el dueño quien lo hizo, así que es sólida. La venden porque han trasladado a su mujer. Es luminosa y espaciosa. Tiene cuatro dormitorios grandes y un despacho que sería estupendo para mí. Y una cocina muy bien equipada que creo que te va a encantar.

—Suena genial.

—El jardín trasero es enorme. Hay espacio para una piscina, algo que siempre he deseado. Tendríamos que vallarla, obviamente, pero se puede hacer.

—Parece que ya estás listo para mudarte.

La abracé por la cintura y la acerqué a mí.

—Si a ti te gusta, lo estoy. Si prefieres quedarte aquí de

momento, nos quedaremos. Si prefieres mirar otras casas, eso haremos. —Miré la foto—. Pero esta casa tiene algo que me gusta.

—Estoy deseando verla.

A Katy le gustó incluso más que a mí. Fue de estancia en estancia, abriendo armarios y examinando accesorios. Se detuvo en el dormitorio principal para admirar las vistas desde la terraza. Estábamos lo bastante cerca como para ver el océano. La propiedad estaba protegida a ambos lados por una espesa y alta arboleda. Era espectacular.

—¿Te gusta?

—Es increíble —murmuró—. Transmite serenidad.

Señalé el camino que se internaba en la arboleda.

—Ese camino conduce hasta el borde de la propiedad y llega hasta el final de la arboleda. Las vistas del océano son impresionantes. Es como estar en la casita de alquiler. Tu trocito de paraíso.

—¡Oh, Richard!

—Quería que lo tuvieras.

Se volvió entre mis brazos con una mirada radiante. Le tomé la cara entre las manos, la acerqué a mí y la besé en los labios.

—Vamos a seguir con el resto de la casa, ¿de acuerdo?

—Perfecto.

El cuarto de baño del dormitorio principal era una maravilla. Contaba con una bañera en un rincón en la que ya me veía disfrutando de un baño caliente con mi mujer en los brazos mientras bebíamos vino.

La abracé y apoyé la barbilla en su hombro.

—Te quiero en esa bañera, Katy —susurré al tiempo que la besaba en el cuello, por el que ascendí hasta el lóbulo de la oreja para mordisqueárselo—. Quiero formar un enorme charco al pie de la bañera y escuchar cómo reverbera mi nombre en las paredes cuando lo grites. —Se estremeció y la besé de nuevo en el cuello. Después, me alejé de ella y le tendí una mano—. ¿Seguimos?

Me miró con los ojos entrecerrados, gesto que me arrancó una carcajada. Me encantaba ponerla colorada.

La cocina fue la estancia que más le gustó. Me apoyé en la encimera y crucé los brazos por delante del pecho mientras la veía moverse de un lado para otro. Para mí era un placer observar sus reacciones. Acarició los armarios de madera, la fría superficie de la encimera de granito y los modernos electrodomésticos.

—¡La cantidad de cosas que puedo cocinar aquí! —exclamó cuando vio que había dos hornos y, después, suspiró al fijarse en el frigorífico y en el congelador—. No sé yo si sería capaz de salir de esta cocina.

La miré a los ojos y supe que habíamos encontrado el siguiente paso de nuestro viaje en común. Quería hacer eso por ella, por nosotros. Quería ofrecérselo. Una casa propia, donde se sintiera segura. Un lugar donde pudiéramos crear recuerdos que nos pertenecieran a ambos y donde construir una vida.

Enarqué las cejas a modo de pregunta silenciosa. No hubo titubeo alguno por su parte cuando asintió con la cabeza. Sabía que podríamos mirar otras casas. De hecho, seguramente deberíamos hacerlo, pero esa parecía la adecuada. Ya nos parecía nuestra.

Me volví y miré con una sonrisa al agente de la inmobiliaria, que nos observaba con una mirada ansiosa.

—Nos gustaría hacer una oferta.

Estaba seguro de que me iban a estallar los tímpanos cuando compartimos las noticias con los Gavin unos días más tarde. Los habíamos invitado a todos a cenar y, cuando acabamos de comer, les dijimos que habíamos comprado una casa y que íbamos a vivir a poca distancia de Jenna.

—¿Es la casa gris? —gritó—. ¿La de las molduras azules? ¡Me encanta esa casa! —Abrazó a Katy—. ¡Vamos a ser vecinas!

Katy sonrió de oreja a oreja, y sus ojos azules buscaron los míos. Llevaba todo el día sonriendo y riendo a carcajadas. Su mirada era tranquila; su felicidad, palpable. Sentí un orgullo que no se parecía en nada al que había sentido en el pasado. Un orgullo que no tenía nada que ver con el trabajo bien hecho, con los halagos por una campaña en la que había invertido horas. Era un orgullo personal basado en la certeza de haber hecho feliz a otro ser humano. A un ser humano al que quería más de lo que jamás había imaginado.

Lo había hecho yo.

Graham me miró a los ojos, señaló a Katy con la cabeza y levantó la copa a modo de silencioso brindis.

Yo levanté la mía, aceptando su implícita aprobación, consciente de que era la primera vez que me la había ganado.

35

Richard

El conocido dolor se extendió por mi cabeza poco a poco, los párpados empezaron a pesarme y sentí cómo se me tensaban los hombros y la nuca. Miré por la ventana y vi cómo se avecinaba la tormenta mientras me preguntaba si lograría llegar a casa antes de que el dolor de cabeza se convirtiera en migraña.

Los tres golpecitos en la puerta con los que Amy siempre llamaba sonaron como disparos en mi dolorida cabeza. Me apoyé en el cuero frío del sillón y cerré los ojos.

—Adelante —dije en voz todo lo alta que fui capaz.

—¿Necesitas algo, Richard?

Ni me molesté en levantar la cabeza.

—¿Puedes cancelar lo de Board Tech?

—Ya lo he hecho.

—Genial. También te puedes tomar el resto de la tarde libre, Amy. No voy a servir para nada.

—¿Puedo hacer algo?

Suspiré sin abrir los ojos.

—Si no te ofende, una taza de café y unos analgésicos estarían bien. Y si puedes llamar a mi esposa y pasarme la llamada, sería genial.

Se echó a reír por lo bajo.

—Creo que me las podré apañar, Richard.

—Gracias.

Se fue y yo me froté las sienes. Sabía que cuando hablara con Katy, me diría que dejara el coche en el trabajo y cogiera un taxi para volver a casa. También sabía que, cuando llegara, tendría preparadas compresas frías, analgésicos más fuertes y sus tiernas caricias para aliviar el dolor de cabeza. Solo tenía que llegar hasta ella. El café y el paracetamol que Amy me llevaría me ayudarían hasta conseguirlo.

Oí pasos, sentí que me ponían las pastillas en la mano y el olor a café me asaltó la nariz.

Sin embargo, no fue la voz de Amy la que llegó a mis oídos.

—Bebe.

Tragué las pastillas, aliviado, y cogí a tientas la mano de mi esposa.

—¿Qué haces aquí? Hoy no tenías que venir.

—Amy me llamó esta mañana para decirme que estabas raro. Supuse que estabas incubando uno de tus dolores de cabeza, así que he venido para llevarte a casa. Me la he encontrado cuando volvía de la sala de descanso.

Con un gemido, me incliné hacia delante y enterré la cara en el abdomen de Katy. La gélida temperatura de la compresa fría fue un bálsamo cuando me la puso en la nuca, antes de acariciarme el pelo con los dedos.

—Vamos a dejar que las pastillas hagan efecto y luego nos iremos a casa.

—De acuerdo.

—Deberías haber llamado antes —me reprendió en voz baja—. Ya sabes cómo te afectan las bajas presiones.

—Tenía que trabajar —protesté al tiempo que le estrechaba la cintura con más fuerza, ya que necesitaba sentirla más cerca.

—¿Y cuánto has conseguido hacer?

—No mucho.

—Un plan estupendo por lo que veo —se burló.

—Que te follen, VanRyan —mascullé, usando su frase preferida.

Se estremeció por culpa de las carcajadas que estaba conteniendo, pero siguió acariciándome con ternura.

—Gracias por venir a buscarme.

Sentí sus labios en la coronilla.

—De nada.

—¿Nuestro chico no se siente bien, Katy? —preguntó Graham en voz baja en el silencio del despacho.

—Tiene un buen dolor de cabeza.

—Ya me parecía a mí... Esta mañana no ha estado muy fino en la reunión.

—Todo el mundo me conoce de maravilla —dije con sequedad, pero no levanté la cabeza—. ¿Es que no puede dolerme la cabeza sin que todo el mundo se dé cuenta?

Los dos pasaron de mí, como si no hubiera hablado.

—¿Te lo llevas a casa?

—En cuanto pueda moverse.

Agité una mano.

—Que estoy aquí.

Katy me dio unas palmaditas en la cabeza.

—Siempre se pone muy gruñón cuando no se encuentra bien.

—Me he dado cuenta.

De repente, la voz de Laura se sumó a la conversación.

—¡Ay, no!, ¿dolor de cabeza? ¡Pobre Richard!

Gemí. La cosa se estaba saliendo de madre.

—Estoy bien —mascullé.

—Está gruñón —dijo Graham—. No deja de llevar la contraria.

—Siempre le pasa lo mismo cuando le duele la cabeza —repuso Laura—. Menos mal que has venido, Katy.

—¿Necesitas ayuda? —preguntó Jenna, cuyo taconeo anunció su llegada—. A lo mejor podemos llevarlo al coche o algo.

Se acabó. Nadie me iba a llevar a ninguna parte. Tenían que dejarme tranquilo.

Levanté la cabeza despacio, abrí los ojos con mucho esfuerzo y abrí la boca para decirles a todos que se fueran. Pero me topé con la expresión preocupada de Katy. Me sonrió, me tomó la cara entre las manos y enarcó una ceja. Desvié la mirada hacia las personas que había a su espalda y solo me topé con expresiones preocupadas y atentas. Graham estaba apoyado en la pared, con una expresión guasona en la cara, ya que sabía lo mucho que detestaba que intentaran mimarme. El enfado se me pasó enseguida al darme cuenta de que la gente que me rodeaba lo hacía por un solo motivo: se preocupaban por mí.

—No hace falta que me lleve nadie —mascullé al tiempo que volvía a apoyar la cabeza en el cuerpo cálido de mi mujer—. Katy y yo podemos apañárnoslas.

—Asegúrate de que esperas el tiempo necesario para no echar hasta la primera papilla en su coche —aconsejó Jenna.

Su franqueza me hizo reír.

—Buen consejo.

—Llama si necesitas algo, Katy.

—Lo haré. Gracias, Graham.

—Supongo que no irás a la clase de yoga de esta tarde —dijo Jenna.

—Ya te lo confirmo.

Oí sus pasos y cómo cerraban la puerta con suavidad.

—¿Se han ido?

Katy me levantó la barbilla y me apartó el pelo de la frente.

—Sí. —Se inclinó y me besó la cara—. Se preocupan por ti, corazón, nada más.

Me reí entre dientes al oír el apelativo cariñoso.

—Lo sé. Todavía no me acostumbro.

—Se nota la mejora. Ni siquiera les has soltado un taco.

Esbocé una sonrisa torcida.

—Eso es porque estabas tú aquí.

En ese momento fue ella quien se rio entre dientes.

—Puedes ir a la clase de yoga. Seguramente me quedaré dormido.

—Ya veré qué tal. ¿Crees que serás capaz de soportar el trayecto a casa?

Abrí un ojo y asentí con la cabeza.

—Las pastillas están haciendo efecto.

—Está bien, pues vayámonos a casa.

Me levanté. No me sorprendió ver que ella ya tenía mi maletín en la mano. Siempre iba un paso por delante.

Atravesamos el pasillo desierto para llegar al ascensor. Mantuve en todo momento el brazo alrededor de su cintura, no solo por el apoyo que me proporcionaba, sino porque me gustaba tenerla cerca. Una vez en el coche, eché la cabeza hacia atrás, volví a cerrar los ojos y dejé que el frío me impregnara la piel gracias a la compresa que me había puesto en la nuca.

Busqué a tientas su mano.

—Gracias.

Me rozó los labios con los suyos.

—Siempre podrás contar conmigo.

Tomé una honda y reparadora bocanada de aire. Me encantaba vivir tan cerca del agua. Katy había ido a la clase de yoga y, después de despertarme, salí al exterior, aliviado al ver que la tormenta había pasado y se había llevado consigo los peores efectos del dolor de cabeza. Eché un vistazo por el jardín trasero y repasé todos los cambios que había sufrido a lo largo de los meses que habían pasado desde que nos mudamos.

La piscina había sido la prioridad, y en ese momento estaba a un lado, reluciente y tranquila a la luz del atardecer. Junto a la piscina estaba la casita, el lugar preferido de Katy de todo el jardín trasero. Era la casita que había compartido con Penny durante sus breves vacaciones: de un azul brillante, con contraventanas blancas, que mantenía sus recuerdos intactos. Había hecho un trato con Bill para comprarla y que la transportasen allí para ella. Por dentro, estaba renovada para que fuera más práctica, pero mantenía intacto su rústico atractivo. La reacción de Katy al verla fue visceral y muy emotiva.

—Katy, ven. —Tiré de su mano para que me siguiera por toda la casa—. Quiero enseñarte algo.

Sonrió.

—¿Ya está lista la piscina?

—Casi.

La conduje a la terraza, presa de los nervios. Nunca había hecho algo tan sentimental en toda la vida. Extendí un brazo.

—Te he conseguido una casita para la piscina.

Se quedó paralizada, con la vista en la casita que había comprado y que estaba colocada sobre una base de hormigón junto a la piscina. El porche era nuevo y estaba recién pintado para combinar con las contraventanas, pero era su casita.

—¡Richard! —exclamó—. ¿Qué...? ¿Cómo?

—Era importante para ti. Quería que la tuvieras.

Me echó los brazos al cuello y sus cálidas lágrimas me humedecieron el cuello.

—Dime que son lágrimas de felicidad —le supliqué en voz baja. Detestaba verla llorar. Nunca sabía qué hacer cuando se ponía a llorar ni cómo aliviar su sufrimiento.

—Claro que sí. —Sorbió por la nariz.

—Sigue sin gustarme verte llorar. Así que para, por favor.

—Gracias, Richard. No sé cómo decirte lo mucho que significa esto para mí. —Me miró con todo el amor que sentía en los ojos—. Te quiero.

Parpadeé al sentir el escozor de las lágrimas.

—Te quiero.

Me bastaba con recordar su reacción para esbozar una sonrisa y sentir que la felicidad me inundaba el corazón. Algo que solo ella era capaz de lograr.

La puerta se abrió a mi espalda y el olor de Katy me envolvió cuando se acercó para besarme la cabeza.

—¿Te encuentras mejor?

—Mucho mejor. Sobre todo ahora que estás en casa.

—Bien.

—¿Qué tal ha ido el yoga? ¿Has conseguido hacer la postura de la cobra esta tarde?

Se echó a reír.

—No, ya han aprendido a mantenerse lejos de mí. Siempre he creído que el yoga me ayudaría a mejorar el equilibrio, pero parece que soy inmune a esos beneficios.

La miré cuando se colocó delante de mí. Su cuerpo era perfecto: fuerte y tonificado.

—No sé, cariño. La verdad es que me gustan los beneficios. —Me di unas palmaditas en la rodilla—. Podrías sentarte aquí y así te demuestro lo mucho que me gustan. Si te apetece, claro.

Se sentó y me rodeó el cuello con los brazos.

—Últimamente, me has demostrado muy a menudo cuánto te gustan los beneficios.

Deslicé la mano por una de sus piernas hasta cerrar los dedos en torno a su pantorrilla.

—Solo quiero demostrarte mi aprecio.

Jugueteó con mi pelo mientras una expresión nerviosa aparecía en su cara. Fruncí el ceño. Se parecía mucho a la expresión que lucía cuando empezamos nuestra relación.

—¿Qué pasa?

—Nada, pero tengo que decirte algo. Y no sé muy bien cómo te lo vas a tomar.

—Suéltalo.

Tomó una bocanada de aire.

—Estoy embarazada, Richard.

Todo se quedó en silencio a mi alrededor. Me quedé sin aliento y se me formó un enorme nudo en la garganta. Sus palabras resonaron en mi cabeza.

Habíamos hablado del tema, habíamos acordado que ella dejaría de tomar la píldora y que yo usaría condones, y luego, cuando estuviéramos preparados, buscaríamos tener una familia.

—Esto… —¿Estábamos preparados?—. ¿Cuándo? —susurré.

Me tomó la cara entre las manos.

—Estoy de poco tiempo. De muy poco tiempo. Creo que fue después de la entrega de premios, cuando no pudimos esperar y lo celebramos en el coche. No usamos protección, corazón. Fue solo una vez, pero no hace falta mucho más.

Conseguí asentir con la cabeza mientras recordaba aquella noche. Mi campaña para Kenner Footwear se había llevado el mayor galardón del año. Graham se había emocionado y se había enorgullecido… lo mismo que yo. Lo había celebrado a lo grande con mi esposa.

Al parecer, me había pasado celebrándolo.

—Richard —susurró—. Dime algo.

Esperé a que el pánico me consumiera. O la rabia. Pero cuando miré a los ojos de mi esposa, solo experimenté una emoción…

Alegría.

Extendí los dedos sobre su vientre, todavía plano, y sonreí.

—Te he dejado embarazada.

—Pues sí.

—Una sola vez, ¿eh? Mis chicos no se andan con tonterías.

Enarcó una ceja.

—Voy a ser padre.

—Vas a ser papá. Vas a ser un papá genial.

Sopesé esas palabras en la cabeza. No iba a ser «padre», sino «papá». No sería una figura ausente en la vida de mi hijo. Me negaba a permitir que eso sucediera.

—Con tu ayuda, lo seré.

—No permitiré que fracases.

—Lo sé. —Le coloqué una mano en la nuca y tiré de ella hasta que nuestras caras estuvieron muy juntas para poder besarla—. ¿Estás bien?

Asintió con la cabeza.

—Estoy bien. Volveré al médico dentro de unas cuantas semanas.

—Te acompaño.

—Está bien.

—Y se acabó el yoga. Puede que tengas menos equilibrio que de costumbre.

Puso los ojos en blanco y me golpeó un hombro.

—Que te follen, VanRyan.

Me eché a reír al tiempo que la abrazaba. Así era mi mujer.

—Te quiero, Katy —susurré.

—Yo también te quiero.

Se acurrucó contra mí y la abracé con fuerza mientras le colocaba la mano en el vientre una vez más. Bajé la vista y me di cuenta de que estaba abrazando a toda mi familia.

Todo, cada paso que había dado en la vida, me había llevado hasta ese momento. El pasado ya estaba olvidado, la oscuridad había quedo desterrada gracias a la mujer que tenía en los brazos y al regalo que me había ofrecido.

El futuro era brillante y, gracias a ella y a ese momento, era prometedor y maravilloso.

Era, tal como Penny dijo en una ocasión, uno de los momentos geniales de la vida.

De hecho, era el mejor momento de todos.

Agradecimientos

A Meredith, Pamela, Sally, Beth y Shelly, gracias por vuestros ojos, vuestro apoyo y por ser unas animadoras maravillosas. Un gran abrazo para todas.

A Ayden, Carrie, Trina y Suzanne. Teneros en mi vida es una bendición. No hay palabras suficientes para expresar lo que significa vuestra amistad y ese inquebrantable apoyo que me ayuda a seguir adelante. Os quiero a todas.

A mi equipo de a pie de calle, los Minions de Melanie. ¡Os quiero a todos!

A mis amigas de Enchanted Publications. Sois la leche. Gracias por vuestro apoyo.

Caroline, te agradezco muchísimo el apoyo y la ayuda que me has prestado para este libro. Sé que las gracias no son suficientes, pero es lo único que tengo. Bueno, eso y ¡un montón de amor!

Jeannie McDonald. Hay momentos en la vida en los que aparece alguien que acaba convirtiéndose en mucho más de lo que esperabas al principio. Tú, preciosa, eres una de esas personas. Me enorgullezco de poder llamarte «amiga» y me alegra mucho que formes parte de mi vida. Darte las gracias no compensa lo que haces por mí. No hay palabras para expresarlo. Te quiero.

Para mi editora y amiga, Deborah Beck. Este libro no habría existido sin tu insistencia en que le diera voz a Richard. Gracias por presionarme. Tus ideas, tu rotulador rojo y esos comentarios tan graciosos han convertido mis atropelladas palabras en un libro del que me siento orgullosa. Otro completado, amiga mía.

Y, como siempre, a mi Matthew. Gracias por tu paciencia mientras yo inclino la cabeza sobre el teclado y me pierdes durante horas mientras tecleo. Tu amor y tu apoyo me dan fuerzas.

Melanie Moreland

Autora *best seller* de *The New York Times,* vive en Ontario con su marido y su gata. *El acuerdo* es su cuarta novela publicada y la primera de una nueva serie de novelas románticas de corte erótico de la que lleva más de 500.000 ejemplares vendidos en Estados Unidos.